AF553211

आर.के. नारायण
की
लोकप्रिय कहानियाँ

आर.के. नारायण
की
लोकप्रिय कहानियाँ

प्रकाशक • **प्रभात प्रकाशन प्रा. लि.**
4/19 आसफ अली रोड,
नई दिल्ली–110002

संस्करण • 2026
मूल्य • चार सौ पचास रुपए
अनुवाद • नीलेश द्विवेदी
मुद्रक • जयलक्ष्मी प्रिंटिंग प्रेस, दिल्ली

R.K. NARAYAN KI LOKPRIYA KAHANIYAN ₹ 450.00
Published by Prabhat Prakashan Pvt. Ltd, 4/19 Asaf Ali Road, New Delhi-2
in arrangement with Legal Heirs of R.K. Narayan
from the original English collection
e-mail: prabhatbooks@gmail.com ISBN 978-93-5186-544-5

लेखक की कलम से

छोटी कहानियाँ एक लेखक को कड़ी मेहनत से स्वागत योग्य विषय-परिवर्तन के लिए समर्थ बनाती हैं। उपन्यास कैसा भी हो, अच्छा या बुरा, छपने या न छपने लायक, उसमें ज्यादा मेहनत लगती ही है। यही कोई 60 हजार से 1 लाख विशुद्ध शब्दों की संख्या एकबारगी तो डरावनी लगती है। फिर अनिश्चित समय अवधि तक गहन मनोयोग की माँग भी रहती है। हालाँकि मेरे उपन्यास वर्तमान समय के मानकों के हिसाब से छोटे ही हैं; पर जब भी मैं कोई उपन्यास लिख रहा होता हूँ तो एक ही काम में महीनों तक बँधे रहने का यह सिलसिला मुझे असहज और बेचैन कर देनेवाला लगता है। इस दौरान लिखनेवाले का दिमाग पूरी तरह सिर्फ और सिर्फ वाक्यों में जकड़ा होता है। आखिरी बार लिखे गए और आगे लिखे जानेवाले शब्द लगातार कानों में बजते रहते हैं और बाकी सभी तरह की ध्वनि और चेतना पीछे छूट जाती है। फिर जब पहला मसौदा आकार ले लेता है तो दिल कुछ हल्का होता है। लेकिन यह राहत बहुत कम समय के लिए ही होती है, क्योंकि पहले मसौदे के बाद दूसरे का आना तय है; संभवत: तीसरा और चौथा भी। यह सिलसिला तब तक चलता है, जब तक पूर्णता हासिल न हो जाए। फिर एक दिन अपने मन से ही लिखनेवाला तय करता है कि इस सिलसिले को बंद किया जाए और दस्तावेज छपने के लिए मेल कर दिया जाए।

हर उपन्यास खत्म करने के बाद मैं कसम खाता हूँ कि अब दूसरा नहीं लिखूँगा—यह एक-दो छोटी कहानियाँ लिखने की कोशिश करने का एकदम अनुकूल समय होता है। मैं छोटी कहानी लिखने का पूरा आनंद उठाता हूँ,

क्योंकि यह उपन्यास की तरह नहीं होती। इसमें सिर्फ केंद्रीय विचार और कहानी के चरम बिंदु का ही ध्यान रखना पड़ता है, बाकी ब्योरे के सिर्फ संकेतों से ही काम चल जाता है। लेकिन उपन्यास में हर ब्योरे पर बारीकी से काम करना पड़ता है। यह भी ध्यान रखना पड़ता है कि वह प्रासंगिक है या नहीं।

कहानी लिखनेवालों के लिए भारत में असीमित सामग्री उपलब्ध है। परंपराओं और संस्कृतियों के विस्तृत वातावरण में असीम विविधताएँ हैं। यहाँ हर शख्स दूसरे से अलग है, न सिर्फ आर्थिक तौर पर बल्कि नजरिए, आदतों और दिन-ब-दिन के दर्शन के लिहाज से भी। ऐसे समाज में रहना बेहद प्रेरक होता है, जो किन्हीं तय मानकों में बँधा हुआ और यांत्रिक नहीं है; जो एकरसता और नीरसता से पूरी तरह मुक्त है। इन हालात में लेखक को कोई किरदार और उससे जुड़ी कहानी चुनने के लिए सिर्फ खिड़की से बाहर झाँकने की जरूरत होती है।

छोटी कहानियाँ छोटी होनी चाहिए—इस बिंदु पर पूरी दुनिया में एक राय है। लेकिन कहानी की परिभाषा हर स्तर पर अलग-अलग तरह से समझी जाती है। पत्रकार भी अपनी खबरों के लिए 'कहानी' शब्द का इस्तेमाल करते हैं और साहित्य के बड़े-बड़े पंडित भी। साहित्य के संदर्भ में जब किसी लेखक के लिए कहानी की बात करते हैं तो उसमें कथा-वस्तु का विषय, उसके उठाव, उसका विन्यास, उसकी संरचना और क्या किया जाना चाहिए, क्या नहीं—इसकी गंभीर विवेचना होती है। मैं अपनी बात करूँ तो मैं उस वक्त कहानी तलाश पाता हूँ, जब किसी को भावनात्मक आवेग या हालात से जूझता हुआ देखता हूँ। यहाँ दी जा रही पंद्रह अनोखी कहानियों में जो मुख्य किरदार है, वह समान रूप से किसी-न-किसी किस्म की समस्या से जूझ रहा है और अंत तक वह या तो उसे हल कर लेता है या उसको आत्मसात् कर लेता है। लेकिन हो सकता है कि कुछ कहानियाँ किसी की जिंदगी के खास या अहम पलों के विवरण से ज्यादा कुछ न लगें।

मैंने इस किताब को 'मालगुडी डेज' नाम इसलिए दिया, ताकि भौगोलिक तौर पर इसकी विश्वसनीय ढंग से प्रतिष्ठा हासिल हो जाए। मैं अकसर खुद से पूछता हूँ, आखिर मालगुडी कहाँ है? इसके जवाब में सिर्फ इतना ही कह सकता हूँ कि यह पूरी तरह काल्पनिक जगह है, जो किसी नक्शे में नहीं मिलेगी। (हालाँकि शिकागो यूनिवर्सिटी प्रेस ने एक साहित्यिक नक्शा प्रकाशित

किया है, जिसमें भारत के नक्शे में 'मालगुडी' नाम का कस्बा भी दिखाया गया है।) अगर मैं कहूँ कि मालगुडी दक्षिण भारत में एक छोटा सा कस्बा है, तो वास्तव में मैं आपको आधा सच ही बताऊँगा, क्योंकि इस कस्बे के किरदार तो यत्र-तत्र-सर्वत्र नजर आते हैं।

मैं तो मालगुडी के किरदारों को न्यूयॉर्क में भी ढूँढ़ सकता हूँ। मिसाल के तौर पर वेस्ट ट्वेंटी-थर्ड स्ट्रीट का इलाका, जहाँ मैं अलग-अलग समय पर कई महीनों तक रहा और फिर 1959 से लगातार, वहाँ मालगुडी के सभी तत्त्व मौजूद हैं। वहाँ के सरहदी चिह्न और इनसानियत के जज्बे में बदलाव नहीं था। यहूदी उपासना स्थल की सीढ़ियों पर आराम फरमाता कोई नशेड़ी। दुकानों के साइनबोर्ड पर चमकदार, बड़े-बड़े अक्षरों से लिखी गई सूचना—इस स्टोर से सभी आइटम्स सिर्फ एक हफ्ते के लिए ही हैं और पचास फीसदी डिस्काउंट की घोषणा। नाई, दाँत का डॉक्टर, वकील, मछली पकड़ने के काँटों, घिरनी और छड़ी का विशेषज्ञ। और पाँच-दस दुकानें, जहाँ बना-बनाया खाना हमेशा परोसे जाने के लिए तैयार मिलता है। (एक आदमी ने मुझसे नमस्कार करते हुए पूछा, अरे, आप इतने समय से कहाँ थे? आजकल आप अपने लिए दूध या चावल लेने कहाँ जाते हैं? उसे इस बात का ज्यादा एहसास तक नहीं था कि मैं ट्वेंटी-थर्ड स्ट्रीट या अमेरिका का स्थायी निवासी नहीं हूँ।)...कभी न डिगनेवाले स्थायित्व और मेल-जोल के भाव के साथ सबकुछ वैसा ही है, जैसा था। इससे भी ऊपर, चेल्सिया होटल, जहाँ मैं कई सालों बाद गया था। लेकिन वहाँ का मैनेजर मुझे देखते ही उछल पड़ा। मुझे गले से लगा लिया और पूरे स्टाफ (वे, जो अब भी जिंदा थे) को मुझसे मिलवाने के लिए बुला लिया। वहाँ मुझसे मिलनेवालों में व्हील चेयर पर आए एक बुजुर्ग भी थे, 116 साल के, उस इलाके के स्थायी निवासी। मैं पिछली बार जब इस होटल में रुका था, तब वे यहीं थे। उस वक्त उनकी उम्र 90 साल के आस-पास थी।

मालगुडी सिर्फ एक अवधारणा है, लेकिन मेरे मकसद के लिहाज से यह पर्याप्त सिद्ध हुई है। मैं इसे और ज्यादा यथार्थवादी नहीं बना सकता, नहीं तो मुझसे और अधिक सवाल-जवाब हो सकते हैं। हाल ही में लंदन में एक टी.वी. कार्यक्रम के जोशीले निर्माता ने मेरे सामने प्रस्ताव रख दिया, "क्या आप मालगुडी घूमने में मेरी मदद कर सकते हैं? आपने अपने उपन्यासों में जिन किरदारों का जिक्र किया है, उनसे मिलवा सकते हैं? उन सभी पर मैं

एक घंटे की फीचर फिल्म बनाना चाहता हूँ।'' उसकी पेशकश से एक बार तो मैं काँप गया, फिर बड़ी विनम्रता से उससे कह दिया, ''मैं नए उपन्यास पर काम शुरू करने जा रहा हूँ, इसलिए अभी व्यस्त हूँ।''

''एक और मालगुडी उपन्यास?'' उसने सवाल किया।

''हाँ।'' मैंने कहा।

''यह किस बारे में होगा?''

''एक बाघ की कहानी है, जिसमें इनसान की आत्मा है⋯''

''ओह, यह तो काफी दिलचस्प लगती है! मेरे खयाल से, मैं इसका इंतजार करूँगा। अगर मेरी फीचर फिल्म में बाघ भी शामिल हो जाए तो बेहद रोमांचक होगा।''

—आर.के. नारायण

अनुक्रम

ज्योतिषी का एक दिन

वह रोज दोपहर के वक्त नियम से अपना बैग खोलता और उसमें से अपने पेशे में काम आनेवाली सभी चीजों को निकालकर सामने रख लेता था। उन चीजों में करीब आधा दर्जन कौड़ियाँ होती थीं। एक चौकोर कपड़ा और एक अस्पष्ट सा रहस्यमय कैलेंडर। लिखने के लिए कॉपी होती और साथ ही खजूर की पेंसिलें। उसके माथे पर पवित्र भस्म मली हुई और उस पर सिंदूर का तिलक। इस वक्त उसकी आँखें कुछ ज्यादा ही चमक रही होतीं, शायद ग्राहकों की तलाश और उम्मीद की वजह से। लेकिन यही चमक उसके सामान्य ग्राहकों को दैवी लगती थी। इसमें उन्हें अपना भविष्य नजर आता था, जिसे देखकर उन्हें बेहद आराम महसूस होता। बड़ी सूझ-बूझ के साथ वह अपने चेहरे का हर जोर-जमाव कुछ इस तरह रखता कि आँखों की चमक और बढ़ जाती। मसलन, ऊपर भभूत व तिलक से सजा हुआ माथा और नीचे बड़ी-बड़ी काली एवं गालों तक आई मूँछें। इसके बीच में चमचमाती आँखें गजब का आकर्षक लुक देतीं। प्रभाव बढ़ाने के लिए सिर पर केसरिया पगड़ी भी बाँधता था।

लोग उसकी तरफ खिंचे चले आते थे, वैसे ही जैसे मधुमक्खियाँ फूलों की तरफ खिंची आती हैं। वह इमली के एक पेड़ के तने के नीचे बैठता था। पीछे से टाउन हॉल की ओर से जानेवाला रास्ता था। कई मायनों में यह बेहद अहम जगह थी। सँकरी सी सड़क थी। इस पर सुबह से रात तक आने-जानेवालों की भीड़ गुजरती थी। हर छोटे-बड़े पेशे से ताल्लुक रखनेवाले लोगों ने पूरे रास्ते के दोनों तरफ अपनी दुकानें लगा रखी थीं। दवाई की दुकानें थीं तो चोरी के सामान की भी। जादूगर भी कहीं-कहीं डेरा डाले हुए करतब

दिखाया करते थे। एक दुकान पर सस्ते कपड़े भी नीलाम होते थे। इस दुकान पर पूरा दिन लोगों का भारी जमावड़ा रहता था। उस ज्योतिषी के ही ठीक बगल में एक मूँगफली बेचनेवाला अपना ठेला लगाता था। बड़ा बातूनी था। बेचता तो मूँगफली था, लेकिन उसे हर रोज कोई-न-कोई नया नाम दे देता था—कभी 'बॉम्बे आइसक्रीम' तो कभी 'दिल्ली के बादाम'। और ऐसे ही रोज न जाने क्या-क्या। उसके पास भी बड़ी संख्या में लोग आते थे।

और इस मूँगफलीवाले के पास आनेवाले कई लोग अकसर पहले उस ज्योतिषी की दुकान पर भी रुका करते थे। वह ज्योतिषी अपना काम-धंधा उस रोशनी में किया करता था, जो बगल के मूँगफलीवाले ठेले की सिगड़ी से आती रहती थी। साथ में धुआँ भी, जो माहौल में अलग ही असर पैदा कर देता था, बिल्कुल जादुई सा। लेकिन इस जादुई असर के पीछे का सच यह भी था कि पूरे इलाके में म्यूनिसिपैलिटी वालों ने स्ट्रीट लाइट की सुविधा नहीं दे रखी थी। जो भी उजाला था, वह दुकानों में जल रही दीया-बत्तियों का ही था। किसी दुकान पर गैस लाइट थी तो कहीं किसी ने लालटेन या भभका खंभों पर ही लटका रखा था। कोई पुराने साइकिल लैंप की मदद से काम चला रहा था। ज्योतिषी जैसे इक्का-दुक्का दुकानदार ही ऐसे थे, जो अगल-बगल से मिल रही रोशनी से ही काम चला रहे थे। और इन मद्धिम लाइटों के बीच इधर-उधर घूमते-टहलते साये। कुछ इस तरह का माहौल था, जो ज्योतिषी के लिए हर तरह से एकदम मुफीद था। शायद उसे इसकी जरूरत भी थी।

इसकी वजह बड़ी साधारण सी थी कि ज्योतिषी ने जब काम शुरू किया, तब न तो उसके पास इसकी कोई योजना थी, न इरादा। वह नहीं जानता था कि लोगों के साथ अगले पल क्या होने वाला है। तारे-सितारे, ग्रह-नक्षत्रों से वह बिल्कुल अनजान था। वैसे ही जैसे उसके पास आनेवाले भोले-भाले ग्राहक। इसके बावजूद जब लोग उसके पास आते तो उन्हें वह ऐसी बातें बताता, जो लोगों के मन को भाती थीं, अचरज में डालती थीं। लेकिन ये सब बातें ऐसी होती थीं, जिनके लिए ज्यादा पढ़ाई-वढ़ाई की जरूरत नहीं थी। बस, चतुराई से थोड़े-बहुत अनुमान लगाकर काम चल जाता था। हालाँकि मेहनत तो उसमें भी लगती ही थी। इसीलिए काम खत्म करने के बाद वह जो कमाई घर ले जाता था, वास्तव में उस पर उसका हक होता था। उसने जब अपना गाँव छोड़ा था तो उसके पास कोई कार्ययोजना

नहीं थी। कल को क्या करेगा, कैसे कमाएगा-खाएगा? कुछ भी नहीं। फिर भी, उसने गाँव छोड़ दिया, क्योंकि वहाँ रहता तो उसे अपने पुरखों का ही काम आगे बढ़ाते रहना पड़ता।

जैसे—खेत जोतना, फसल काटना, खाना-पीना, बच्चे पैदा करना, परिवार का पालना-पोसना—ऐसा ही कुछ और। लेकिन वह यह सब नहीं करना चाहता था। इसलिए बिना किसी से कुछ कहे-सुने घर छोड़कर चल दिया। कुछ सौ किलोमीटर तक बिना रुके लगातार चलता रहा। एक गाँववाले के लिए यह बड़े हौसले का काम था, क्योंकि वह खुद को किसी अनजान समंदर में जो धकेल रहा था। उसके पास अनुभव के नाम पर कुछ था तो यह कि वह लोगों की परेशानियों को समझ लेता था। शादी, पैसा, रिश्तों में खटास। सामनेवाले की किसी भी किस्म की दिक्कत को वह ताड़ लेता था। कुछ थोड़ी-बहुत प्रैक्टिस की। इससे उसका हुनर कुछ और निखर आया। पाँच मिनट में ही वह समझ जाता था कि उसके सामने जो बैठा है, उसे क्या दिक्कत हो सकती है। हर सवाल का जवाब देने के वह तीन पैसे लेता था; लेकिन दस मिनट बाद। तब तक वह सामनेवाले की हर बात को बड़े ध्यान से सुनता था। इस दौरान एक बार भी अपना मुँह नहीं खोलता था।

इन दस मिनटों में उसे जो कुछ भी सामने बैठा व्यक्ति बताता, उससे उसे जवाब और मशविरे देने के लिए काफी मसाला मिल चुका होता था। फिर बोलना शुरू करता। हथेली देखते हुए कहता—आप कोशिश तो खूब करते हैं, लेकिन आपको आपकी मेहनत के नतीजे पूरे नहीं मिलते। दस में से नौ लोग उसकी इस बात पर 'हाँ' में ही सिर हिलाते। नहीं तो वह सवाल करता—क्या आपके परिवार में कोई महिला है, जिसका रवैया आपकी तरफ अच्छा नहीं है? दूर की कोई रिश्तेदार भी हो सकती है? इससे भी काम न चला तो वह स्वभाव या चरित्र का विश्लेषण कर देता—आपकी ज्यादातर समस्याएँ आपके स्वभाव की वजह से हैं। लेकिन आप बच भी कैसे सकते हैं? शनि जो बैठा हुआ है गलत जगह पर। इसीलिए आपके स्वभाव में धीरज नहीं है। बाहर से भी बेहद रूखा व्यवहार रहता है। बस, ऐसे ही नुस्खे उसे लोगों के दिल में जगह दिला देते। लोग तब तक यह मान ही बैठते कि यह ज्योतिषी कोई पहुँचा हुआ आदमी ही है। ऐसे ही उसका काम चलता था।

बगल के मूँगफलीवाले ने जब अपनी सिगड़ी बुझा दी तो यह संकेत था कि अब ज्योतिषी को भी अपनी दुकान बढ़ा लेनी चाहिए। मजबूरी भी थी,

क्योंकि अब उसे और काम करने के लिए रोशनी कहाँ से मिलेगी। जो थोड़ी-बहुत रोशनी दूसरी दुकानों से आ रही थी, वह तो उसके ठीए के दूर ही आकर ठहरी थी। क्या करता? उसने भी अपना कौड़ी-कैलेंडर समेटा और उसे बैग में डालने लगा। अभी वह सामान समेट ही रहा था कि उसने देखा, एक आदमी उसकी दुकान के सामने खड़ा है। समझ गया कि ग्राहक ही होगा। जाने कैसे देता। सो कहने लगा—बड़ी चिंता में दिखाई दे रहे हो? यहाँ एक मिनट बैठो। मुझसे कुछ बातें करोगे तो तुम्हारी परेशानी का कोई-न-कोई हल जरूर मिल जाएगा। लेकिन उस व्यक्ति ने ज्योतिषी की इस पेशकश पर कोई उत्साहजनक प्रतिक्रिया नहीं दी। यह भी साफ नहीं बताया कि उसे क्या परेशानी है। ज्योतिषी ने फिर अपनी पेशकश दोहराई तो इस बार उसने अपनी हथेली ज्योतिषी के सामने कर दी। ठीक उसकी नाक के नीचे।

फिर उलाहना सा देते हुए कहने लगा—तुम अपने आप को ज्योतिषी कहते हो न! लो, देखो। ज्योतिषी के सामने यह चुनौती थी, पीछे कैसे हट जाता। हथेली देखते हुए बोला—आपका स्वभाव ही है···। आगे कुछ कहता कि उस व्यक्ति ने टोक दिया—अजी, छोड़िए यह सब। कुछ काम का बताइए। ज्योतिषी अब कुछ खफा हो गया था। बोला—मैं हर सवाल का जवाब देने के तीन पैसे लेता हूँ। और मुझसे जो आपको मिलेगा, वह इतने पैसों में पर्याप्त ही होगा। यह सुनते ही उस व्यक्ति ने अपना हाथ वापस खींच लिया। जेब से एक आना निकाला और ज्योतिषी की तरफ बढ़ा दिया। फिर बोला—मेरे पास कुछ सवाल हैं। लेकिन अगर मैंने साबित कर दिया कि तुम उनके ठीक-ठीक जवाब नहीं दे पाए और सिर्फ बेवकूफ बना रहे हो तो तुम्हें यह एक आना ब्याज समेत मुझे लौटाना पड़ेगा। ज्योतिषी भी कम न था। लगभग उसी अंदाज में पलटकर बोला—और अगर आपको मेरे जवाब संतोषजनक लगे तो आप मुझे पाँच आना देंगे।

"नहीं।"

"या आप मुझे आठ आना देंगे।"

"ठीक है, अगर तुम गलत साबित हुए तो मुझे दो आने देना।" वह अनजान व्यक्ति ज्योतिषी से बोला।

कुछ तर्क-वितर्क के बाद ज्योतिषी मान गया। उसने भगवान् से प्रार्थना की और इधर उस अजनबी ने सिगार जला लिया। लेकिन तभी माचिस जलाने से हुई थोड़ी सी रोशनी में ज्योतिषी को उस व्यक्ति के चेहरे की झलक मिल

गई। इसी बीच पास की सड़क पर रेलमपेल मच गई। कारों के हॉर्न बजने लगे। इक्का वाले घोड़ों पर चिल्ला रहे थे। नजदीक वाले पार्क के आस-पास काफी भीड़ लगी हुई थी। शायद लोग पार्क में अँधियारे के विरोध में जुटे थे। लेकिन इससे बेखबर सा वह अजनबी ज्योतिषी के पास ही डटा था; बल्कि अब तो बैठ ही गया था। सिगार से धुआँ उड़ाए जा रहा था। वहीं, ज्योतिषी खुद को बेहद असहज महसूस कर रहा था। जब रहा नहीं गया तो उस व्यक्ति से बोला, ''यह लो अपना एक आना। मुझे इस तरह के चैलेंज लेने का कोई शौक नहीं। और, वैसे भी आज मुझे घर जाने के लिए काफी देर हो चुकी है।...''

इतना कहकर वह अपना सामान समेटने लगा। लेकिन वह अजनबी कहाँ मानने वाला था। उसने ज्योतिषी की कलाई पकड़ ली और बोला, ''तुम अभी इस तरह नहीं भाग सकते। तुमने मुझे अपने पास बुलाया था। मैं तो यहाँ से गुजर रहा था।''

उसकी जकड़ में आया ज्योतिषी काँप उठा था। उसके गले से आवाज नहीं निकल रही थी। जो निकली वह भी काँपती सी। बोला, ''मुझे आज छोड़ दीजिए। मैं आपसे कल बात करूँगा।''

पर उस अजनबी ने अपनी हथेली ज्योतिषी के चेहरे की तरफ बढ़ा दी और कहा, ''चैलेंज तो चैलेंज होता है, देखो और बताओ।''

ज्योतिषी का गला सूख गया। जैसे-तैसे बोला, ''कोई औरत है...।''

''रुको,'' वह अजनबी बोला, ''मुझे यह सब नहीं सुनना है। मुझे यह बताओ कि मैं अभी जिसकी तलाश कर रहा हूँ, वह मुझे मिलेगा या नहीं? इसका जवाब दो और चले जाओ। नहीं तो मैं तुम्हें तब तक नहीं जाने दूँगा, जब तक तुम अपने पूरे सिक्के मेरे हवाले नहीं कर देते।'' इस पर ज्योतिषी ने कुछ देर कोई मंत्र बुदबुदाया और फिर जवाब दिया, ''ठीक है, मैं बताऊँगा। लेकिन अगर आपको मेरी बात सही लगी तो क्या आप मुझे एक रुपया देंगे? वरना मैं अपना मुँह नहीं खोलूँगा। आपसे जो बन पड़े, कर लेना।'' ज्योतिषी के प्रस्ताव पर कुछ हीला-हवाली के बाद अजनबी तैयार हो गया। तब ज्योतिषी ने बताया, ''मैं सही हूँ तो आपको एक बार मरने के लिए छोड़ दिया गया था।''

''आ हाँ, और बताओ।''

''आपको चाकू घोंप दिया गया था।'' ज्योतिषी ने कहा।

"अच्छे आदमी हो।" उस अनजान आदमी ने अपनी छाती खोलकर घाव का निशान दिखा दिया। फिर बोला, "और बताओ।"

"उसके बाद आपको पास के ही खेत में एक कुएँ में फेंक दिया गया था। और वहीं मरने के लिए छोड़ दिया गया।"

"हाँ, मैं तो मर ही जाता, अगर पास से गुजरनेवाले कुछ लोगों ने मुझे बचा न लिया होता।" अब तक वह अजनबी ज्योतिषी की बातें सुनकर उत्साहित हो चुका था। "वह आदमी मुझे कब मिल पाएगा?" अजनबी अपने पर जानलेवा हमला करनेवाले के बारे में जानना चाहता था।

"दूसरी दुनिया में।" ज्योतिषी ने जवाब दिया, "वह आदमी किसी दूर देश में चार महीने पहले मर चुका है। आप उसे अब नहीं देख पाएँगे।"

यह सुनते ही अजनबी कराह उठा।

ज्योतिषी आगे बोला, "गुरु नायक…"

"तुम मेरा नाम जानते हो?" अजनबी ने पलटकर पूछा।

"हाँ, वैसे ही जैसे मैं और सब चीजें जानता हूँ। गुरु नायक, मेरी बात ध्यान से सुनो। तुम्हारा गाँव यहाँ से उत्तर दिशा में है। दो दिन लगते हैं वहाँ पहुँचने में। अगली ट्रेन पकड़ो और तुरंत गाँव लौट जाओ। अगर तुम घर नहीं लौटे तो मुझे तुम्हारी जिंदगी पर एक बार फिर खतरा मँडराता दिख रहा है।" यह कहकर उस ज्योतिषी ने अपने झोले से भभूत निकाली और उसे देते हुए कहा, 'इसे लो और अपने माथे पर रगड़ लो, और तुरंत घर लौट जाओ। दोबारा कभी दक्षिण दिशा की यात्रा मत करना। ऐसा किया तो तुम सौ साल जिओगे।"

"मैं दोबारा फिर क्यों घर छोड़ूँगा? मैं तो इसलिए घर से निकला था कि कभी-न-कभी मैं उसे ढूँढ़ निकालूँगा। उसके मिलते ही उसे अपने हाथों से उसकी जिंदगी से मुक्त कर दूँगा। इसीलिए मैं अब तक यहाँ-वहाँ भटक रहा था।" उसने बड़े अफसोस से सिर हिलाया और बोला, "लेकिन वह मेरे हाथ से बच निकला। मुझे उम्मीद है कि वह वैसी ही मौत मरा होगा, जैसी उसकी होनी चाहिए थी।"

"हाँ" ज्योतिषी ने कहा, "वह एक लॉरी के नीचे दबकर मारा गया।"

यह सुनते ही अजनबी के चेहरे पर संतोष के भाव उभर आए।

अब तक उस इलाके से करीब-करीब हर आदमी जा चुका था। ज्योतिषी ने भी अपना सामान समेटा और झोले में डाल लिया। हर तरफ अँधेरा और

सन्नाटा पसर चुका था। वह अजनबी भी चला गया। जाते-जाते ज्योतिषी को वह काफी सारे सिक्के दे गया।

आज आधी रात हो चुकी थी, जब ज्योतिषी अपने घर पहुँचा। बीवी दरवाजे पर ही इंतजार कर रही थी। उसके पहुँचते ही सफाई माँगने लगी, ''कहाँ थे अब तक?''

लेकिन जवाब देने के बजाय ज्योतिषी ने वे सिक्के उसके सामने कर दिए, जो अजनबी ने उसे दिए थे। कहा, ''गिनो इन्हें। एक आदमी ये पैसे देकर गया है।''

''साढ़े बारह आने।'' वह गिनते हुए बोली। बहुत खुश थी इतने पैसे देखकर। ''मैं कल बाजार से गुड़ और नारियल खरीद लाऊँगी। बेटी बहुत दिन से कुछ मीठा खाने की माँग कर रही है। अब मैं उसके लिए कुछ अच्छा सा बना दूँगी।''

''सुअर ने मुझे धोखा दे दिया। उसने मुझसे एक रुपए देने का वादा किया था।'' ज्योतिषी बोला।

उसकी बीवी उसको देखे जा रही थी। बोली, ''तुम कुछ चिंता में दिख रहे हो। क्या परेशानी है?''

''नहीं, कुछ नहीं।''

रात का खाना खाने के बाद वह तखत पर बैठे हुए बीवी से बोला, ''जानती हो, आज मेरे मन से एक बहुत बड़ा बोझ उतर गया। मैं अब तक इतने साल से यही सोचता था कि मेरे हाथ से एक आदमी का खून हो गया है। इसीलिए मैं घर से भी भागा। यहाँ आया। तुमसे शादी की और यहीं का होकर रह गया। लेकिन वह जिंदा है।''

वह अचरज से बोली, ''तुमने हत्या की कोशिश की।''

''हाँ, अपने गाँव में। तब मैं बेवकूफ टाइप का लड़का था। हमने उस रोज खूब शराब पी थी। फिर जुआ खेला। और इसके बाद हमारा झगड़ा हो गया।...लेकिन अब उस बारे में क्यों सोचें? सोने का वक्त हो गया है।'' उसने कहा और लंबी व गहरी साँस लेने के बाद उसी तखत पर लेट गया।

□

खोई चिट्ठी

थनप्पा अपनी बीट के तहत विनायक मुदली स्ट्रीट और उसके साथ की चार अन्य सड़कों का इलाका कवर करता था। इस पूरे इलाके की डाक बाँटकर हेड ऑफिस लौटने में उसे करीब छह घंटे लग जाते थे। मार्केट रोड पर हेड ऑफिस था। वह जिन लोगों की चिट्ठियाँ ले जाता था, उनकी अच्छी-बुरी खबरों के साथ घुल-मिल भी जाया करता था। उनकी खुशी और गम को महसूस कर पाता था। ऐसे ही, कबीर स्ट्रीट के 13 नंबर मकान में एक व्यक्ति रहता था। वह रोज मकान से बाहर सड़क तक आ जाता था। हमेशा थनप्पा से पूछता, 'मेरे लिए कोई चिट्ठी तो नहीं आई है?' सालों से वह ऐसा ही कर रहा था। थनप्पा उसे तब से देख रहा है, जब वह जवान था। अब अधेड़ हो गया, लेकिन आदत नहीं बदली। थनप्पा के आने का वक्त होने से पहले ही घर के बाहर पट्टी पर आकर बैठ जाता। उसे देखकर थनप्पा को कहना पड़ता, 'आज भी कुछ नहीं आया। कोई इनाम भी नहीं।'

रोज का यही सिलसिला था। दरअसल, वह व्यक्ति रोज अखबारों में छपने वाली क्रॉसवर्ड की पहेलियाँ हल किया करता था। उन पर इनाम मिला करता था और उसे उम्मीद थी कि एक-न-एक दिन वह इनाम जरूर जीतेगा। लेकिन थनप्पा उसे रोज इनाम न मिलने की खबर देता था और थोड़ी दिलासा भी, 'दिल छोटा मत कीजिए। कोशिश करते रहिए।' इतना कहकर वह आगे बढ़ जाता। दूसरे को संदेशा देता, 'इस महीने आपका ब्याज किसी वजह से अटक गया है। लेकिन चिंता मत कीजिए, जल्द ही मिल जाएगा।' फिर अगले घर में पहुँचता, 'मैडम, हैदराबाद से आपके बेटे की फिर चिट्ठी आई

है। अभी कितने बच्चे हैं उसके?' ···अगले दरवाजे पर पहुँचता तो उलाहना देता, 'मुझे पता ही नहीं चला कि तुमने मद्रास की इस नौकरी के लिए कब अरजी भेज दी। तुमने मुझे बताना तक जरूरी नहीं समझा। खैर, कोई बात नहीं। अब जब मैं तुम्हारा अपॉइंटमेंट लेटर लेकर आऊँगा न, तो तुम्हें मुझे नारियल की पायसम (मिठाई) खिलानी पड़ेगी।'

इसी तरह सिलसिला आगे बढ़ता रहता। थनप्पा हर घर में रुकता। कहीं-कहीं तो आधे घंटे तक भी। जिस घर में उसे मनीऑर्डर डिलीवर करना होता वहाँ तो जरूर। ऐसे किसी घर से वह तब तक नहीं हटता था, जब तक पूर अंदाजा न कर ले कि पैसा कहाँ और कैसे खर्च किया जानेवाला है। इसी तरह कभी जब बहुत गरमी होती तो वह उस दिन किसी-न-किसी के घर पर गिलार भर छाछ की फरमाइश करने से भी नहीं झिझकता था। फिर वहीं तसल्ली र बैठकर पीता। इसके बाद ही आगे निकलता। लेकिन कोई उसकी बातों का बुर नहीं मानता था, बल्कि सभी उसे पसंद करते थे। वह उन सबकी उम्मीदों-अरमानों का जीता-जागता पार्सल जो था। उनकी जिंदगी का अहम हिस्सा लेकिन इन सभी में खुद थनप्पा एक घर से कुछ ज्यादा ही जुड़ा हुआ था विनायक मुदली स्ट्रीट का मकान नंबर 10, जहाँ रामानुजम रहते थे। वे रेवेन्‌ डिवीजन ऑफिस के सीनियर क्लर्क थे। थनप्पा उनके यहाँ करीब एक पीढ़ से डाक ला रहा था। कई साल पहले उसकी उनसे जान-पहचान हुई थी।

रामानुजम की पत्नी गाँव में रह रही थीं। उस रोज रामानुजम के लि कोई कार्ड आया था। डाक छाँटने की टेबल पर ही उसकी नजर उस कार्ड प पड़ गई थी। लिहाजा, जैसे ही छँटाई का काम खत्म हुआ, वह सीधा रामानुज के घर की ओर चल पड़ा। हालाँकि उनके घर से पहले 150 मकान और श जहाँ उसे डाक बाँटनी थी; लेकिन उसने उन सबको बाद के लिए छोड़ दिय उसे तो जल्दी थी रामानुजम के घर पहुँचने की। जैसे ही वह वहाँ पहुँच दरवाजा खटखटाकर जोर की आवाज लगाई, 'पोस्टमैन! सर, पोस्टमैन!'

रामानुजम ने दरवाजा खोला ही था कि वह फिर बोल पड़ा, 'सर, पह मेरा मुँह मीठा कराइए, उसके बाद मैं आपको यह कार्ड दूँगा। भगवान्‌ आपकी इतने सालों की प्रार्थना सुन ली। आप पिता बन गए हैं। लेकिन अ आप शिकायत मत करने लगिए कि यह तो बेटी हुई है। बेटियाँ भगवान्‌ व वरदान होती हैं, पता है न।···कामाक्षी, कितना प्यारा नाम है।'

□

'कामाक्षी', सालों बाद थनप्पा लंबी व खूबसूरत लड़की से मुखातिब था, "जल्दी से अपनी तसवीर खिंचवा लो।...लो, ये तो शरमा गई...। अरे, तुम्हारे नानाजी का कार्ड आया है। उन्होंने तुम्हारी तसवीर मँगवाई है। आखिर उन्हें तुम्हारी तसवीर क्यों चाहिए? शादी-वादी का मामला तो नहीं...।"

"आजकल कामाक्षी के नानाजी कुछ ज्यादा ही जल्दी-जल्दी चिट्ठियाँ लिखने लगे हैं। है न सर!" उसने सामने से आते हुए रामानुजम को चिट्ठी थमाते हुए कहा। रामानुजम ने जब तक लिफाफा खोलकर चिट्ठी पढ़ नहीं ली, वह वहीं चुपचाप खड़ा इंतजार करता रहा। उसे जानने की उत्सुकता थी कि आखिर चिट्ठी में लिखा क्या है। पत्र पढ़कर रामानुजम के चेहरे पर कुछ चिंता की लकीरें देख उससे रहा नहीं गया। तुरंत पूछ बैठा, "सब ठीक तो है न, सर?"

अब वह बरामदे के खंभे के साथ टिककर खड़ा हो गया था। जो चिट्ठियाँ बँटी नहीं थीं, उनका बंडल उसकी काँख में दबा हुआ था। वह बेसब्री से रामानुजम के जवाब का इंतजार कर रहा था कि तभी उन्होंने बताया, "मेरे ससुरजी को लगता है कि मुझे अपनी बेटी की शादी की फिक्र नहीं है। और उसके लिए लड़का ढूँढ़ने में तेजी नहीं दिखा रहा हूँ। इसीलिए उन्होंने अपनी तरफ से भी एक-दो जगह कोशिश की है। हालाँकि वे भी सफल नहीं हो पाए हैं; लेकिन उन्हें लगता है कि मैं तो इस दिशा में कुछ कर ही नहीं रहा हूँ।"

"बुजुर्ग लोगों की भी अपनी ही परेशानी होती है।" थनप्पा ने बीच में अपनी तरफ से जोड़ा।

रामानुजम आगे बताने लगे, "परेशानी ये है कि कामाक्षी के नानाजी ने उसकी शादी के लिए अपनी तरफ से पाँच हजार रुपए जमा कर रखे हैं। वे चाहते हैं कि मैं उसके लिए जल्द-से-जल्द अच्छा लड़का ढूँढ़कर उसकी शादी कर दूँ। लेकिन पैसा ही तो सबकुछ नहीं होता...।"

"नहीं, बिल्कुल नहीं।" थनप्पा ने उनकी हाँ में हाँ मिलाई और कहा, "जब तक सही वक्त नहीं आता, कोई भी कोशिश सफल हो ही नहीं सकती।"

इस तरह दिन गुजरते गए। थनप्पा आए दिन चिट्ठी लाता और इंतजार करता कि कोई खुशखबरी अब मिली कि तब, लेकिन रामानुजम की ओर से

कुछ और ही जवाब मिलते, "फिर वही पुरानी थनप्पा, कुंडली नहीं मिली।" ..."वे बहुत ज्यादा दहेज माँग रहे हैं।" ..."उन्हें लड़की का चेहरा-मोहरा पसंद नहीं आया।" ..."चेहरा-मोहरा पसंद नहीं आया?" थनप्पा ने तमककर पूछा, "अरे, राजकुमारी जैसी दिखती है, बिटिया। अंधा ही होगा, जिसे वह पसंद नहीं आई।"

शादियों का यह सीजन भी खत्म होने वाला था। सिर्फ तीन मुहूर्त बाकी थे। आखिरी मुहूर्त 20 मई का था। इधर लड़की भी कुछ दिनों में सत्रह की पूरी होने वाली थी। उसके नाना की तरफ से आनेवाली चिट्ठियों की संख्या लगातार बढ़ती जा रही थी। रामानुजम अपनी तरफ से चौतरफा कवायद कर चुके थे; लेकिन नतीजा नहीं निकल रहा था। वे निराश हो गए थे और खुद को असहाय महसूस करने लगे थे। एक दिन थनप्पा से कहने लगे, "ऐसा लगता है कि मेरे नसीब में दामाद का सुख लिखा ही नहीं है।"

थनप्पा ने उन्हें ढाढ़स बँधाते हुए कहा, "ऐसी अशुभ बातें मत कीजिए, सर। भगवान् की जब इच्छा होगी..." कहते-कहते वह कुछ देर के लिए रुक गया। फिर जैसे कुछ याद करते हुए बोला, "एक लड़का है सर, दिल्ली में नौकरी करता है। महीने में दो सौ रुपए तनख्वाह है। मुकुंद नाम है उसका। वो टैंपल स्ट्रीट है न, वहीं उसका घर है। मेरे खयाल से, आपकी ही बिरादरी का है।"

"क्या, वाकई?"

"उस लड़के की शादी की बात महीनों से चल रही है। दोनों तरफ से सैकड़ों चिट्ठियाँ लिखी जा चुकी हैं। लेकिन मैं पूरे यकीन के साथ कह सकता हूँ कि बात अब तक बनी नहीं है। शायद पैसे को लेकर कोई मामला फँसा हुआ है।...उन्होंने पिछली चिट्ठी पोस्ट कार्ड पर लिखी थी। बहुत गुस्से में लिखी गई थी शायद।...मुझे लगता है कि पोस्ट कार्ड पर चिट्ठी लिख भेजना भी किसी को बेइज्जत करने का जरिया हो सकता है। खासकर पिक्चर पोस्ट कार्ड पर तो और। दो साल पहले जब राजप्पा अमेरिका गया था न तो वह हर हफ्ते अपने बेटों को पिक्चर पोस्ट कार्ड पर ही चिट्ठी लिखकर भेजता था।..." बात करते-करते वह विषय से भटक गया था। लेकिन जैसे ही उसे एहसास हुआ, वह फिर विषय पर लौट आया। कहने लगा, "मैं मुकुंद से उसकी कुंडली माँग लूँगा। देखते हैं, क्या होता है..."

अगले दिन वह कुंडली ले भी आया और रामानुजम को बताया, ''लड़के के माता-पिता भी अभी दिल्ली में हैं। आप उन्हें तुरंत चिट्ठी लिख भेजिए। नेक काम में देरी नहीं करनी चाहिए।''

रामानुजम और उनके परिवार को उम्मीद की एक किरण दिखाई दे रही थी।

''मुझे अभी सौ चिट्ठियाँ बाँटनी हैं। लेकिन मैं पहले यहाँ आया, क्योंकि इस पर दिल्ली की मुहर लगी हुई है। आप इसे खोलिए और बताइए, उन्होंने क्या लिखा है।'' उस रोज थनप्पा ने आते ही रामानुजम को चिट्ठी पकड़ाते हुए कहा था।

रामानुजम ने जैसे ही चिट्ठी खोली तो वह बोल पड़ा, ''कितने अच्छे लोग हैं, तुरंत जवाब भेज दिया। आखिर उन्हें हमारी बिटिया की तसवीर पसंद आ गई। और आएगी भी कैसे नहीं!''

''रोज एक चिट्ठी आ रही है। लगता है, जैसे ही कामाक्षी बिटिया की शादी होगी, मुझे आराम करने के लिए कुछ दिन की छुट्टी लेनी पड़ेगी।'' एक दिन उसकी आवाज में उम्मीद दिखती तो दूसरे दिन चिंता, ''आप लोग अब तक बात ही कर रहे हैं। लग तो रहा था कि बात कल ही पूरी हो जाएगी।...भगवान् जाने, कितनी और मुश्किलें अभी हमें पार करनी पड़ेंगी। तसवीर पसंद आने भर से कुछ होता ही नहीं है।''

परिवार में उस दिन किसी अहम मसले पर चर्चा हो रही थी। रामानुजम को लड़के वालों से मिलने के लिए मद्रास जाना था। वे साथ में बेटी को भी ले जाना चाहते थे। लड़का और उसके माता-पिता एक दिन के लिए दिल्ली से आ रहे थे। रामानुजम, उनकी माँ और पत्नी बातचीत में मशगूल थे। तीनों अपने अलग-अलग विचार रख रहे थे। हालाँकि स्पष्टता किसी के विचारों में नहीं थी।

''पूरे शहर के लोग हम पर हँसेंगे, जब उन्हें पता चलेगा कि हम अपनी बेटी को यहाँ-वहाँ दिखाते फिर रहे हैं।'' रामानुजम की पत्नी ने कहा।

''क्या अजीब तर्क है। अगर तुम इस बेकार की दकियानूसी सोच में उलझी रहोगी तो हम कभी शादी की बातचीत को नतीजे तक नहीं पहुँचा पाएँगे।'' रामानुजम कह रहे थे, ''यह हमारा फर्ज है कि जरूरत पड़े तो हम बेटी को दिल्ली भी लेकर जाएँ।''

इस पर उनकी पत्नी ने कहा, "अगर आपको इसी से खुशी मिलती तो फिर कीजिए, जो मन में आए। मुझसे सलाह लेने की क्या जरूरत है?"

बातचीत बहस में बदल चुकी थी और कोई नतीजा निकलते हुए नहीं दिख रहा था। तभी आदत के मुताबिक थनप्पा वहाँ आ पहुँचा। इन दिनों काम खत्म करके रोज ही आ जाता था। आज आया तो वह भी चर्चा में शामिल हो गया। कहने लगा, "मैं तीसरा पक्ष हूँ। मेरी बात भी सुन लीजिए। सर, आप प्लीज, ट्रेन पकड़कर तुरंत मद्रास चले जाइए। एक साल से आप लोग लड़केवालों से चिट्ठियों के जरिए बातचीत कर रहे हैं। लेकिन जो काम इस तरह से अब तक नहीं हो पाया, वह आमने-सामने की एक घंटे की मीटिंग में हो जाएगा।"

"मद्रास से चिट्ठी आई है, मैडम। मुझे पूरा यकीन है कि यह आपके पति ने ही भेजी होगी। क्या खबर है?" रामानुजम की पत्नी को थनप्पा ने पत्र थमाते हुए पूछा था।

वे पत्र खोलकर अभी पढ़ ही रही थीं कि वह बोला, "आज मेरे हाथ में कुछ रजिस्टर्ड डाक है। मैं उसे बाँटकर आता हूँ।..."

वादे के मुताबिक वह जल्दी ही लौट आया और आते ही सवाल दाग दिया, "क्या उनकी मुलाकात हो गई?"

"हाँ, कामाक्षी के पिताजी ने लिखा है कि उन्होंने लड़की को देख लिया है और उनकी बातचीत से लग रहा है कि वे लोग तैयार हैं।" रामानुजम की पत्नी ने बताया।

"वाह, क्या खुशखबरी है। मैं आज रात ही जाकर अपने विनायक को नारियल चढ़ाऊँगा।"

"लेकिन," रामानुजम की पत्नी ने खुशी और चिंता के मिले-जुले स्वर में कहा, "एक दिक्कत है। हमें लग ही रहा था कि वे शादी अगले थाई के महीने में करना चाहते हैं।...लड़केवालों का कहना है कि शादी होनी है तो 20 मई को ही होनी चाहिए, नहीं तो फिर तीन साल के लिए टल जाएगी। लड़के को कहीं ट्रेनिंग के लिए भेजा जा रहा है।"

"आपके बुजुर्ग अपनी बात के पक्के हैं।" थनप्पा ने रामानुजम के हाथ में उस दिन एक लिफाफा पकड़ाते हुए कहा था। उसमें बीमा की रकम से संबंधित कागज था। उसके बारे में थनप्पा ने ही बताया, "उन्होंने पूरे पैसे भेज दिए हैं। अब आप पैसे की कमी की शिकायत नहीं कर सकते। तैयारियाँ

कीजिए। मुझे बेहद खुशी है कि शादी के लिए उन्होंने भी मंजूरी दे दी है। वैसे भी, हमें उनके पैसों से ज्यादा उनके आशीर्वाद की ज्यादा जरूरत है। उम्मीद है, उन्होंने अपना आशीष भी भेजा ही होगा।...''

''हाँ-हाँ, बिल्कुल।'' रामानुजम ने कहा, ''मेरे ससुरजी इस शादी से बेहद खुश लग रहे हैं।''

मालगुडी में किसी शादी समारोह पर पाँच हजार रुपए खर्च होना उन दिनों बड़ी बात थी। वक्त बहुत कम था। शादी की तैयारियों में रामानुजम का साथ देने वाला भी कोई नहीं था। इसलिए थनप्पा जी-जान से उनकी मदद में लगा हुआ था। काम खत्म करके वह पूरा वक्त शादी के इंतजाम में लगा रहता था। उसने डाक बाँटने के वक्त अब लोगों से बातचीत करना भी कम कर दिया था। किसी भी घर पर रुकता नहीं था। बाहर से आवाज लगाता, ''लेटर, सर!'' दूर से ही घरों में चिट्ठी डालता और आगे बढ़ जाता। कोई आवाज लगाकर पूछता कि बात क्या है? इतनी जल्दी में क्यों हो? तो कहता, ''अभी मुझे जाने दीजिए। मैं 20 मई के बाद आराम से बैठकर आपको सब बताऊँगा।''

इधर रामानुजम भी बेहद तनाव में थे। शादी की तारीख जैसे-जैसे नजदीक आ रही थी, चिंता के मारे उनके हाथ-पैर काँपने लगे थे। ऐसे में थनप्पा उन्हें समझाता, ''चिंता मत कीजिए, सर। सब ठीक हो जाएगा। कोई परेशानी नहीं आएगी। भगवान् की कृपा से आपने उन्हें वह सब दे दिया है, जो वे चाहते थे। कैश हो, सामान या मान-सम्मान के मुताबिक इंतजाम। और फिर, वे भी अच्छे लोग हैं, सर।''

तब रामानुजम अपनी चिंता जताते, ''वह बात नहीं है। दिक्कत ये है कि यह इस साल शादी की आखिरी तारीख है। अगर कहीं कोई गड़बड़ हो गई तो सब किए-धरे पर पानी फिर जाएगा। सब खत्म हो जाएगा, क्योंकि इसके बाद लड़का तीन साल के लिए बाहर चला जाएगा। फिर मुझे नहीं लगता कि हम में से कोई भी इतने लंबे वक्त तक शादी के लिए इंतजार करता रहेगा।''

और फिर शादी के दिन मुहूर्त के चार घंटे बाद। चारों तरफ चहल-पहल और बाकी सज-धज। लक-दक परिधानों में बने-ठने लोग। फूलों के साथ चंदन की खुशबू चारों तरफ फैली हुई थी। हवन की वेदी का पवित्र

धुआँ भी माहौल में अपना असर घोल रहा था। इस सबके बीच पंडाल के नीचे रखी गई खास कुरसी पर दिल्ली का एक स्मार्ट सजीला नौजवान दूल्हा बना बैठा था। कुछ लोग दूल्हे के इर्द-गिर्द बैठे उससे बातें कर रहे थे। तभी थनप्पा पत्रों के एक बंडल के साथ सामने प्रकट हुआ।

उसे देखकर कुछ नई उम्र के लड़के उसकी ओर लपके और बोले, "पोस्टमैन, चिट्ठियाँ लाए हो। लाओ, हमें दे दो।"

लेकिन थनप्पा ने अपना हाथ पीछे खींच लिया, "वापस जाओ। मुझे पता है, ये लिफाफे किसे देने हैं।" इसके बाद वह आगे बढ़कर दूल्हे के पास पहुँच गया। बड़े अदब के साथ उसके हाथ में सभी लिफाफे थमाते हुए बोला, "मुझे यकीन है सर कि ये सभी ग्रीटिंग आपके शुभचिंतकों ने आपको बधाई और आशीर्वाद के साथ भेजे हैं। इसमें मेरी ओर से भी एक बधाई पत्र है। आप इन सभी पर एक निगाह जरूर डालिए।" वह यह काम करते हुए बड़ा फख्र महसूस कर रहा था।

दूल्हे ने हल्की मुसकान के साथ उसकी ओर देखा और धीरे से कहा, "शुक्रिया।"

इस पर तुरंत ही थनप्पा ने अपनी बात आगे बढ़ाई, "हम सब आपको इस घर में दूल्हे के रूप में पाकर बेहद फख्र महसूस कर रहे हैं। मैं कामाक्षी को बचपन से जानता हूँ। तब से, जब कि वह महज एक दिन की बच्ची थी। मैं हमेशा से जानता था कि उसे आपके जैसा ही योग्य पति मिलेगा।" इतनी बात कहकर उसने बड़े अदब से दूल्हे को हाथ जोड़कर नमस्कार किया और वहाँ से चला गया दूसरे घरों में डाक बाँटने के लिए—और किचेन में टिफिन व कॉफी के साथ खुद को तरोताजा करने के लिए।

शादी के दस दिन बाद थनप्पा ने एक अदद मुसकान के साथ दरवाजा खटखटाया और कामाक्षी के हाथ में उसकी पहली चिट्ठी सौंपी। बोला, "वाह, लिफाफे से क्या शानदार खुशबू आ रही है! मुझे तो यह महक तब से आ रही है, जब यह लिफाफा तीन स्टेशन पहले डाक गाड़ी में ही था। मैंने अपनी जिंदगी में ऐसे सैकड़ों लिफाफे बाँटे हैं। लो, लो इसे। और याद रखना, जब तक उसकी दसवीं चिट्ठी आएगी न, वह तुम्हें अपने साथ ले जाने के लिए पूरी तरह तैयार कर चुका होगा। और तुम भी उसके साथ पंछी की तरह फुर्र हो जाओगी। फिर हम सबको भूल जाओगी। ये थनप्पा, ये गली, सबकुछ। है न।"

यह सुनते ही कामाक्षी लाज के मारे पानी-पानी हो गई। झट से उसने थनप्पा के हाथ से लिफाफा छीन लिया और भीतर की तरफ दौड़ गई। पीछे से थनप्पा ऊँची आवाज में बोला, "चिंता मत करो, मैं तुमसे नहीं पूछूँगा कि पत्र में क्या लिखा है।"

फिर एक छुट्टी के दिन। थनप्पा को यकीन था कि आज रामानुजम घर पर ही होंगे। वह उनके घर पहुँचा, दरवाजा खटखटाया और उनके हाथ में एक कार्ड रख दिया। देखते ही रामानुजम के मुँह से आह निकल गई।

"बुरी खबर है। सलेम में रहनेवाले मेरे चाचा बेहद बीमार हैं। वे चाहते हैं कि मैं तुरंत उनके पास पहुँच जाऊँ। मुझे निकलना होगा।" उन्होंने बताया।

"बड़ा दुःख हुआ यह जानकर, सर।" थनप्पा बोला और एक और लिफाफा रामानुजम के हाथ में रख दिया। बताया, "यह टेलीग्राम भी है, सर।"

"टेलीग्राम!" सुनते ही रामानुजम चीख पड़े। और जैसे ही टेलीग्राम पर नजर डाली, उनका डर सही साबित हुआ—वे तो नहीं रहे। वे वहीं दरवाजे के बाहर बने चबूतरे पर बैठ गए। अपने चाचा की मौत की खबर पढ़कर उन्हें गहरा सदमा लगा था। आँखों से आँसू बहे जा रहे थे। उनकी दशा देखकर बगल में खड़ा थनप्पा भी बेहद दुखी था। इसी बीच रामानुजम ने खुद को सँभाला और भीतर जाने लगे।

लेकिन तभी थनप्पा ने पीछे से टोक दिया, "एक मिनट सर, मुझे आपके सामने अपनी एक गलती माननी है। आप प्लीज, कार्ड पर छपी तारीख देखिए।"

"उन्नीस मई, मतलब पंद्रह दिन पहले की यह चिट्ठी है?"

"जी सर, और उसके ठीक एक दिन बाद ही टेलीग्राम भी आ गया था। उस दिन आपकी बेटी की शादी थी। इस खबर को पढ़कर मुझे बेहद दुःख हुआ था।...लेकिन मैंने खुद को समझाया कि जो हुआ सो हो गया। और इसे अपने पास ही रख लिया। मुझे डर था कि इसे आपको देने से शादी में अड़ंगा पड़ सकता है।"

रामानुजम यह सुनते ही थनप्पा पर फट पड़े, "वे जब मर रहे थे तो क्या मैं शादी की परवाह करता? या मुझे करनी भी चाहिए थी। कभी नहीं...।"

थनप्पा उनके सामने सिर झुकाए चुपचाप खड़ा था। फिर धीरे से बोला, ''मैंने गंभीर अपराध किया है। आप चाहें तो मेरी शिकायत कर सकते हैं। वे मुझे नौकरी से बरखास्त कर देंगे।'' इतना कहकर वह मुड़ा और धड़धड़ाते हुए सीढ़ियाँ उतरकर अपने राउंड पर जाने लगा।

तभी पीछे से रामानुजम ने उसे आवाज दी, ''पोस्टमैन!'' थनप्पा ने पलटकर देखा, रामानुजम रो रहे थे। भर्राए गले से वे बोले, ''यह मत सोचना कि मैं तुम्हारी शिकायत करूँगा। लेकिन मुझे अफसोस है कि तुमने ऐसा काम किया।''

''मैं आपकी भावनाओं को समझता हूँ, सर।'' थनप्पा ने जवाब दिया और देखते-ही-देखते गली में गायब हो गया।

□

डॉक्टर के शब्द

लोग उसके पास तब आते थे, जब मरीज अपनी आखिरी स्टेज पर पहुँच चुका होता था। इस पर अकसर डॉ. रमन फट पड़ते, ''तुम लोग एक दिन पहले नहीं आ सकते थे।'' उनके पास लोगों के देर से आने का सीधा सा एक ही कारण था—उनकी फीस। वे मरीज को देखने की एक बार की फीस 25 रुपए लेते थे। कभी-कभी तो इससे ज्यादा भी। इसीलिए इस तथ्य की अनदेखी करते थे कि अब डॉ. रमन के पास मरीज को ले जाने का वक्त आ गया है। डॉ. रमन के पास पहुँचते ही उन्हें डर सताने लगता कि अब कुछ अशुभ होने वाला है। नतीजा यह होता कि जब तक डॉ. रमन के लिए मरीज को देखने की बारी आती, आर-पार का फैसला लेने का वक्त आ चुका होता था। किसी तरह की दुविधा या कुछ दबाने-छिपाने का समय निकल चुका होता था। सालोसाल से यही चल रहा था। इसलिए वे बहुत कम शब्दों में सीधी-सपाट बात कह देते। उनकी बात में कुछ रूखापन होता था, लेकिन सच्चाई भी। लोग उनकी बात पर भरोसा करते थे; क्योंकि वह सिर्फ एक डॉक्टर की राय नहीं होती थी, बल्कि किसी जज के फैसला सुनाने जैसा मामला होता था। मरीज की जिंदगी जैसे उन्हीं के शब्दों पर अटकी होती थी। डॉ. रमन यह सब अच्छी तरह समझते थे। फिर भी कभी इसकी चिंता नहीं करते थे। उन्हें इस पर भरोसा ही नहीं था कि डॉक्टर के राहत भरे दो शब्दों से किसी की जिंदगी बच सकती है। उन्हें कभी लगा ही नहीं कि लोगों को सुकून देने के लिए कभी-कभार उनको थोड़ा झूठ भी बोल देना चाहिए। और वैसे भी, कुछ ही घंटों में उन लोगों के सामने सच्चाई अपने आप ही सामने

आ जाएगी। लेकिन एक बात और थी। डॉ. रमन को अगर मरीज के बारे में उम्मीद की एक किरण भी नजर आ जाती तो वे हार नहीं मानते थे। बाँहें चढ़ाकर जुट जाते और तब तक लगे रहते, जब तक कि मरीज को यमराज के हाथों से खींचकर वापस न ले आते।

आज, उस मरीज के बिस्तर के बगल में खड़े-खड़े डॉक्टर को लग रहा था कि उन्हें किसी से थोड़ा झूठ कह देना चाहिए, ताकि उसे राहत महसूस हो। उन्होंने रूमाल से अपना माथा पोंछा और बिस्तर के बगल में ही पड़ी कुरसी पर बैठ गए। बिस्तर पर उनका दुनिया में सबसे प्यारा दोस्त लेटा हुआ था—गोपाल। वे चालीस साल से एक-दूसरे को जानते थे। जब से नर्सरी में पढ़ाई शुरू की, तब से। यह सच है कि वे आपस में इन दिनों ज्यादा मिल-जुल नहीं पाते थे। अपने-अपने घर-परिवार और काम-धंधे में जो उलझे हुए थे। कभी-किसी रविवार के दिन गोपाल उनके क्लीनिक पर आ जाता। जब तक डॉ. रमन अपना काम निपटाते, वह एक कोने में चुपचाप बैठा इंतजार करता रहता। फिर जब काम खत्म हो जाता तो वे दोनों एक साथ बैठकर डिनर करते। कोई पिक्चर देखते और एक-दूसरे से दुनियादारी की ढेर सारी बातें करते। बड़ी पक्की दोस्ती थी। बदलते वक्त और हालात बेअसर, अनछुई।

इस बार काम की आपाधापी में डॉ. रमन को याद ही नहीं रहा कि गोपाल उनके पास लंबे समय से नहीं आया है। शायद तीन महीने से ज्यादा बीत चुके थे। उन्हें यह उस वक्त याद आया, जब एक दिन गोपाल के बेटे को अपने क्लीनिक में बैठे देखा। उस रोज मरीजों की भीड़ ज्यादा थी, इसलिए वे एक घंटे तक उससे बात नहीं कर सके। लेकिन जब वे कंसल्टिंग रूम से उठकर ऑपरेशन थिएटर की तरफ जाने लगे तो बीच में रुककर उस लड़के से पूछ बैठे, "जनाब, आप यहाँ क्या कर रहे हैं?"

लड़का घबराया हुआ सा बोला, "माँ ने भेजा है।"

"कहिए, मैं आपके लिए क्या कर सकता हूँ?"

"पिताजी बीमार हैं…"

वह ऑपरेशन का दिन था। इसलिए डॉ. रमन दोपहर के तीन बजे तक फ्री नहीं हो पाए। लेकिन जैसे ही काम खत्म हुआ, सीधे लॉली एक्सटेंशन में बने अपने दोस्त के घर पहुँच गए।

गोपाल बिस्तर पर लेटा हुआ था। शायद सो रहा था। डॉ. रमन उसके

पास जा खड़े हुए और उसकी पत्नी से पूछा, "ये कब से बिस्तर पर हैं?"

"डेढ़ महीना हो गया, डॉक्टर।"

"कौन देख रहा है इनको?"

"बगल वाली गली में एक डॉक्टर हैं। वे तीन दिन में आकर दवाई दे जाते हैं।"

"उनका नाम क्या है?" रमन ने उस डॉक्टर का नाम पहले कभी नहीं सुना था। बोले, "मैं उन्हें नहीं जानता। लेकिन उस भले आदमी को इतना तो करना था कि मुझे एक बार इस बारे में बता देता। और फिर आपने भी मुझे थोड़ा पहले क्यों नहीं बताया?"

"हमें लगा, आप व्यस्त होंगे। इसलिए हम आपको बेवजह परेशानी में नहीं डालना चाहते थे।" गोपाल की पत्नी और बेटे के चेहरे पर दु:ख के साथ अफसोस का भाव भी साफ झलक रहा था।

समय कम था। एक पल भी बरबाद नहीं किया जा सकता था। इसलिए डॉ. रमन ने तुरंत अपना कोट उतारा और बैग खोल लिया। उससे इंजेक्शन ट्यूब और सुई निकालकर उसे उबलने के लिए स्टोव पर रखवा दिया। इस बीच, गोपाल की पत्नी एक कोने में खड़ी सुबक रही थी। वह डॉक्टर से कुछ पूछना ही चाहती थी कि उन्होंने उसे रोक दिया।

"कृपा करके कोई सवाल मत पूछना।" रूखे से लहजे में डॉ. रमन ने कहा। फिर कमरे में नजर दौड़ाई। बच्चे पास ही चुपचाप खड़े सब देख रहे थे। उन्होंने फरमान सुनाया, "बच्चों को यहाँ से कहीं और भेज दो। कमरे में सिर्फ बड़े ही रुकें।"

मरीज को इंजेक्शन लगाने के बाद वे बिस्तर के पास ही कुरसी पर बैठ गए और एक घंटे तक उसके चेहरे पर नजर दौड़ाते रहे। गोपाल के शरीर में कोई हरकत नहीं हो रही थी। डॉ. रमन के चेहरे पर पसीने की बूँदें चमक रही थीं। पलकें थकान से बोझिल हो रही थीं। तभी गोपाल की पत्नी ने धीरे से उनसे पूछा, "डॉक्टर, क्या मैं आपके लिए एक कप कॉफी बना दूँ?"

"नहीं।" उन्होंने जवाब दिया। हालाँकि उन्हें भूख जोरों की लगी थी और आज तो दोपहर का खाना भी नहीं खाया था। अचानक वे अपनी कुरसी से उठे और बोले, "मैं दो-चार मिनट में आता हूँ। तब तक इन्हें कोई जरा भी डिस्टर्ब न करे।" इतना कहकर उन्होंने अपना बैग उठाया और कार की तरफ चल पड़े।

लगभग 15 मिनट बाद लौटे तो साथ में एक असिस्टेंट और नर्स भी थी। आते ही उन्होंने गोपाल की पत्नी से कहा, ''मुझे ऑपरेशन करना होगा।''

''क्यों, क्यों? क्यों?'' घबराकर उसने पूछा।

''मैं आपको जल्द ही सबकुछ बता दूँगा। लेकिन इस वक्त क्या आप अपने बेटे को हमारी मदद के लिए बुला सकती हैं? हाँ, आप खुद बगलवाले मकान में चले जाइए। और जब तक मैं न बुलाऊँ, वापस मत आइए।''

इतना सुनते ही गोपाल की पत्नी चक्कर खाकर फर्श पर गिर पड़ी। तनाव बरदाश्त नहीं कर पाई वह। नर्स ने उसे उठाने में मदद की और कमरे से बाहर किया।

रात के करीब 8 बजे मरीज ने आखिरकार आँखें खोल दीं। उनसे आँसू लुढ़ककर बिस्तर पर आ गए थे। यह देखकर डॉ. रमन का असिस्टेंट खुशी से उछल पड़ा। बड़ी उम्मीद से चहककर बोला, ''वह वापस आ जाएगा, सर।''

हालाँकि डॉक्टर के चेहरे पर वह गर्मजोशी नहीं थी। वे धीरे से फुसफुसाए, ''मैं इसे इस हालत से वापस लाने के लिए कुछ भी कर जाऊँगा; लेकिन, लेकिन दिल…''

''नब्ज धीरे-धीरे ठीक हो रही है, सर।''

''बहुत अच्छी बात है।'' डॉ. रमन ने कहा, ''लेकिन इस पर ज्यादा भरोसा मत करो। यह अभी झूठी उम्मीद ही लगती है। इस तरह के मामलों में यह बहुत आम बात है।'' फिर कुछ देर सोचकर बोले, ''अगर नब्ज कल सुबह 8 बजे तक चलती रही तो फिर यह अगले 40 साल तक नहीं रुकेगी। लेकिन मुझे शक है कि मैं आज रात 2 बजे तक भी ऐसा कुछ देख पाऊँगा या नहीं।''

इतना कहकर डॉ. रमन ने असिस्टेंट को जाने के लिए कह दिया और खुद मरीज के बगल में ही बैठ गए।

उस वक्त रात के करीब 11 बजे थे। गोपाल ने धीरे से अपनी आँखें खोलीं और बगल में बैठे अपने दोस्त को देखकर मुसकरा दिया। उसमें कुछ सुधार दिखाई दे रहा था। हल्का-फुल्का खाना भी खा लिया था। यह देखकर परिवार के हर सदस्य में राहत व खुशी का भाव घर कर गया था। वे डॉक्टर के पास आ-आकर उनका आभार जता रहे थे। लेकिन डॉ. रमन जैसे उनमें से किसी की बात पर कान ही नहीं दे रहे थे। वे चुपचाप बिस्तर के बगल वाली

कुरसी पर बैठे हुए गौर से मरीज का चेहरा देखे जा रहे थे। तभी मरीज की पत्नी ने उनसे पूछा, ''क्या ये अब खतरे से बाहर हैं?''

अपना सिर घुमाए बिना डॉक्टर ने जवाब दिया, ''इन्हें हर 40 मिनट में दो-चार चम्मच ग्लूकोज और ब्रांडी देते रहिए।''

इतना सुनते ही वह रसोई में चली गई। लेकिन उसे बेचैनी हो रही थी। वह सच्चाई जानना चाहती थी। वह जानना चाहती थी कि डॉक्टर उसकी बात टाल क्यों रहे हैं? दुविधा की यह स्थिति उसे बरदाश्त नहीं हो रही थी। उसे लगा कि डॉक्टर इस वक्त मरीज के बगल में बैठे हैं, इसलिए साफ-साफ कुछ कह नहीं पा रहे हैं। इसलिए उसने रसोई के दरवाजे से ही इशारा कर डॉक्टर को बुला भेजा। डॉक्टर उठकर जैसे ही उसके पास पहुँचे, उसने सवाल दाग दिया, ''वे अब कैसे हैं? सब ठीक तो है न?''

डॉक्टर ने धीरे से फर्श की तरफ देखते हुए जवाब दिया, ''ज्यादा खुश होने की जरूरत नहीं है। जब तक आपको कुछ जानने की जरूरत नहीं है, कुछ मत पूछिए।''

इतना सुनते ही उसकी आँखों में भय और आशंका की परछाईं तैर गई। वह हाथ जोड़कर डॉक्टर से मिन्नत करने लगी, ''आखिर मुझे तो बताइए, सच क्या है?''

डॉक्टर ने जवाब दिया, ''मैं अभी आपसे कोई बात नहीं कर पाऊँगा।'' इतना कहकर वे मुड़े और वापस मरीज के बगलवाली कुरसी पर जाकर बैठ गए।

घर में अजीब सी खामोशी पसरी हुई थी। शायद कोई सिसक रहा था। तभी गोपाल ने आँखें खोलीं और हैरानी से उस माहौल को देखने-समझने की कोशिश करने लगा। यह देख डॉक्टर अपनी कुरसी से फिर उठे। रसोई के दरवाजे पर गए और उसे बंद कर दिया। वे नहीं चाहते थे कि घरवालों के गमगीन एहसास उनके मरीज को छू भी जाएँ।

डॉक्टर जब वापस अपनी कुरसी पर आकर बैठे तो गोपाल अपनी धीमी लड़खड़ाती सी आवाज में पूछ बैठा, ''क्या कोई रो रहा है?''

डॉक्टर ने इसका जवाब नहीं दिया, बल्कि सलाह दी, ''तुम्हें खुद को ज्यादा तकलीफ देने की जरूरत नहीं है। ज्यादा बात मत करो।'' उन्होंने नब्ज देखी। वह काफी तेजी से चल रही थी।

उसने फिर पूछा, "क्या मैं मरने वाला हूँ? मुझसे कुछ छिपाना मत।"

डॉक्टर ने इस पर थोड़ा जोर से बोलकर उसे चुप करा दिया और अपनी कुरसी पर जाकर बैठ गए। उन्होंने आज से पहले कभी ऐसे हालात का सामना नहीं किया था। किसी से सफेद झूठ बोल देना उनके स्वभाव में ही नहीं था। लोग इसीलिए तो उनके कहे हर शब्द की कद्र भी करते थे। उन्होंने अपनी नजरें घुमा ली थीं। लेकिन गोपाल ने अंगुली के इशारे से उन्हें अपने पास बुलाया और कहा, "मैं जानना चाहता हूँ कि मैं कब तक जिंदा रहूँगा? मुझे अपनी वसीयत पर दस्तखत करने हैं। वह एकदम तैयार है। मेरी पत्नी से कहो कि वह डिस्पैच बॉक्स ले आए। तुम उस पर गवाह के तौर पर दस्तखत कर देना।"

'ओहो!" डॉक्टर ने समझाने की कोशिश की, "देखो, तुम अपने आपको बहुत ज्यादा तकलीफ दे रहे हो। तुम्हें बिल्कुल चुपचाप रहना चाहिए।" एक ही बात को बार-बार दोहराना उन्हें बेवकूफी भरा लग रहा था। फिर पलटकर बोले, "कितना अच्छा हो कि कोई अपना पूरा काम-धंधा छोड़कर कहीं चला जाए और उसे किसी के सवाल का कोई जवाब भी न देना पड़े!"

इतना सुनते ही गोपाल ने अपनी कमजोर अंगुलियों से उनकी कलाई थाम ली। बोला, "रामू, मेरी खुशकिस्मती है कि इस वक्त यहाँ तुम मेरे पास हो। मैं तुम्हारी बातों पर भरोसा कर सकता हूँ। मैं अपनी जायदाद को यूँ ही नहीं छोड़ सकता। ऐसा हुआ तो मेरे बीवी-बच्चे जिंदगी भर तकलीफ भोगते रहेंगे। तुम तो जानते हो न सुबैया और उसके गिरोह के बारे में। इससे पहले कि ज्यादा देर हो जाए, मुझे वसीयत पर दस्तखत कर लेने दो। मुझे बताओ…"

"हाँ, अब तक तो यही सच है।" इतना कहकर वे उठकर बाहर चले गए और अपनी कार की पिछली सीट पर जा बैठे। उन्होंने अपनी घड़ी पर नजर डाली। आधी रात हो चुकी थी। जेहन में आया कि अगर वसीयत पर दस्तखत किए जाने जरूरी हैं तो वे अगले दो घंटे में हो जाने चाहिए। नहीं तो फिर वे कभी नहीं हो पाएँगे। और इसके लिए उन्हें ही जिम्मेदार माना जाएगा, जो वे कभी नहीं चाहेंगे। वे इस परिवार के मसलों से अच्छी तरह वाकिफ थे। उन भेड़ियों को भी जानते थे, सुबैया और उसका गिरोह। लेकिन सोच रहे थे कि इस वक्त आखिर क्या किया जा सकता है? अगर वे गोपाल को वसीयत पर दस्तखत करने की इजाजत दे देते हैं तो यह एक तरह से उसकी मौत की सजा के फैसले

पर मुहर लगाने जैसा ही कहलाएगा। मरीज की जिंदगी बचाने की उम्मीद का हजारवाँ हिस्सा भी अगर टिमटिमा रहा है तो यह फैसला उसको पूरी तरह बुझा देने जैसा होगा। काफी सोच-विचार के बाद वे अपनी कार से नीचे उतरे और एक बार फिर घर में दाखिल हो गए। मरीज के बिस्तर के बगलवाली कुरसी पर जा बैठे। अपने आप से कहा, 'अगर मेरे शब्दों से उसकी जिंदगी बच सकती है तो उसे मरना नहीं चाहिए। बिल्कुल, यही होगा।' फिर मरीज से बोले, ''गोपाल, मेरी बात ध्यान से सुनो।'' यह पहली बार था, जब डॉ. रमन अपने मरीज के सामने एक्टिंग करने जा रहे थे। जब वे अपने फैसले को दबा रहे थे और भावनाओं को उभारकर बाहर ला रहे थे। वे पूरी तरह मरीज के ऊपर झुक आए और अपनी बात में पूरा वजन डालते हुए बोले, ''अभी तुम्हें वसीयत की चिंता करने की जरूरत नहीं है। तुम जिंदा रहने वाले हो। तुम्हारा दिल बहुत मजबूत है।''

यह सुनते ही मरीज के चेहरे पर चमक आ गई। उसने राहत भरे लहजे में कहा, ''क्या तुम ये सब कह रहे हो? अगर यह तुम्हारे मुँह से निकला है तो यकीनन सही ही होना चाहिए।''

डॉक्टर ने कहा, ''बिल्कुल सही है। तुम्हारी हालत में हर सेकंड सुधार हो रहा है। अब शांति से सो जाओ। तुम्हें अपने आपको बिल्कुल भी तकलीफ नहीं देनी है। पूरे आराम से सोओ। मैं तुम्हें सुबह फिर देखने आऊँगा।''

मरीज ने बड़ी कृतज्ञ नजरों से उनकी ओर देखा और फिर आँखें बंद कर लीं। डॉ. रमन ने अपना बैग उठाया और बाहर निकल गए। जाते-जाते धीरे से कमरे का दरवाजा बंद करते गए।

घर जाते वक्त वे बीच रास्ते में अपने क्लीनिक पर रुके। असिस्टेंट को बुलाया और कहा, ''वह लॉली एक्सटेंशन वाला केस है न। वहाँ मरीज किसी भी पल मर सकता है। इंजेक्शन लेकर तुरंत वहाँ जाओ। आखिरी वक्त में अगर उसे ज्यादा तकलीफ हो तो यह इंजेक्शन लगा देना। जल्दी करो।''

अगली सुबह ठीक 10 बजे डॉ. रमन लॉली एक्सटेंशन में थे। अपनी कार से उतरकर वे लगभग भागते-दौड़ते मरीज के बिस्तर तक पहुँचे। वह नींद से जाग चुका था। काफी बेहतर भी लग रहा था। असिस्टेंट भी पास ही बैठा था। डॉक्टर के पहुँचते ही उसने बताया कि मरीज की नब्ज काफी बेहतर चल रही है। डॉक्टर ने अपना आला निकालकर मरीज के सीने से

लगाया, कुछ देर धड़कन सुनी और फिर उसकी पत्नी से कहा, ''मोहतरमा, अब आपको ज्यादा दुखी होने की जरूरत नहीं है। आपके पति 90 साल तक जिएँगे।''

जब वे कार से अपने अस्पताल की ओर लौट रहे थे तो रास्ते में उनके असिस्टेंट ने पूछा, ''क्या वह वाकई जिंदा रहेगा, सर?''

''बिल्कुल, मैं इस पर शर्त लगा सकता हूँ। वह 90 साल तक जिएगा। उसने बड़ी मुश्किल पार कर ली है। लेकिन वह इस अटैक से आखिर बचा कैसे, यह मेरे लिए जिंदगी भर एक पहेली ही रहेगा।'' डॉक्टर ने जवाब दिया।

□

अंधा कुत्ता

वह हाई क्लास का बहुत शानदार कुत्ता नहीं था। गलियों, सड़कों या ऐसी आम जगहों पर पाए जानेवाले साधारण कुत्तों में से ही एक था। सफेद रंग, लेकिन धूल-मिट्टी से सना हुआ। पूँछ कटी हुई थी। भगवान् जाने किसने काट दी थी। गली में ही कहीं पैदा हुआ था। उसका दाना-पानी भी लोगों के फेंके टुकड़ों पर चलता था या बाजार में पड़े कचरे के ढेरों में मिलनेवाली खाने-पीने की चीजों से। चितकबरी सी आँखें थीं और चाल-ढाल भी साधारण; लेकिन बेवजह लड़ने-झगड़ने को हमेशा तैयार रहता। इसीलिए जब वह दो साल का ही हुआ था तो शरीर पर घाव के सैकड़ों निशान घर कर चुके थे। गली के दूसरे कुत्तों से हुए झगड़ों की वजह से ये निशान पड़ गए थे। जब उसे कभी तपती दोपहरी में आराम करने की इच्छा होती तो वह बाजार के पूर्वी गेट के पास बनी पुलिया के नीचे सिकुड़कर सो जाता। शाम को पूरे इलाके में घूमने निकलता। गली-कूचों में आवारागर्दी करता, दूसरे कुत्तों से लड़ाई-झगड़े करता। सड़क के किनारे से कुछ खाने-पीने का जुगाड़ करता और फिर रात होने पर बाजार के उसी गेट के पास पुलिया के नीचे आकर सो जाता।

तीन साल से उसकी जिंदगी ऐसे ही चल रही थी। और तभी उसकी जिंदगी में एक बड़ा बदलाव आया। बाजार के गेट पर उस दिन एक अंधा भिखारी आया। सुबह-सुबह एक बूढ़ी महिला उसे वहाँ लेकर आई थी। वही उसे गेट के पास बिठा गई थी। दोपहर को वह फिर भिखारी के लिए कुछ खाना लेकर आई। उसे खाना देकर उसने भीख में उसे मिले सिक्के इकट्ठे किए और चली गई। इसके बाद रात को आई और उसे साथ लेकर घर चली गई।

उस दिन कुत्ता पास में ही सो रहा था। भिखारी के लिए जब खाना आया तो उसकी गंध कुत्ते के नथनों तक भी पहुँची। वह तुरंत उठा और अपने ठिकाने से बाहर आकर ताड़ने लगा कि खाने की गंध कहाँ से आ रही है। नजदीक ही उसे अंधा भिखारी खाना खाते हुए दिख गया। वह तुरंत उसके सामने आ डटा। पूँछ हिलाते हुए खाने के कटोरे की तरफ घूरने लगा।

भिखारी को एहसास हो गया कि उसके सामने कोई खड़ा है। उसने हवा में हाथ लहराते हुए पूछा, ''कौन है वहाँ?''

कुत्ता धीरे से थोड़ा नजदीक आया और भिखारी का आगे बढ़ा हुआ हाथ चाटने लगा। भिखारी ने हौले से थपकी देते हुए उसे कान से लेकर पूँछ तक सहलाया और फिर बोला, ''वाह, कितने खूबसूरत हो तुम! आओ मेरे पास।'' इतना कहकर उसने अपने कटोरे से एक मुट्ठी खाना लेकर कुत्ते की तरफ फेंक दिया और उसने भी बड़ी कृतज्ञता के साथ खाया। दोनों के बीच शायद दोस्ती की शुरुआत की यह शुभ घड़ी थी।

अब वे दोनों रोज वहाँ मिला करते थे। कुत्ते ने इन दिनों घूमना-फिरना कम कर दिया था, ताकि ज्यादा-से-ज्यादा देर तक भिखारी के बगल में बैठ सके। वह सुबह से शाम तक वहीं बैठकर भिखारी को भीख माँगते हुए देखा करता था। गुजरते वक्त के साथ यह देखते-देखते वह समझ गया कि भिखारी के पास से निकलनेवाले राहगीर उसके कटोरे में सिक्का जरूर डालते हैं। इसीलिए जब कोई राहगीर बिना कुछ दिए आगे निकल जाता तो वह उसके पीछे लग जाता था। दाँतों से उस राहगीर के कपड़े खींच-खींचकर उसे गेट के पास भिखारी के पास ले आता और तभी जाने देता, जब वह उसके कटोरे में कुछ-न-कुछ डाल देता। जो लोग इस जगह पर अकसर आया-जाया करते थे, उनमें गाँव का एक शरारती बच्चा भी था। बदमाशी तो उसके स्वभाव में थी। वह अंधे भिखारी को हमेशा तंग किया करता था। कभी उसका नाम ले-लेकर चिढ़ाता तो कभी उसके कटोरे से सिक्के उठाकर भाग जाया करता था। बेचारा भिखारी खूब चीखता-चिल्लाता और उसे भगाने के लिए अपनी छड़ी उठाकर यहाँ-वहाँ घुमाया करता था।

उस दिन गुरुवार था। वह लड़का सिर पर शायद केले या ककड़ी से भरी टोकरी रखे हुए आया था। वैसे, गुरुवार का दिन उस अंधे भिखारी के लिए बड़ी मुश्किल भरा होता था, खासकर दोपहर का वक्त। ढेर सारे लोग बाजार के पूर्वी गेट के पासवाली उसी जगह के इर्द-गिर्द जमा होते थे, जहाँ

भिखारी बैठता था। एक दुकानदार अपनी ठेलागाड़ी पर तरह-तरह की खुशबुओंवाले इत्र बेचता था। दूसरा, पास की ही पट्टी में सस्ती कहानी की किताबें फैलाकर बेचने के लिए बैठ जाता था। एक और था, जो रंग-बिरंगे फीते-फ्रेम वगैरह बेचा करता था। उस रोज जब वह लड़का आया तो उसे देखकर अंधे भिखारी से एक दुकानदार ने कहा, ''सूरदास! लो, आ गया तुम्हारी जान का दुश्मन।''

''हे भगवान्! क्या आज गुरुवार है?'' अंधा भिखारी बड़े दुःख से बोला। फिर उसने अपना हाथ हवा में लहराया और आवाज लगाई, ''कुत्ते, कुत्ते! यहाँ आओ। तुम कहाँ हो?'' वह एक खास तरह की आवाज करता था, जिसे सुनकर कुत्ता उसके पास आ जाता था। इस बार भी आ गया। भिखारी ने उसके सिर पर प्यार से थपकी दी और धीरे से उससे बोला, ''उस कमीने बच्चे को छोड़ना मत।''

अभी वह कुत्ते को सिखा-समझा ही रहा था कि वह बच्चा वहाँ आ धमका। बदमाशी तो जैसे उसके चेहरे से टपक रही थी।

''अंधे, अब भी मानते हो कि तुम्हारी आँखें नहीं हैं। अगर तुम सच में अंधे हो तो तुम्हें यह पता नहीं चलना चाहिए।'' वह रुका और उसका हाथ भिखारी के कटोरे की तरफ बढ़ने लगा। तभी कुत्ता उछला और उसने लड़के की कलाई अपने जबड़े में भर ली। लड़के ने किसी तरह अपना हाथ छुड़ाया और जान बचाकर भागा। कुत्ता भी उसके पीछे लग गया और तब तक उसे दौड़ाता रहा, जब तक वह बाजार से बाहर नहीं निकल गया।

''इस बूढ़े से उस दोगले कुत्ते का लगाव तो देखो।'' इत्र बेचनेवाले ने अचंभे से कहा।

एक शाम न जाने क्यों, उस अंधे भिखारी को रोज अपने साथ ले जानेवाली बुजुर्ग महिला लौटकर नहीं आई। अंधा बेसब्री से बाजार के गेट पर उसका इंतजार कर रहा था। चिंता में भी था, क्योंकि शाम ढलते-ढलते रात होने लगी थी। वह बैठा-बैठा खीझ रहा था कि तभी उसके पड़ोस के दुकानदार ने पास आकर बताया, ''सामी, उस बुजुर्ग महिला का इंतजार मत करो। अब वह कभी नहीं आएगी। आज दोपहर उसकी मौत हो गई।''

उस अंधे आदमी का इकलौता आसरा भी छिन गया। दुनिया का एकमात्र शख्स, जो उसकी देखभाल करता था, फिक्र करता था, वह भी उससे दूर हो गया। उसकी हालत पर तरस खाकर फीते बेचनेवाले ने उसे सुझाया, ''ये लो,

यह सफेद फीता लो।'' जो फीते वह वह बेचने के लिए लाया था, उसी में से एक उसने भिखारी की तरफ बढ़ा दिया। बोला, ''मैं तुम्हें इसे मुफ्त में दे रहा हूँ। इसे कुत्ते के गले में बाँध दो। अगर वाकई उसको तुमसे लगाव है तो वही अब तुम्हें राह दिखाएगा।''

कुत्ते की जिंदगी में एक नया बदलाव आया था। उसने बूढ़ी महिला की जगह ले ली थी। वह पूरी तरह अपनी आजादी खो चुका था। उसकी दुनिया उस सफेद फीते की सीमा तक ही सिमटकर रह गई थी, जो उस फीता बेचनेवाले ने भिखारी को दिया था। पिछली जिंदगी की अंधाधुंध आवारगी, लड़ाई-झगड़े, किसी को तंग करना—सबकुछ वह पूरी तरह भूल चुका था। अब हमेशा के लिए वह फीते के सिर्फ एक छोर से बँध चुका था, जिसका दूसरा सिरा भिखारी के हाथ में रहता। फिर भी, कभी-कभी जब वह अपने दोस्त-दुश्मन कुत्तों को देखता तो उन पर गुर्राते हुए उछल पड़ता। इससे फीता खिंच जाता, भिखारी को झटका लगता और उसे उसकी फटकार खानी पड़ती, ''साले, मुझे गिराना चाहता है, सँभलकर चल।'' कभी-कभी तो लात भी पड़ जाती थी। नतीजा यह हुआ कि कुछ ही दिनों में कुत्ते ने अपनी भावनाओं, आवेग को काबू में करना सीख लिया। वह अनुशासित हो गया। उसने दूसरे कुत्तों की तरफ ध्यान देना बंद कर दिया, तब भी, जब वे उसके एकदम नजदीक आकर गुर्राने लगते। अपने इलाके में घुमक्कड़ी और साथी जानवरों से उसके संपर्क-संबंध—सब खत्म हो चुके थे।

जितना उसने खोया, उतना ही उसके मालिक ने पाया था। अब वह वैसे घूमने लगा था, जैसे जिंदगी में पहले कभी नहीं घूमा। पूरे दिन वह अपने पैरों पर रहता और कुत्ता उसे रास्ता दिखाता था। उसके एक हाथ में छड़ी होती और दूसरे में कुत्ते के फीते का एक छोर। बाजार के पास ही एक चॉल के बरामदे में उसने अपना ठिकाना बना लिया था। बूढ़ी महिला की मौत के बाद वह यहाँ आ गया था। अब वह सुबह जल्दी घर से निकलता था। उसे लग गया था कि एक जगह पर रुके रहने के बजाय अगर वह जगह बदलता रहे, चलता-फिरता रहे तो अपनी कमाई तीन गुना तक बढ़ा सकता है। इसलिए वह घर से निकलकर सबसे पहले चॉल वाली गली से शुरुआत करता। फिर आगे बढ़ता जाता। जहाँ कहीं भी लोगों की आवाजें सुनता, उनके सामने भीख के लिए हाथ फैला देता। दुकान, स्कूल, अस्पताल, होटल—कोई जगह उसने नहीं छोड़ी थी। जब उसे रुकना होता तो कुत्ते को फीते से झटका देकर इशारा

कर देता। जब चलना होता तो बैलगाड़ी हाँकनेवाले की तरह खास आवाज में हाँका लगा देता। कुत्ता बड़ी सावधानी से उसके पैर किसी गड्ढे में जाने से बचाता या फिर पत्थर की ठोकर लगने से। इंच-दर-इंच उसे सीढ़ी चढ़ने या रास्ते में आगे बढ़ने में मदद करता। यह देख लोग भी अंधे की मदद को अपने आप आगे आते और उसके कटोरे में सिक्का डाल देते। छोटे-छोटे बच्चे अकसर उसे घेर लेते और उसे जब-तब खाने-पीने की चीजें दे जाते।

एक कुत्ते की जहाँ तक बात है तो वह हमेशा से ही बेहद सक्रिय जीव है। वह लगातार यहाँ-वहाँ घूमता रहता है, कुछ-न-कुछ करता रहता है। और इस सक्रियता के बीच उसके आराम का समय निश्चित होता है, भले ही वह थोड़ा हो। लेकिन यहाँ इस कुत्ते (अब इसे 'टाइगर' के नाम से जाना जाए) का आराम तो जैसे छिन ही गया था। उसे उसी वक्त आराम मिलता था, जब अंधा भिखारी खुद कहीं जा बैठे। वह रात को भी कुत्ते के गले में बँधे फीते का दूसरा छोर अपनी अंगुली में लपेटकर सोता था। अकसर कहा करता, "मैं तुम्हारे मामले में कोई जोखिम नहीं ले सकता।" उस आदमी के मन में ज्यादा-से-ज्यादा पैसे कमाने की इच्छा घर कर गई थी। इसलिए थोड़े-बहुत आराम को भी वह मौके की बरबादी समझने लगा था। उसकी इसी सोच की वजह से कुत्ते को लगातार चलते रहना पड़ता था। इससे इतनी थकान हो जाती कि कभी-कभी उसके पैर आगे बढ़ने से ही मना कर देते। लेकिन उसकी चाल थोड़ी सी भी धीमी हुई नहीं कि उसके मालिक की त्योरियाँ चढ़ जाती थीं। वह उसे लाठी से कोंच देता; कभी-कभी तो मार ही देता था। लाठी पड़ने से कुत्ता कभी जोर से किंकिया पड़ता या गुर्राने लगता तो मालिक तमककर कहता, "गुर्रा मत, साले! मैं तुझे खाने को नहीं देता क्या? असल में तू, इधर-उधर आवारागर्दी करना चाहता है, है न।"

कुत्ता बेचारा उस क्रूर मालिक की रस्सी से बँधे हुए बाजार में धीमे-धीमे कदमों से यहाँ-वहाँ घूमने को मजबूर था। देर रात जब बाजार में ट्रैफिक थम चुका होता, तब अकसर उस थके-माँदे कुत्ते के रोने की आवाज दूर तक सुनाई देती थी। वह अपनी असल पहचान खो चुका था। इसी तरह दिन-हफ्ते-महीने गुजरते गए। शरीर हड्डियों का ढाँचा जैसा हो गया था और पसलियाँ चमड़ी के बाहर झाँकने लगी थीं।

एक शाम उस फीते बेचनेवाले, इत्र की दुकान लगानेवाले और पुरानी किताबों की खरीद-फरोख्त करनेवाले ने उस कुत्ते और भिखारी को देख

लिया। उस दिन धंधा कुछ मंदा था। तीनों आपस में बतियाने लगे, ''उस कुत्ते की गुलामों जैसी हालत देखकर मेरा दिल फटा जा रहा है। क्या हम कुछ कर नहीं सकते?''

फीता बेचनेवाले ने कहा, ''इस कमीने ने आजकल ब्याज पर पैसे उधार देना भी शुरू कर दिया है।...वो जो फलों की दुकानवाला है न, उसने मुझे बताया है। यह अपनी जरूरत से ज्यादा ही कमाई करने लगा है। पैसे के लिए तो यह आदमी से राक्षस हुआ जा रहा है।'' इसी बीच इत्र बेचनेवाले की नजर फीतेवाली दुकान की रैक पर रखी कैंची पर पड़ गई।

''देना जरा इसे मुझे।'' वह बोला और हाथ में कैंची लेकर वहाँ से आगे की ओर बढ़ गया।

उस वक्त अंधा आदमी बाजार के पूर्वी गेट के सामने से गुजर रहा था। फीते से बँधा कुत्ता उसके आगे-आगे चल रहा था। तभी रास्ते में उसे एक हड्डी नजर आई। वह उछल-उछलकर उसे उठाने की कोशिश करने लगा। इससे फीता खिंच गया और अंधे आदमी के हाथ में चोट लग गई। एकदम भड़क गया वह। फीते को जोर का झटका देकर कुत्ते को अपनी तरफ खींचा और उसे जोर की लात जमा दी। कुत्ता तेज आवाज के साथ गुर्राया तो एक-दो लातें और जमा दीं। लेकिन वह भी हड्डी छोड़ना नहीं चाहता था, इसलिए इस बार उसने उसकी तरफ एक और जोर का झपट्टा मारा। इधर, अंधा आदमी भी गालियाँ देते हुए उसे अपनी तरफ खींचे जा रहा था। इसी बीच, इत्र बेचनेवाला कैंची लेकर उन दोनों के बीच आ गया। उसने फीता काट दिया। कुत्ते ने जोर की छलाँग लगाई और हड्डी पर कब्जा जमा लिया। अंधा आदमी जहाँ-का-तहाँ खड़ा रह गया। उसके हाथ में अब सिर्फ फीता लटक रहा था।

''टाइगर, टाइगर! कहाँ हो तुम?'' वह चिल्ला रहा था। उसके पीछे से इत्र बेचनेवाला चुपचाप अपने ठिकाने की तरफ लौट गया और जाते-जाते बुदबुदाता गया, ''बेरहम शैतान! अब तुम्हें वह कभी नहीं मिलेगा। उसे उसकी आजादी मिल चुकी है।''

आजादी मिलते ही कुत्ता पूरी रफ्तार से भागा था। खुशी-खुशी यहाँ-वहाँ सूँघते हुए पूरे इलाके का जायजा ले डाला। रास्ते में जो दूसरे कुत्ते मिले, उन पर उछला, गुर्राया। भौंकते हुए बाजार के चौराहे पर बने फव्वारे के कई चक्कर लगाए। उसकी आँखें खुशी से चमक रही थीं। वह अपनी पुरानी

दुनिया में लौट आया था। वही मस्ती, इधर-उधर मँडराना। कभी कसाई की दुकान के इर्द-गिर्द मुँह मारना तो कभी चाय या बेकरी की दुकान के आस-पास।

फीता बेचनेवाला और उसके दोनों दोस्त अब बाजार के गेट के पास खड़े होकर अंधे की हालत का मजा ले रहे थे। वह अब भी रास्ता तलाशने के लिए जूझ रहा था। कुछ समझ नहीं आ रहा था। एक ही जगह पर खड़े होकर अपनी छड़ी हवा में लहरा रहा था। उसे लग रहा था जैसे वह त्रिशंकु की तरह धरती और आकाश के बीच लटक गया है। वहीं खड़ा-खड़ा विलाप कर रहा था, "अरे, मेरा कुत्ता कहाँ है? मेरा कुत्ता कहाँ है? क्या कोई उसे मेरे पास वापस नहीं ला सकता? मुझे अगर वह फिर मिला न तो उसे मार ही डालूँगा।" ऐसे ही बड़बड़ाता हुआ वह टटोल-टटोलकर सड़क पार करने की कोशिश कर रहा था—गिरते-पड़ते, ठोकर खाते। कई बार तो लगा जैसे इधर-उधर से गुजरती दर्जनों तेज रफ्तार गाड़ियाँ उसे कुचल ही डालेंगी। जबरदस्त तरीके से जूझ रहा था।

"यह इसी लायक है। किसी गाड़ी के नीचे आ जाए न, तब भी।" वे तीनों दुकानदार उसे देखकर कह रहे थे। हालाँकि किसी की मदद से आखिरकार उस अंधे ने सड़क पार कर ली। किसी तरह अपनी चॉल के बरामदे तक पहुँचा और वहाँ चारपाई पर निढाल होकर लेट गया। आज थककर चूर-चूर हो चुका था वह।

इसके बाद वह दस दिन तक नजर नहीं आया। पंद्रह दिन भी बीत गए और फिर बीस। इन दिनों में वह कुत्ता भी कहीं किसी को दिखाई नहीं दिया। लोग आपस में बातें करने लगे, "लगता है, कुत्ता तो पूरी दुनिया घूम रहा है। फिर से आजाद जो हो गया है। और भिखारी, वह तो शायद इस दुनिया से निकल ही चुका होगा।"

लेकिन अभी ये बातें चल ही रही थीं कि सुनी-सुनाई सी टप-टप की आवाज उन लोगों के कानों में पड़ी। यह अंधे भिखारी की लाठी की आवाज थी। पलटकर देखा तो वही था। फुटपाथ से चला आ रहा था। उसके आगे-आगे वही कुत्ता उसे रास्ता दिखा रहा था।

"देखो, देखो!" उनमें से एक चिल्लाया, "उसे वह फिर मिल गया और उसने उसे दोबारा बाँध लिया।"

यह देखते ही फीता बेचनेवाला खुद को रोक नहीं पाया। दौड़ा-दौड़ा

उस अंधे भिखारी के पास गया और उससे बोला, "इतने दिन कहाँ थे तुम?"

"जानते हो, क्या हुआ?" अंधा आदमी चहककर बोला, "यह कुत्ता भाग गया था। मैं अपने ठिकाने में पड़ा-पड़ा एक-दो दिन में मरने ही वाला था। न खाने के लिए था, न एकाध आना कुछ खरीदने के लिए। एक कोने में कैद होकर रह गया था। एक दिन भी अगर उस हाल में और रहता तो समझो, मर ही गया होता···लेकिन यह लौट आया···"

"कब? कब?"

"बीती रात को। आधी रात के वक्त मैं अपने बिस्तर पर सो रहा था। यह आया और मेरा चेहरा चाटने लगा। पहले तो मुझे इतना गुस्सा आया कि इसे मार ही डालूँ। मैंने इसे इतनी जोर का धक्का भी दिया कि यह जिंदगी में कभी भूल नहीं पाएगा।" वह अंधा आदमी बता रहा था, "लेकिन फिर मैंने इसे माफ कर दिया। आखिर कुत्ता ही तो है! यह तभी तक यहाँ-वहाँ घूम-फिर सकता था, जब तक सड़कों पर कुछ-न-कुछ खाने को मिलता रहे। लेकिन उससे असल भूख भला कैसे मिटती! वही इसे मेरे पास वापस ले आई। लेकिन अब ये मुझे छोड़कर कभी नहीं जा सकेगा। देखो, मैंने ये ले ली है।" वह अपने हाथ में पकड़ी स्टील की चेन हिलाकर दिखा रहा था।

कुत्ते की आँखों में अब एक बार फिर बेचारगी झलक रही थी।

"चल रे, बेवकूफ!" बैलगाड़ी हाँकनेवाले की तरह अंधे भिखारी ने कुत्ते को हाँका लगाया। थोड़ी चेन अपनी तरफ खींची। छड़ी से कोंचा लगाया और कुत्ता सधे कदमों से धीरे-धीरे आगे बढ़ने लगा। वे सब वहीं खड़े-खड़े 'टप-टप' की दूर और दूर जाकर धीमी होती आवाज सुनते रह गए।

"अब मौत ही इस कुत्ते की मदद कर सकती है।" फीता बेचनेवाला कराह उठा। आँख से ओझल होने तक वह उन दोनों को देखे जा रहा था। हम उस जीव के लिए कर भी क्या सकते हैं, जो खुले दिल से खुद अपनी बदकिस्मती की तरफ लौट गया हो।

□

पिता की मदद

बिस्तर पर लेटे-लेटे स्वामी को यह एहसास होते ही कँपकँपी छूट गई कि आज तो सोमवार की सुबह है। ऐसा लगा जैसे कुछ देर पहले ही तो शुक्रवार था। वह आखिरी पीरियड में स्कूल में बैठा था और इतनी जल्दी सोमवार आ गया। वह उम्मीद कर रहा कि आज भूकंप आ जाए और उसमें उसके स्कूल की बिल्डिंग जमींदोज हो जाए। लेकिन क्या शानदार बिल्डिंग थी अल्बर्ट मिशन स्कूल की। सैकड़ों साल से ऐसी ही न जाने कितनी प्रार्थनाओं से वह पार पा चुकी थी। यह सोचते-सोचते ही नौ बज गए।

स्वामीनाथन ने रोनी सी आवाज में कहा, ''मुझे बहुत जोर का सिरदर्द हो रहा है।'' दरअसल माँ पूछ बैठी थी, ''तुम जटका पकड़कर स्कूल क्यों नहीं जाते?''

''तो क्या मैं बिल्कुल जान दे दूँ? आपको पता भी है कि जटका में बैठनेवालों को किस कदर झटके लगते हैं?''

''क्या स्कूल में आज तुम्हें कोई जरूरी पाठ पढ़ाया जाना है?''

''जरूरी! वाह! भूगोल के टीचर तो सालोसाल से एक ही पाठ पढ़ाते आ रहे हैं। और अंकगणित, मतलब पूरे पीरियड में टीचर हम बच्चों की पिटाई ही करते रहेंगे···जरूरी पाठ!''

और माँ उसकी बात से पिघल गई। कह दिया कि वह घर पर रुक सकता है।

सुबह के साढ़े नौ बज गए। अमूमन इस वक्त उसे स्कूल के प्रार्थना हॉल में होना चाहिए था, लेकिन स्वामी माँ के कमरे में बेंच पर लेटा हुआ था। तभी पिताजी आ गए। आते ही सवाल दाग दिया, ''आज तुम्हारा स्कूल

नहीं है क्या?''

''सिरदर्द हो रहा है।'' स्वामी ने जवाब दिया।

''बेवकूफ! तुरंत तैयार होकर जाओ।''

''अरे! सिरदर्द हो रहा है।''

''इतवार को आवारागर्दी कम किया करो, सोमवार को सिरदर्द नहीं हुआ करेगा।''

स्वामी जानता था कि उसके पिता कितने सख्त हो सकते थे, इसलिए उसने तुरंत दूसरा बहाना बनाया, ''मैं इतनी देर से कक्षा में नहीं जा सकता।''

''मैं मानता हूँ, लेकिन फिर भी जाना पड़ेगा। गलती तुम्हारी है। न जाने का फैसला लेने से पहले तुम्हें मुझसे पूछना चाहिए था।''

''इतनी देर से जाऊँगा तो टीचर क्या सोचेंगे!''

''उन्हें भी बता देना कि सिर में दर्द हो रहा था, इसलिए देर हो गई।''

''मैं ऐसा कहूँगा तो वह मुझे मारेंगे।''

''मारेंगे? कौन मारेंगे? देखता हूँ। नाम बताओ उनका।''

''सैमुअल।''

''क्या वह बच्चों को मारते हैं?''

''खूब! बहुत मारते हैं वह, खासकर उन लड़कों को कुछ ज्यादा ही, जो देर से आते हैं। कुछ दिन पहले देर से आनेवाले एक लड़के को उन्होंने कक्षा के एक कोने में पूरे पीरियड घुटनों पर खड़े रखा था। इतने से भी उनका जी नहीं भरा। उसे छड़ी से छह बार पीटा और कान भी मरोड़े। मैं सैमुअल सर की क्लास में देर से बिल्कुल भी नहीं जाना चाहूँगा।''

''अगर वह इतनी ही मार-पीट करते हैं तो तुम लोग इस बारे में हेडमास्टर से क्यों नहीं बताते?''

''वह कहते हैं कि उनसे हेडमास्टर सर भी डरते हैं। वह बहुत हिंसक आदमी हैं।''

इसके बाद स्वामी ने उन्हें सैमुअल सर की मार-पिटाई के किस्से बताने शुरू कर दिए। बताया कि वह छड़ी से बच्चों को जब पीटना शुरू करते हैं तो तब तक पीटते रहते हैं, जब तक हथेली से खून न निकल आए। फिर बच्चों से उनका खून भरा हाथ अपने माथे पर लगाने को कहते हैं, ताकि माथे में लाल निशान दिखता रहे। स्वामी को उम्मीद थी कि इतना सब बताने के बाद उसके पिताजी मान जाएँगे। कह देंगे कि चलो, आज स्कूल मत जाओ।

लेकिन उनका रुख तो उम्मीद से बिल्कुल उलट साबित हुआ। वे एकदम उत्तेजित हो गए। बोले, ''हमारे बच्चों को इस तरह पीटने का क्या मतलब है? ऐसे सुअरों को तो नौकरी से निकाल बाहर करना चाहिए। मैं भी देखता हूँ।''

नतीजा ये रहा कि उन्होंने एक तरह से चैलेंज ले लिया और स्वामी को देर से ही स्कूल भेजने का फैसला कर लिया। वे स्वामी के हाथ हेडमास्टर के नाम एक पत्र भी लिखकर भेज रहे थे। स्वामी ने इसका खूब विरोध किया, लेकिन सब बेकार। उसे स्कूल जाना ही पड़ा।

जब तक वह तैयार हुआ, पिताजी ने हेडमास्टर के नाम एक लंबा पत्र लिख डाला। उसे एक लिफाफे में डाला और उसे सील कर दिया।

''पिताजी, आपने इसमें क्या लिखा है?'' स्वामी ने बेचैनी से पूछा।

''इसमें तुम्हारे लिए कुछ नहीं है। इसे हेडमास्टर सर को दे देना और अपनी कक्षा में चले जाना।''

''क्या आपने हमारे सैमुअल सर के बारे में कुछ लिखा है?''

''उनके बारे में बहुत सारी बातें हैं। जब तुम्हारे हेडमास्टर यह चिट्ठी पढ़ेंगे तो वे शायद सैमुअल को स्कूल से निकाल ही देंगे। हो सकता है, पुलिस के हवाले भी कर दें।''

''उन्होंने किया क्या है, पिताजी?''

''इस पत्र में सबकुछ लिखा है, जो-जो उन्होंने किया है। तुम इसे अपने हेडमास्टर को दे देना और अपनी कक्षा में चले जाना। और हाँ, शाम को हेडमास्टर से इस पत्र की एक पावती भी जरूर लेते आना।''

स्वामी स्कूल चला गया। लेकिन उसे लग रहा था कि वह दुनिया में सबसे झूठा इनसान साबित हो रहा है। उसकी अंतरात्मा उसे परेशान कर रही थी। उसे पक्का यकीन नहीं था कि उसने पिताजी को सैमुअल सर के बारे में जो कहानी बताई है, वह कितनी सही है। वह तय नहीं कर पा रहा था कि उसने जो बताया, उसमें कितनी सच्चाई है और कितनी कल्पना। वह कुछ देर के लिए सड़क किनारे खड़ा हो गया, ताकि सैमुअल के बारे में ठीक-ठीक किसी नतीजे पर पहुँच सके। उसे लगा कि सैमुअल सर इतने बुरे इनसान भी नहीं हैं।

निजी तौर पर देखें तो वह औरों की तुलना में ज्यादा मिलनसार और हँसमुख हैं। कभी-कभी तो वह स्वामी की सुस्त मिजाजी को लेकर एक-दो

चुटकुले ही जड़ देते हैं। स्वामी भी इसका बुरा नहीं मानता, बल्कि सोचता है कि वह उसका खास खयाल रखते हैं। लेकिन इसमें भी कोई शक नहीं कि वे लोगों से बहुत बुरी तरह पेश आते हैं। उनकी छड़ी लोगों की हथेलियों की चमड़ी उधेड़ देती है।'''स्वामी ने ऐसी एकाध घटना याद करने की कोशिश की। लेकिन उसकी जानकारी में उसे ऐसी कोई घटना याद नहीं आई। सालोसाल पहले जरूर बताते हैं कि उन्होंने पहली कक्षा के किसी बच्चे को मारा था। हथेलियों से खून निकल आया तो उसे उस बच्चे से अपने माथे पर लगाने को कहा था। लेकिन इस घटना को भी असल में किसी ने देखा नहीं था। पर सालों से यही कहानी लड़कों के बीच कही-सुनी जाती रही है।

सैमुअल की शख्सियत के बारे में स्वामी के दिमाग में विरोधाभासी विचार उमड़-घुमड़ रहे थे। यह सोच-सोचकर उसका सिर चकराने लगा कि वह अच्छे इनसान हैं या बुरे पत्र में उन पर जो आरोप लगाए गए हैं, वे लगाने लायक भी हैं नहीं'''। स्वामी का मन हुआ कि वह उल्टे पैर घर लौट जाए और पिताजी से याचना करे कि वे अपनी चिट्ठी वापस ले लें। लेकिन वह जानता था कि उसके पिताजी बहुत जिद्दी हैं। वे नहीं सुनेंगे।

स्कूल की पीली बिल्डिंग में घुसते हुए स्वामी को लग रहा था कि उसकी झूठी बयानबाजी उसके टीचर का भविष्य चौपट करने जा रही है। हेडमास्टर शायद सैमुअल को नौकरी से निकाल देंगे। हो सकता है, उन्हें पुलिस को ही सौंप दें। क्या पता, पुलिस भी उन्हें हथकड़ी लगाकर ले जाए और जेल में डाल दे। और उस बेइज्जती, परेशानी, पीड़ा के लिए कौन जिम्मेदार होगा? सोचकर ही स्वामी की रूह काँप गई। जितना वह सैमुअल के बारे में सोच रहा था, उतना ही उसे उनको लेकर दुःख हो रहा था। उनका साँवला चेहरा, छोटी-छोटी आँखें जिनमें लाल डोरे तैरते रहते थे, पतली सी मूँछें, हमेशा सफाचट दाढ़ी, पीला कोट—सबकुछ उसकी आँखों के सामने झूल रहा था। इससे उसका दुःख बढ़ता ही जा रहा था। उसने जेब में रखी चिट्ठी को टटोलकर देखा। ऐसा लगा जैसे वह किसी को फाँसी पर चढ़ाने जा रहा हो। एक पल के लिए पिताजी पर बेहद गुस्सा आया। सोचा कि क्यों न एक हठी और ऐसे इनसान के पत्र को नाली में फेंक दिया जाए, जो किसी की सुनता-समझता ही नहीं।

जैसे ही वह स्कूल के गेट में घुसा, उसके दिमाग में एक आइडिया आया। एक तरह से समस्या का समाधान। वह तुरंत हेडमास्टर को यह पत्र

नहीं देगा, बल्कि दिन के अंत में देगा—पिताजी के आदेश को इतना तो वह अनदेखा कर ही सकता है और अपनी आजादी का इस्तेमाल कर सकता है। इसमें कुछ गलत भी नहीं है। पिताजी को कुछ पता भी नहीं चलेगा। अगर दिन के अंत में पत्र दिया तो एक मौका मिल जाएगा। हो सकता है, दिन भर में सैमुअल ऐसा कुछ करें, जिससे पत्र में लिखी बातें सही साबित हो जाएँ।

स्वामी कक्षा के गेट पर पहुँच गया। सैमुअल सर ही अंकगणित पढ़ा रहे थे। उनकी नजर स्वामी पर पड़ी। उसे लगा कि वह अब उसकी चमड़ी ही उधेड़ देंगे। लेकिन सैमुअल ने सिर्फ एक सवाल किया, "क्या तुम अभी कक्षा में आ रहे हो?"

"जी सर।"

"तुम आधे घंटे देर से आए हो।"

"मैं जानता हूँ।" स्वामी को पूरा भरोसा था कि सैमुअल अब उस पर टूट पड़ेंगे। बल्कि वह तो भगवान् से मना रहा था, 'हे तिरुपति नाथ! सैमुअल सर मेरी पिटाई कर दें।'

"तुम देर से क्यों आए?"

स्वामी कहना तो चाहता था, 'ताकि यह देख सकूँ कि आप क्या करते हैं।' लेकिन सिर्फ इतना ही कह पाया, "सिरदर्द हो रहा था, सर।"

"तो फिर तुम स्कूल आए ही क्यों?"

सैमुअल से इस सवाल की स्वामी को उम्मीद नहीं थी। "मेरे पिताजी ने कहा कि मुझे क्लास नहीं छोड़नी चाहिए, सर।" स्वामी ने कहा।

सैमुअल इससे बेहद प्रभावित हुए। बोले, "तुम्हारे पिताजी सही कहते हैं; समझदार इनसान हैं। हम चाहते हैं कि सभी माता-पिता उनके जैसे ही हों।"

'ओह, बेचारा!' स्वामी ने मन-ही-मन सोचा, 'जानता नहीं है, मेरे पिताजी ने इसके लिए क्या इंतजाम कर रखा है।' हालाँकि अब वह सैमुअल की शख्सियत को लेकर और ज्यादा उलझ गया था।

"ठीक है, जाओ, अपनी सीट पर बैठो। क्या अब भी तुम्हारे सिर में दर्द है?"

"थोड़ा-थोड़ा है, सर।"

स्वामी अपनी सीट पर जा बैठा। उसका दिल फटा जा रहा था। वह अब से पहले कभी सैमुअल जितने अच्छे इनसान से नहीं मिला था। टीचर

बच्चों की कॉपी में होमवर्क चेक कर रहे थे। ज्यादातर मार-पीट इसी दौरान देखी जाती थी। कम-से-कम स्वामी की सोच तो यही थी। कॉपियाँ बच्चों के चेहरों पर फेंक दी जाती थीं। उन्हें बुरी तरह फटकारा जाता था। किसी को छड़ियाँ पड़ती थीं तो किसी को बेंच पर खड़ा कर दिया जाता था। लेकिन आज तो जैसे सैमुअल कुछ ज्यादा ही उदार दिख रहे थे। उनकी बरदाश्त की हद भी आज ज्यादा नजर आ रही थी। जिन कॉपियों में काम पूरा नहीं था, उन्हें सिर्फ उन्होंने दूर धकेल दिया। किसी के मुँह पर नहीं मारा। किसी को छड़ी पड़ी तो बिल्कुल धीरे से। बेंच पर किसी को भी एक-दो मिनट से ज्यादा खड़ा नहीं किया गया। आखिरकार स्वामी की भी बारी आ गई। वह भगवान् का शुक्र मना रहा था कि शायद अब उसकी आशंका सही साबित होने का मौका आया है।

"स्वामीनाथन, तुम्हारा होमवर्क कहाँ है?"

"मैंने कोई होमवर्क नहीं किया, सर।" उसने बेहद उखड़े तरीके से जवाब दिया।

एक बार के लिए पूरी कक्षा में सन्नाटा छा गया।

"क्यों, सिरदर्द की वजह से?" सैमुअल ने पूछा।

"जी सर।"

"ठीक है, कोई बात नहीं, बैठ जाओ।"

अचरज से भरा स्वामी अपनी सीट में धँस गया। वह सोच रहा था कि आखिर आज सैमुअल सर को हुआ क्या है? पीरियड खत्म हो गया था और स्वामी उदास।

दिन का आखिरी पीरियड भी सैमुअल का ही था। इस बार वह भारत का इतिहास पढ़ाने आए थे। दोपहर बाद 3.45 मिनट पर पीरियड शुरू हुआ और 4.30 बजे खत्म होना था। स्वामीनाथन पहले के सभी पीरियडों में लगातार यही सोचता रहा कि कैसे सैमुअल को उकसाया जाए। लेकिन उसे कोई तरीका नहीं सूझा था। घड़ी ने जब 4 बजाए तो वह बेचैन हो उठा। आधे घंटे और बचे थे। सैमुअल वॉस्को डी गामा की भारत यात्रा से संबंधित विवरण पढ़ा रहे थे। थके-माँदे बच्चे अनमने से उनका लेक्चर सुन रहे थे।

तभी स्वामी ने ऊँची आवाज में सवाल दागा, "कोलंबस भारत क्यों नहीं आया, सर?"

''वह रास्ता भटक गया था।''

''मैं इस पर यकीन नहीं कर सकता; भरोसा करने लायक ही नहीं है।''

''क्यों?''

''इतना महान् आदमी। क्या उसे अपना रास्ता तक पता नहीं होगा?''

''इतनी ऊँची आवाज में बोलने की जरूरत नहीं है। मैं तुम्हें आराम से सुन सकता हूँ।''

''मैं जोर से नहीं बोल रहा हूँ, सर। मेरी आवाज ही इतनी तेज है, जो भगवान् ने मुझे दी है। इसमें मैं क्या कर सकता हूँ?''

''चुप रहो और बैठ जाओ चुपचाप।''

स्वामीनाथन बैठ गया। अपनी कामयाबी पर थोड़ा खुश हुआ था। टीचर ने उलझन और संदेह भरी नजर उस पर डाली और फिर आगे पढ़ाना शुरू कर दिया।

उसे अगला मौका तब मिला, जब सामनेवाली बेंच पर बैठे शंकर ने टीचर से सवाल किया, ''सर, क्या वॉस्को डी गामा भारत आनेवाला पहला शख्स था?''

टीचर कोई जवाब दे पाते, इससे पहले ही पीछे की बेंच से स्वामी जोर से बोला, ''बिल्कुल, ये तो यही कह रहे हैं।''

टीचर के साथ-साथ सभी बच्चे भी स्वामी की ओर देखने लगे। आज स्वामी के इस अजीब तरह के व्यवहार से टीचर को कुछ उलझन हो रही थी। वह बार-बार चिल्ला-चिल्लाकर पढ़ाई के दौरान बाधा पहुँचा रहा था।

''स्वामीनाथन, तुम फिर चिल्ला रहे हो।'' टीचर ने कहा।

''मैं चिल्ला नहीं रहा हूँ, सर। भगवान् ने मुझे तेज आवाज दी है तो मैं क्या कर सकता हूँ?''

इस सब में पंद्रह मिनट निकल चुके थे। पीरियड खत्म होने में पंद्रह मिनट और बाकी थे। स्वामी को लगा कि उसे इन पंद्रह मिनटों में ज्यादा जोर लगाकर कुछ करना होगा। सैमुअल को गुस्सा तो आ चुका था। वे उसे डाँट भी चुके थे। लेकिन इतना काफी नहीं था। स्वामी को लग रहा था कि वह थोड़ी और कोशिश करे तो सैमुअल स्कूल से निकाले जाने और जेल जाने लायक कुछ कर बैठेंगे।

इसी बीच टीचर ने पाठ पूरा कर दिया और ठहर गए। वे बाकी बचे कुछ मिनट बच्चों से सवाल-जवाब के लिए देना चाहते थे। उन्होंने सभी

बच्चों को आदेश दिया कि अपनी किताबें रख दें और दूसरी लाइन में से किसी से पूछा, "वॉस्को डी गामा के भारत आने की तारीख क्या है?"

बीच में ही स्वामीनाथन जोर से बोल पड़ा, "20 दिसंबर, 1648।"

"तुम्हें चिल्लाने की जरूरत नहीं है।" टीचर ने कहा और फिर पूछा भी, "सिरदर्द ने क्या तुम्हें पागल कर दिया है?"

"मुझे अब बिल्कुल भी सिरदर्द नहीं है, सर।" स्वामी ने तमककर जवाब दिया।

"बैठ जा, बेवकूफ।" 'बेवकूफ' कहे जाते ही स्वामी खुश हो गया। "अगर दोबारा खड़ा हुआ तो मैं छड़ी से तेरी पिटाई कर दूँगा।" टीचर ने कहा।

स्वामी बैठ गया। उसे लग रहा था कि बस, अब उसका मकसद पूरा होने वाला है। तभी टीचर ने कहा, "अब मैं मुगल काल के संबंध में कुछ सवाल पूछूँगा। मुगल शासकों में किसे सबसे महान् कहा जाता है? कौन सबसे ताकतवर माना जाता है? और सबसे ज्यादा धार्मिक कौन था?"

स्वामी उठ खड़ा हुआ। उसे देखते ही टीचर ने जोर से कहा, "बैठ जाओ।"

"मैं जवाब देना चाहता हूँ, सर।"

"बैठ जाओ।"

"नहीं सर, मैं जवाब देना चाहता हूँ।"

"अगर तुम फिर खड़े हुए तो मैं वही करूँगा, जो मैंने कहा है।"

"सर, आपने कहा है कि आप मुझे छड़ी से पीटेंगे। मेरी हथेलियों की चमड़ी उधेड़ देंगे और फिर मुझसे उन्हें अपने माथे पर लगाने को कहेंगे।"

"बिल्कुल सही; यहाँ आओ।"

स्वामीनाथन खुशी से लगभग उछलता हुआ टीचर के सामने जा पहुँचा।

टीचर ने मेज की दराज से अपनी छड़ी निकाली और जोर से चिल्लाए, "खोलो अपना हाथ, शैतान कहीं के!" दोनों हथेलियों पर उन्होंने तीन-तीन छड़ी जमाईं। स्वामी ने चुपचाप उन्हें बरदाश्त कर लिया। तभी टीचर ने पूछा, "इतनी काफी है या और जमाऊँ एक-दो?"

स्वामी ने फिर अपना हाथ आगे बढ़ा दिया। टीचर ने भी दोनों हथेलियों में दो-दो छड़ी और जमा दीं। तभी घंटी बज गई। स्वामी का मन हल्का हो गया था। वह अपनी बेंच पर वापस आया, किताब-कॉपियाँ समेटीं और जेब

से पत्र निकालकर हेडमास्टर के कमरे की तरफ दौड़ पड़ा। दरवाजे पर ताला लटका हुआ था।

उसने चपरासी से पूछा, ''हेडमास्टर सर कहाँ हैं?''

''तुम्हें क्या काम है उनसे?''

''मेरे पिताजी ने उनके लिए एक पत्र भेजा है।''

''आज वे दोपहर को ही छुट्टी लेकर चले गए। अब एक हफ्ते तक नहीं आएँगे। तुम चाहो तो असिस्टेंट हेडमास्टर को पत्र दे सकते हो। वे यहीं हैं।''

''वे कौन हैं?''

''तुम्हारे टीचर, सैमुअल। वह दूसरा कमरा है न, वहाँ बैठे हैं।''

इतना सुनते ही स्वामी उस जगह से खिसक लिया। पत्र लिये हुए घर पहुँचा तो पिताजी से आमना-सामना हो गया। देखते ही बोले, ''बुजदिल, मैं जानता था कि तुम यह पत्र हेडमास्टर को नहीं दोगे।''

''मैं कसम खाकर कहता हूँ, हमारे हेडमास्टर छुट्टी पर हैं।'' स्वामीनाथन ने सफाई दी।

पिताजी ने डपटा, ''कायरों की तरह और झूठ पर झूठ मत बोलो।''

हाथ में लिफाफा पकड़े हुए स्वामी ने कहा, ''जैसे ही हेडमास्टर लौटते हैं, मैं उन्हें यह पत्र दे दूँगा।''

पिताजी ने लिफाफा उसके हाथ से छीन लिया। उसके टुकड़े-टुकड़े फाड़कर कचरे के डिब्बे में डालते हुए बोले, ''अब दोबारा कभी मेरे पास मदद के लिए मत आना। सैमुअल तुम्हारा गला दबा दे, तब भी नहीं। तुम उसी सैमुअल के लायक हो।''

□

इंजन की परेशानी

कुछ साल पहले हमारे शहर में एक तमाशा दिखानेवाला आया था (बातूनी आदमी ने बताया)। वह बाकायदा एक तमाशा कंपनी चलाता था, जिसका नाम था 'गैटी लैंड'। उसने हमारे शहर के जिमखाना ग्राउंड पर अपना डेरा डाला और रातोरात पूरा इलाका बैनर, फीतों एवं रंग-बिरंगे लैंपों से सज गया। पूरा शहर तमाशा देखने के लिए उमड़ पड़ा। शुरुआत के एक हफ्ते के भीतर ही वे सिर्फ गेट पर बिकनेवाले टिकटों के जरिए रोज 500 रुपए तक कमाने लगे। गैटी लैंड पर मौज-मस्ती के लिए कई किस्म के इंतजाम थे। कुछेक आने देकर अलग-अलग बूथों पर इन तमाशों का मजा लिया जा सकता था। कहीं तोते का शो चल रहा था तो कहीं मौत के कुएँ वाला अपना खेल दिखा रहा था। लॉटरियों के स्टॉल थे, साथ ही निशानेबाजी की गैलरियाँ भी। इन जगहों पर लोगों के लिए हमेशा एक आना लगाकर सैकड़ों रुपए जीतने का मौका रहता था।

एक कोने के ऐसे ही स्टॉल में हमेशा भीड़ लगी रहती थी। वहाँ टिकट तो आठ आने का था, लेकिन मौका बड़ी-से-बड़ी चीजें जीतने का मिलता था। सिलाई मशीन, कैमरा और यहाँ तक कि रोड इंजन भी जीता जा सकता था। एक रोज लॉटरी में सौवें नंबर के टिकट वाले को विजेता घोषित किया गया। वह टिकट मैंने खरीदा था। उन लोगों ने अपने पास मौजूद सामान की लिस्ट पर नजर डाली और ऐलान किया कि मैंने रोड इंजन जीता है! अब मुझसे यह मत पूछ बैठिए कि रोड इंजन उनके पुरस्कारों की सूची में आया कैसे? क्योंकि इसकी एक अलग कहानी है।

उनका ऐलान सुनकर मैं भौंचक था। लोग मेरे इर्द-गिर्द जमा हो रहे थे।

वे मुझे ऐसे देख रहे थे जैसे मैं कोई अजीबो-गरीब जानवर हूँ।

"सोचो, कोई रोड इंजन का भी मालिक बना जा रहा है!" भीड़ में से कुछ लोग खीसें निपोरते हुए फुसफुसाए।

यह ऐसा पुरस्कार नहीं था, जिसे कोई जीतने के तुरंत बाद ही अपने साथ घर ले जा सके। मैंने स्टॉलवालों से ही कहा कि क्या वे इस इंजन को मेरे घर तक पहुँचाने में मदद कर सकते हैं। लेकिन उन लोगों ने मुझे वहीं चस्पाँ नोटिस दिखा दिया। उसमें लिखा था कि लॉटरी जीतनेवाले हर व्यक्ति को तुरंत और अपने आप जीता हुआ सामान साथ ले जाना होगा। हालाँकि उन्होंने मेरे मामले में कुछ नरमी बरती। वे उतने दिनों के लिए जिमखाना ग्राउंड पर ही इंजन रखने को तैयार हो गए, जितने दिनों तक शो चल रहा है। इस बीच मुझे उसे वहाँ से ले जाने का इंतजाम करना था। मैंने तमाशा दिखानेवाले से पूछा कि क्या वह मेरे लिए कोई ड्राइवर ढूँढ़ सकता है, जो यह इंजन ले जा सके?

जवाब में वह सिर्फ मुसकरा दिया और बोला, "जो आदमी इसे यहाँ लेकर आया था, उसे नौकरी के एवज में सौ रुपए देने पड़ते थे और रोज के पाँच रुपए अलग। मैंने उसे वापस भेज दिया और तय कर लिया कि अगर कोई भी इसे लॉटरी में नहीं जीत सका तो मैं इसे यहीं छोड़ जाऊँगा। मैंने तो इसे सिर्फ इसलिए यहाँ रख लिया था कि शो के लिहाज से यह एक नई चीज थी। पर हे भगवान्! इससे मुझे कितनी परेशानी हो गई, बता नहीं सकता।"

"क्या मैं इसे म्यूनिसिपैलिटी वालों को बेच नहीं सकता?" मैंने मासूमियत से पूछा।

सुनते ही वह ठठाकर हँस पड़ा। कहने लगा, "भाई, मैं तमाशा दिखानेवाला हूँ। म्यूनिसिपैलिटी वालों से दूर ही रहता हूँ; क्योंकि उनसे मुझे हमेशा कोई-न-कोई परेशानी होती रहती है।..."

मेरे दोस्तों और शुभचिंतकों को जब पता चला कि मैंने लॉटरी में रोड इंजन जीता है तो उनकी तरफ से मुझे बधाई देने का ताँता लग गया। हालाँकि उनमें से कोई भी ठीक-ठीक यह नहीं बता पा रहा था कि रोड इंजन कितने में बिकेगा। बस, उन्हें यही लग रहा था कि इससे बहुत से रुपए मिलेंगे। "तुम तो कबाड़ में इसे लोहे के भाव बेच दोगे न, तब भी हजारों रुपए मिल जाएँगे।" मेरे कुछ दोस्तों ने कहा।

अब मैं रोज अपने रोड इंजन को देखने के लिए रोज जिमखाना ग्राउंड

जाने लगा। मुझे उससे लगाव हो गया था। उसके चमकते हुए पीतल के हिस्से मुझे बेहद पसंद थे। मैं उसके आस-पास मँडराता रहता। कभी उसके बगल में खड़े होकर प्यार से उसे थपकियाँ देता। फिर जब तमाशा खत्म हो जाता तो घर लौट आता। मैं गरीब आदमी था। इसलिए मुझे लगता था कि आखिरकार अब मेरी परेशानियों का अंत होने वाला है। हम भी कितने मूर्ख होते हैं! मैं अंदाज भी नहीं कर पाया कि वास्तव में मेरी परेशानियाँ तो अब शुरू हुई हैं।

तमाशेवाले ने जैसे ही अपना बोरिया-बिस्तर समेटा, मुझे म्यूनिसिपैलिटी वालों ने एक नोटिस थमा दिया। उसमें मुझसे जल्दी-से-जल्दी रोड इंजन ले जाने को कहा गया था। अगले दिन जब मैं जिमखाना ग्राउंड पहुँचा तो देखा, वहाँ कोई भी नहीं था। मैदान में सिर्फ कटे-फटे रंग-बिरंगे फीते और बैनर वगैरह इधर-उधर पड़े हुए थे। तमाशे वाला जा चुका था। इंजन को वहीं-का-वहीं छोड़ गया था। सुरक्षित। उसे तो कहीं भी सुरक्षित ही रहना था!

मुझे कुछ पता नहीं था कि अब इसका क्या करूँ, इसलिए कुछ दिन तक उसको वहीं खड़े रहने दिया। अबकी बार मेरे पास म्यूनिसिपैलिटी वालों का ऑर्डर ही आ गया। उसमें लिखा था—अगर तुरंत मैंने इंजन को ग्राउंड से नहीं हटाया तो वे उसे वहाँ खड़े रखने का किराया वसूलने लगेंगे। मेरे पास कोई ज़ारा नहीं था। मैं दस रुपए महीने के हिसाब से किराया चुकाने को तैयार हो गया। तीन महीने तक मैंने किराया जमा कराया। जनाब, मैं गरीब आदमी था। यहाँ तक कि मैं पत्नी के साथ जिस मकान में रहता था, उसके लिए भी मुझे चार रुपए महीना किराया देना पड़ता था। जरा सोचिए, रोड इंजन के लिए दस रुपए महीने मैंने कैसे भुगतान किए होंगे। थोड़ा सा घर का बजट था, उसमें से भी कटौती करनी पड़ी। मुझे पत्नी के एक-दो गहने तक गिरवी रखने पड़े। रोज पत्नी मुझसे पूछती थी कि मैं आखिर अपनी उस भयानक जागीर (इंजन) का क्या करनेवाला हूँ? लेकिन मेरे पास उसके इस सवाल का कोई जवाब नहीं होता था। मैं रोज कस्बे में जाकर लोगों से मिलता-जुलता कि कहीं किसी तरह इंजन बेचने का कुछ जुगाड़ हो जाए, लेकिन सब बेकार। तभी किसी ने मुझे सुझाया कि कॉस्मोपोलिटन क्लब के सचिव शायद इसे खरीद सकते हैं। मैं जब उनके पास पहुँचा तो वे मुझ पर हँस दिए।

"मैं इसका क्या करूँगा?" उन्होंने पूछा।

"मैं इसे आपको रियायती दाम पर दे दूँगा, सर। और फिर आपके पास

टेनिस कोर्ट भी है। वहाँ यह इंजन काम आ सकता है।'' मैंने अपनी तरफ से पेशकश की। लेकिन उन्हें मुसकराते देखकर जल्द ही समझ गया कि उनसे कुछ और कहना बेवकूफी ही होगी।

फिर किसी ने सलाह दी, ''म्यूनिसिपैलिटी के अध्यक्ष से मिल लो। वे इसे म्यूनिसिपैलिटी के लिए खरीद सकते हैं।''

डरते-डरते एक दिन मैं म्यूनिसिपल ऑफिस पहुँच गया। कोट के बटन बंद करते हुए अध्यक्ष के कमरे में घुसा और उन्हें अपने पेशे के बारे में जानकारी दी। मैं भारी रियायत पर इंजन देने के लिए पूरी तरह तैयार था। अध्यक्ष को प्रभावित करने के लिए मैंने म्यूनिसिपैलिटी के कामों का विस्तार से ब्योरा देना शुरू कर दिया। अध्यक्ष के कार्यकाल में किए जा रहे अच्छे कामों के बारे में भी बताया। फिर साथ में यह भी कि म्यूनिसिपैलिटी के कई कामों में रोड रोलर होना कितना फायदेमंद हो सकता है। लेकिन इससे पहले कि मैं अपनी बात पूरी कर पाता, मुझे एहसास हो गया कि यहाँ से बेहतर तो ये रहेगा कि मैं किसी बच्चे को खेलने के लिए वह इंजन दे दूँ।

जिमखाना ग्राउंड पर खड़े उस इंजन की देखभाल के चक्कर में मेरा दिवाला पिटा जा रहा था। लेकिन मुझे अब भी उम्मीद थी कि एक-न-एक दिन मेरी तकलीफों का अंत होगा। इंजन के एवज में अच्छी-खासी रकम हाथ में आ जाएगी। इससे अब तक जो भी नुकसान हुआ है, उस पूरे की भरपाई हो जाएगी। लेकिन तभी नई मुसीबत आन पड़ी। जानवरों का तमाशा शुरू होने की बारी आ गई। जिमखाना ग्राउंड पर ही यह आयोजन होना था। मुझे मैदान से इंजन हटाने के लिए चौबीस घंटे का वक्त दिया गया। एक हफ्ते के भीतर यह आयोजन शुरू होना था। उसकी एडवांस पार्टी तो पहुँच ही चुकी थी। वह मुझे जल्द-से-जल्द इंजन मैदान से हटाने के लिए मजबूर कर रही थी। मैं हताश हो चुका था। मेरे आस-पास पचास-पचास मील की दूरी पर भी कोई ऐसा नहीं था, जो रोड इंजन के बारे में कुछ भी जानता हो। मैंने हर गुजरते बस ड्राइवर से मदद की गुजारिश की; लेकिन सब बेकार। यहाँ तक कि मैं स्टेशन मास्टर के पास भी चला गया। उनसे भी विनती कि वे ट्रेन के इंजन ड्राइवर को मेरी मदद के लिए कह दें। लेकिन वहाँ के ड्राइवर से भी टका सा जवाब मिल गया—मैं अपने रेल इंजन पर ध्यान दूँ या सड़क किनारे खड़े किसी इंजन पर। मैं किसी के लिए भी ऐसा कोई काम करने की सोच तक नहीं सकता। इस बीच, म्यूनिसिपैलिटी का मुझ पर दबाव लगातार बढ़ता

जा रहा था। मैं हार गया था। लगा कि अब कुछ नहीं हो सकता। निराश होकर मैं मंदिर पहुँच गया। वहाँ के पुजारी को अपनी आपबीती सुनाई। उसका दिल पसीज गया। उसने मुझे पेशकश की कि मंदिर के हाथी के जरिए इंजन को ग्राउंड से हटवाया जा सकता है। मैं राजी हो गया। मैंने इंजन को धक्का देने के लिए 50 कुलियों का भी इंतजाम कर लिया। आप सोच सकते हैं कि इस सब में मेरे कितने पैसे खर्च हुए होंगे। कुली तो प्रति व्यक्ति आठ आने की मजदूरी माँग रहे थे; जबकि मंदिर के हाथी का किराया सात रुपए दिन था। साथ में उसके लिए एक वक्त के खाने का भी इंतजाम करना था। मेरी योजना यह थी कि मैं किसी तरह इंजन को जिमखाना ग्राउंड से हटाकर आधे फर्लांग की दूरी पर स्थित दूसरे मैदान तक ले जाऊँ। उस मैदान का मालिक मेरा दोस्त था। और अगर मैं कुछ महीनों के लिए वहाँ इंजन रख दूँ तो वह बुरा नहीं मानेगा। उम्मीद थी कि इस बीच मैं मद्रास जाकर इंजन के लिए कोई ग्राहक तलाश सकूँगा।

मैंने ड्यूटी से हटाए जा चुके एक बस ड्राइवर जोसेफ की भी सेवाएँ ली थीं। हालाँकि उसने मुझे साफ बता दिया था कि वह इंजन के बारे में कुछ नहीं जानता। लेकिन यह भी कहा था कि अगर किसी तरह इंजन के लुढ़कने का इंतजाम हो जाए तो वह उसका स्टियरिंग तो सँभाल ही सकता है।

क्या गजब का सीन था। मोटे-मोटे रस्सों की मदद से मंदिर का हाथी आगे से इंजन को खींच रहा था। पीछे से उसे 50 कुली धक्का दे रहे थे। और ड्राइवर की सीट पर बैठा जोसेफ स्टियरिंग सँभाल रहा था। यह एक नए किस्म के तमाशे जैसा था, जिसे देखने के लिए भारी भीड़ जमा हो गई थी। इंजन ने लुढ़कना शुरू कर दिया। मेरी जिंदगी का यह सबसे खास पल था। जैसे ही इंजन जिमखाना ग्राउंड से निकलकर सड़क पर आया, उसकी चाल गड़बड़ा गई। सड़क पर सीधे आगे जाने के बजाय वह लड़खड़ाते हुए दाएँ-बाएँ होने लगा। हाथी उसे एक तरफ से खींच रहा था। जोसेफ पूरी ताकत लगाकर स्टियरिंग घुमाए जा रहा था, लेकिन उसे समझ ही नहीं आ रहा था कि इंजन आखिर जा किस तरफ रहा है। ऐसे ही, पीछे लगे 50 आदमी भी उसे बिना कुछ सोचे-समझे धक्का दिए जा रहे थे। इस बेसिर-पैर की खींच-तान का नतीजा यह हुआ कि इंजन मैदान के ठीक सामने वाले कंपाउंड की दीवार में जा घुसा और उसे चकनाचूर कर दिया। तमाशबीनों की भीड़ से ठहाके फूट पड़े। लेकिन इस हँसी-ठट्ठे से हाथी नाराज हो

गया। वह जोर से चिंघाड़ा। रस्से तोड़ता हुआ आगे बढ़ा और जो रही-सही दीवार थी, वह भी मिट्टी में मिला दी। इंजन के पीछे जो 50 लोग लगे हुए थे, वे सब डर के मारे भाग निकले। भीड़ में भी भगदड़ मच गई। इसी बीच किसी ने मेरे गाल पर एक झन्नाटेदार तमाचा जड़ दिया। यह उस कंपाउंड का मालिक था, जिसकी दीवार ढह चुकी थी। पुलिस भी आ धमकी और मुझे पकड़कर ले गई।

जब मैं हवालात से बाहर आया तो ये नतीजे मेरा इंतजार कर रहे थे— (1) मुझे उस कंपाउंड की दीवार बनवानी थी, जिसे इंजन और हाथी ने ढहा दिया था। (2) मौके पर भाग निकले 50 लोगों का मेहनताना देना था (हालाँकि उनमें से कोई भी यह नहीं बता सका कि जब काम ठीक ढंग से किया ही नहीं गया तो मजदूरी किस बात की दी जाए)। (3) इंजन को दीवार पर चढ़ा देने के एवज में जोसेफ की फीस देनी थी। (4) दीवार गिराते वक्त मंदिर के हाथी के घुटने में चोट आ गई थी, इसलिए उसके इलाज का पैसा भी देना था (यहाँ भी मंदिर वाले मेरी बात सुनने को राजी नहीं थे। मैं उनसे बार-बार कहता रहा कि मैंने थोड़े ही हाथी को दीवार तोड़ने के काम में लगाया था)। (5) और आखिरी, इंजन उस वक्त जहाँ खड़ा था, वहाँ से हटवाने की माँग जोर पकड़ रही थी।

साहब लोगो, मैं गरीब आदमी था। मुझे कुछ सूझ नहीं रहा था कि मैं इतने सारे कामों के लिए पैसे कहाँ से लाऊँगा। जब मैं घर पहुँचा तो पत्नी बरस पड़ी, ‘‘हर जगह से ये मैं तुम्हारे बारे में क्या सुन रही हूँ?’’

मैंने इस मौके पर उसे अपनी परेशानियाँ बतानी चाहीं। लेकिन उसे लगा कि जैसे मैं उससे फिर उसके गहनों की अपेक्षा कर रहा हूँ, ताकि गिरवी रख सकूँ। उसने आपा खो दिया। चिल्लाने लगी कि अभी चिट्ठी लिखकर वह अपने पिता को बुला लेगी, जिससे कि वे आकर उसे ले जाएँ।

मेरी बुद्धि ने काम करना बंद कर दिया था। सड़कों पर लोग मुझे देखकर हँसते थे। मुझे खुद पर अचरज हो रहा था कि ऐसी हालत में मैं आखिर अपने गाँव से भाग क्यों नहीं गया। बहरहाल, मैंने तय किया कि मैं पत्नी को उकसाऊँ कि वह अपने पिता को चिट्ठी लिखे, ताकि वे आएँ और उसे अपने साथ ले जाएँ। किसी को मेरी योजना की भनक तक नहीं लगने वाली थी। मैं अपने सभी लेनदारों से एक ही झटके में पीछा छुड़ाना चाह रहा था। रातोरात गाँव से रफूचक्कर होने वाला था।

लेकिन तभी उम्मीद से परे, स्वामीजी की शक्ल में, राहत मेरे सामने प्रकट हुई। उस शाम छोटे से टाउन हॉल में एक कार्यक्रम रखा गया था। म्यूनिसिपैलिटी के अध्यक्ष उस कार्यक्रम में मुख्य अतिथि थे। देखनेवालों के लिए प्रवेश निःशुल्क था। मैं भी चला गया। पूरा हॉल खचाखच भरा हुआ था। लोग दम साधे मंच पर नजरें गड़ाए हुए थे। स्वामीजी अपनी योग शक्ति का प्रदर्शन कर रहे थे। उन्होंने काँच का गिलास तोड़ा और देखते-ही-देखते काँच खा गए। नुकीली कीलों से भरे हुए बोर्ड पर लेट गए। सभी तरह का तेजाब पानी की तरह गटक गए। लाल तमतमाती लोहे की छड़ को जीभ से छू लिया। नुकीली कीलें चबाकर आराम से निगल गए। धड़कनें रोककर जमीन के नीचे समाधि लगा ली। हम सब वहाँ बैठे हुए आश्चर्य से उन्हें देख रहे थे। आखिर में उनका प्रवचन हुआ। उसमें उन्होंने बताया कि वे इस तरीके से अपने गुरु का संदेश लोगों तक पहुँचाने की कोशिश कर रहे हैं। उनका यह असाधारण प्रदर्शन गौर करने के लायक इसलिए भी था, क्योंकि उन्हें इसके एवज में कुछ नहीं मिल रहा था। उम्मीद भी नहीं कर रहे थे। सिर्फ मानव सेवा का संतोष मिल रहा था। और आखिर में उन्होंने अपना आखिरी और सबसे शानदार प्रदर्शन करने की घोषणा की। सामने बैठे म्यूनिसिपैलिटी के अध्यक्ष से पूछा, ''आपके पास रोड इंजन है? मैं चाहता हूँ कि उसे मेरी छाती के ऊपर से निकाला जाए।''

स्वामीजी के इतना कहते ही अध्यक्ष परेशान हो गए। यह सोचकर शर्मिंदा भी हुए कि उनके पास रोड इंजन नहीं है।

स्वामीजी ने फिर कहा, ''मुझे किसी भी सूरत में रोड इंजन चाहिए।''

अध्यक्ष ने स्वामीजी को यह कहकर समझाने की कोशिश की, ''यहाँ कोई ड्राइवर नहीं है।''

स्वामी ने जवाब दिया, ''फिक्र मत कीजिए। मेरे असिस्टेंट ने हर किस्म के रोड इंजन को चलाने की ट्रेनिंग ली हुई है।''

मौका देखकर मैं उठ खड़ा और जोर से बोला, ''इनसे रोड इंजन के बारे में मत पूछिए। मुझसे पूछिए।'' पलक झपकते ही मैं स्टेज पर था और उतना ही खास जितने कि स्वामीजी थे। उस वक्त हर तबके से मुझे जो सम्मान मिल रहा था, उसे देखकर मुझे खुशी हो रही थी। म्यूनिसिपैलिटी के अध्यक्ष अब पीछे रह गए थे।

मैं उन्हें इंजन देने को तैयार था। बदले में वे भी मेरी बात मान चुके थे।

मैंने उन्हें उनके असिस्टेंट के जरिए इंजन वहाँ पहुँचाने के लिए राजी कर लिया था, जहाँ मैं ले जाना चाहता था। हालाँकि मैं उन्हें इसके एवज में कुछ भुगतान भी करना चाहता था; लेकिन जानता था कि जो आदमी एक मिशन लेकर निकला हो, वह किसी से ऐसी कोई उम्मीद नहीं रखेगा।

जल्दी ही पूरी भीड़ जिमखाना के सामने बने कम्पाउंड की दीवार के पास जमा हो गई। स्वामीजी का असिस्टेंट वाकई इंजन का एक्सपर्ट था। थोड़ी देर में मेरा इंजन शान से भाप छोड़ता नजर आया। यह बड़ी खुशी का पल था। स्वामीजी ने दो तकिया मँगवाईं। एक उन्होंने अपने सिर के पास रखी, दूसरी पैरों के पास। इंजन उनके ऊपर से कैसे गुजारा जाना चाहिए, इस बाबत उन्होंने विस्तार से अपने असिस्टेंट को निर्देश दिया। अपनी छाती पर चाक से एक निशान बनाया और कहा, ''यह ठीक इसके ऊपर से निकलना चाहिए। न एक इंच इधर, न उधर।''

इंजन इंतजार में घरघराते हुए तैयार खड़ा था। भीड़ अचानक दुखी और उदास हो गई थी। उसके सामने डरा देनेवाला नजारा जो था। तभी स्वामीजी दोनों तकियों के ऊपर लेट गए और बोले, ''मैं जैसे ही 'ओउम्' का उच्चारण करूँ, इसे मेरे ऊपर से गुजार देना।'' इसके बाद उन्होंने आँखें बंद कर लीं।

भीड़ दम साधे पूरा नजारा देख रही थी। मैं भी भौंचक सा सबकुछ देख रहा था। खुशी भी हो रही थी, क्योंकि आखिरकार रोड इंजन चलनेवाला था।

उसी वक्त एक पुलिस इंस्पेक्टर भीड़ के बीच आ पहुँचा। उसके हाथ में एक भूरा सा लिफाफा था। उसने हाथ ऊपर उठाकर छड़ी से इशारा करते हुए स्वामीजी के असिस्टेंट को रोक दिया। फिर स्वामीजी से मुखातिब होते हुए बोला, ''माफ कीजिए, मुझे आपको बताना है कि आप यह सब नहीं कर सकते। मजिस्ट्रेट ने आदेश जारी किया है। इसमें साफ लिखा है कि इंजन को आपके ऊपर से नहीं गुजारा जा सकता।''

स्वामीजी उठकर खड़े हो गए। वहाँ काफी हो-हल्ला शुरू हो गया था। स्वामीजी भड़क गए, ''मैं इससे पहले सैकड़ों जगहों पर यह प्रदर्शन कर चुका हूँ। आज तक किसी ने इस पर सवाल नहीं उठाया। मुझे मेरी मरजी का काम करने से कोई नहीं रोक सकता। मेरे गुरु का आदेश है कि मैं देश की जनता के सामने योग की शक्ति का प्रदर्शन करूँ। और मुझ पर कौन सवाल उठा सकता है?''

''मजिस्ट्रेट कर सकता है।'' मजिस्ट्रेट ने उन्हें आदेश दिखाते हुए कहा।

"पर आपका या उनका यह क्या तरीका है, इस तरह बीच में किसी के काम में दखल देने का?"

"मैं वह सब नहीं जानता। यह रहा उनका आदेश। उन्होंने आपको सबकुछ करने की इजाजत दी है, सिर्फ दो चीजों को छोड़कर। आप पोटैशियम सायनाइड नहीं निगल सकते और यह इंजन अपने ऊपर से नहीं निकलवा सकते। हाँ, हमारे क्षेत्राधिकार के बाहर आप जो चाहें करें। आपको इसकी पूरी आजादी है।"

"इसी वक्त मैं यह अभिशप्त जगह छोड़ रहा हूँ।" स्वामीजी तमतमाकर बोले और वहाँ से चल दिए। उनका असिस्टेंट भी उनके पीछे-पीछे हो लिया।

मैंने उनके असिस्टेंट का बाँह थाम ली और कहा, "आपने इसे चालू किया। आप ही इसे उस पास वाले मैदान तक क्यों नहीं पहुँचा देते। इसके बाद चले जाइए।"

उसने मेरा हाथ झटक दिया और मेरी तरफ देखते हुए भन्नाया, "मेरे गुरु इतने दुखी हैं। ऐसे में तुम्हारी हिम्मत कैसे हुई मुझसे इंजन चलाने के लिए कहने की।" इतना कहकर वह चला गया।

मैं वहीं खड़े-खड़े बुदबुदाया, "मेरे खयाल से, तुम इसे उनकी छाती के ऊपर से निकालने के अलावा और कहीं ले जा ही नहीं सकते।"

मैंने अब कुछेक दिनों में वह शहर छोड़ने की तैयारी कर ली थी। इंजन को मैं उसी के हाल पर छोड़ देने वाला था। पर तभी कुदरत मुझे राहत देने के लिए आगे आई। आपने उस साल उत्तर भारत में आए बड़े भूकंप के बारे में सुना होगा। उस आपदा ने कई शहरों को तबाह कर दिया था। हमारे शहर में भी भूकंप के झटके लगे थे। रात के वक्त हम सब उसकी वजह से अपने बिस्तरों से नीचे गिर गए थे। दरवाजे और खिड़कियाँ हिलने लगे थे।

अगली सुबह शहर छोड़ने से पहले मैं आखिरी बार अपने इंजन को देखने मौके पर पहुँचा। पर यह क्या? मुझे अपनी आँखों पर भरोसा नहीं हुआ। इंजन वहाँ था ही नहीं। मैंने यहाँ-वहाँ तलाशा, खूब चीख-पुकार की। कुछ लोग मेरी मदद को आए। वे भी टोलियाँ बनाकर इंजन तलाशने लगे। कुछ देर में इंजन मिल गया। वह पास के ही एक बेकार कुएँ में जा धँसा था। यह देख मैं भगवान् से मनाने लगा कि अब कोई नई मुसीबत न आ जाए। लेकिन जब उस घर का मालिक वहाँ पहुँचा और देखा कि क्या हुआ है तो जोर से हँस पड़ा। मेरी तरफ देखकर बोला, "तुम मेरे बड़े काम आए हो। इस

कुएँ में बेहद गंदा पानी था। म्यूनिसिपैलिटी वाले मुझे हफ्ते-दर-हफ्ते नोटिस भेज रहे थे कि इसे जल्द-से-जल्द बंद करो। इसे बंद कराने का खर्चा इतना ज्यादा है कि मैं हिम्मत नहीं कर पा रहा था। लेकिन तुम्हारा इंजन तो इसमें कॉर्क की तरह फिट हो गया है। अब इसे यहीं छोड़ जाओ।''

''लेकिन, लेकिन...''

''कोई लेकिन-वेकिन नहीं। मैं तुम्हारे खिलाफ की गईं सभी शिकायतें वापस ले लूँगा। जो आरोप लगे हैं, उन्हें भी रद्द करा दूँगा। तुम्हारे इंजन की वजह से मेरे कंपाउंड की जो दीवार टूटी है, उसे भी खुद ही बनवा लूँगा। बस, इसको यहीं रहने दो।''

''लेकिन इतना काफी नहीं है।'' मैंने उस इंजन की वजह से हुए अपने कुछ और खर्चों का जिक्र किया।

वह उन सबका भुगतान करने के लिए भी राजी हो गया।

कुछ महीने बाद जब मैं उसी जगह से गुजरा तो उस कंपाउंड की दीवार पर मेरी नजर पड़ गई। वह एकदम नई बन चुकी थी। कुएँ का मुँह भी अच्छी तरह सीमेंट से बंद कर दिया गया था। यह देख मैंने राहत और सुकून की साँस ली।

□

पैंतालीस रुपए महीना

शांता कक्षा में अब और नहीं रुक सकती थी। वह म्यूजिक, ड्रिल और क्ले मॉडलिंग के काम कर चुकी थी। इस वक्त वह रंगीन कागजों को काटकर आकृतियाँ बना रही थी। घंटी बजने तक उसे यह काम करना था। बेसब्री से इंतजार कर रही थी कि कब टीचर कहें, 'तुम लोग घर जा सकती हो।' या 'कैंची रखो और काटे हुए अपने अंक और अक्षर समेट लो…।' वक्त क्या हुआ है, यह जानने के लिए वह बेकरार हुई जा रही थी। रहा नहीं गया तो बगल में बैठी सहेली से पूछ बैठी, "पाँच बज गए हैं क्या?"

"शायद।" उसने जवाब दिया।

"या फिर छह बज रहे हैं?"

"मुझे नहीं लगता," उसकी सहेली ने कहा, "छह बजे तो अँधेरा हो जाता है।"

"तुम्हें क्या लगता है, पाँच ही बजे हैं?"

"हाँ।"

"तब तो मुझे निकलना होगा। मेरे पिताजी घर लौटते ही होंगे। उन्होंने मुझसे पाँच बजे तक तैयार रहने को कहा था। वे आज शाम मुझे सिनेमा दिखाने ले जा रहे हैं। मुझे घर जाना है।" उसने कैंची वहीं पटक दी। भागकर टीचर के पास पहुँची और बोली, "मैडम, मुझे घर जाना है।"

"क्यों शांता बाई?"

"क्योंकि अब तो पाँच बज गए हैं न।"

"तुम्हें किसने बताया कि पाँच बज गए?"

"कमला ने।"

"अभी पाँच नहीं बजे हैं। इस वक्त···वहाँ घड़ी दिख रही है तुम्हें? उसे देखकर बताओ तो क्या वक्त हुआ है। मैंने तुम्हें एक दिन घड़ी देखना सिखाया था न।" शांता की नजरें अब हॉल में लगी घड़ी पर थीं। वह उसे देखते हुए बड़ी मेहनत से कुछ गिन रही थी। थोड़ी देर के बाद उसने बताया, "नौ बज गए हैं।"

टीचर ने कक्षा की दूसरी लड़कियों को बुलाया और फिर सभी से मुखातिब होते हुए कहा, "उस घड़ी में से वक्त देखकर मुझे कौन बताएगा?"

ज्यादातर लड़कियों ने शांता के सुर में सुर मिलाया और कहा कि नौ ही बजे हैं। तब टीचर बोलीं, "तुम लोग सिर्फ बड़ा काँटा देख रही हो। छोटे वाले को भी तो देखो, फिर बताओ। कहाँ है वह?"

"दो और तीन के बीच में।"

"तो फिर क्या वक्त हुआ?"

"ढाई बजे हैं।"

"अभी पौने तीन बजे हैं, समझीं? और अब तुम सब अपनी सीट पर वापस जा सकती हो।"

दस मिनट बाद ही शांता फिर टीचर के सामने आ खड़ी हुई। कहने लगी, "मैडम, मुझे पाँच बजे तक तैयार होना है, नहीं तो मेरे पिताजी मुझ पर बहुत गुस्सा होंगे। उन्होंने मुझे आज जल्दी घर लौटने को कहा था।"

"कितने बजे लौटने को कहा था?"

"अभी।"

और टीचर ने उसे जाने की इजाजत दे दी।

शांता ने तुरंत किताब-कॉपियाँ समेटीं और धड़धड़ाते हुए कक्षा से बाहर निकल गई। बेहद खुश थी। दौड़ते हुए घर पहुँची, किताबें जमीन पर पटकीं और जोर से चिल्लाई, "माँ, माँ, कहाँ हो?"

माँ पड़ोस के घर में सहेलियों से बातें कर रही थी। शांता की आवाज सुनते ही भागकर आई।

आते ही पूछ बैठी, "तू इतनी जल्दी क्यों लौट आई?"

"क्या पिताजी घर आ गए हैं?" शांता ने सवाल किया। उसने अब तक न तो चाय-कॉफी पी थी, न ही कुछ खाया था। पहले उसे तैयार होने की पड़ी थी। उसने अपना संदूक खोला और एक झीनी सी फ्रॉक पहनने के लिए जोर देने लगी। लेकिन माँ चाहती थी कि वह उस शाम लंबी वाली स्कर्ट और

ऊपर से मोटा कोट पहने। माँ की बात को लगभग अनसुना करते हुए उसने कार्डबोर्ड के एक डिब्बे से खूबसूरत फीते भी निकाल लिये। इस डिब्बे में वह पेंसिल और चॉक वगैरह भी रखती थी। ड्रेस का मसला अब भी उलझा हुआ था। इसे लेकर माँ से उसकी गरमागरम बहस भी हो गई। आखिरकार माँ को ही हार माननी पड़ी। शांता ने अपनी पसंदीदा गुलाबी फ्रॉक पहनी। बढ़िया से बाल बनाए और चोटी में हरा फीता बाँध लिया। चेहरे पर पाउडर लगाया और माथे पर सिंदूर की बिंदी भी लगाई। इसके बाद बोली, ''अब मैं एकदम तैयार हूँ। देखना, पिताजी मुझे देखते ही कहेंगे, कितनी खूबसूरत लग रही है बिटिया। माँ, तुम भी क्यों नहीं चलतीं हमारे साथ?''

''नहीं, आज नहीं।''

शांता अब अपने घर के छोटे से दरवाजे पर खड़ी थी। उसकी आँखें सामने वाली गली पर लगी हुई थीं।

माँ ने कहा, ''तेरे पिताजी पाँच बजे के बाद ही आएँगे। धूप में मत खड़ी रह। अभी तो चार ही बजे हैं।''

मकानों की सामनेवाली लाइन के पीछे सूरज डूब चुका था। शांता समझ गई कि अब रात होने वाली है। वह दौड़कर माँ के पास पहुँची और उससे सवाल किया, ''माँ, पिताजी क्यों नहीं आए अब तक?''

''मैं क्या जानूँ? शायद ऑफिस में किसी काम में फँस गए हों।''

शांता ने मुँह मरोड़कर कहा, ''मुझे ये ऑफिस वाले लोग बिल्कुल पसंद नहीं। बहुत बुरे लोग हैं वे।''

वह फिर दरवाजे पर जा लगी और बाहर देखने लगी। उसकी माँ भीतर से ही चिल्लाई, ''अंदर आ जा शांता, रात हो रही है। वहाँ मत खड़ी रह।''

लेकिन शांता भीतर नहीं आई, वहीं खड़ी रही। तभी उसके दिमाग में एक भयानक आइडिया आया। उसने सोचा कि वह खुद पिताजी के दफ्तर क्यों न चली जाए और उन्हें वहाँ से बाहर बुलाकर उनके साथ सिनेमा चली जाए? लेकिन उसे पता नहीं था कि उसके पिताजी का ऑफिस कहाँ हो सकता है। कोई अंदाजा भी नहीं था। वह तो रोज यही देखती थी कि पिताजी गली के आखिरी छोर पर जाकर ओझल हो जाते हैं। उसे लगा कि अगर कोई वहाँ तक चला जाए तो क्या पता अपने आप सीधे पिताजी के ऑफिस ही जा पहुँचे। उसने एक नजर पीछे घर की तरफ डाली कि कहीं माँ तो आस-पास नहीं हैं और मौका ताड़ते ही गली में निकल गई।

धुँधलका हो चुका था। इधर-उधर से गुजरते राहगीर बड़े विशालकाय लग रहे थे। दीवारें बहुत ऊँची-ऊँची दिख रही थीं। साइकिलें और दूसरी गाड़ियाँ ऐसे लग रही थीं, जैसे वे उसे कुचल ही डालेंगी। वह सड़क के आखिरी छोर तक जा पहुँची। थोड़ी ही देर में हर तरफ लाइटें जल उठीं। रात हो चुकी थी। राहगीर अपनी छाया की तरह ही दिख रहे थे। वह दो मोड़ मुड़ चुकी थी और अब उसे पता नहीं था कि कहाँ आ गई है। सड़क के किनारे बैठी हुई अब वह हैरान-परेशान दाँतों से नाखून काट रही थी। उसे चिंता थी कि अब वह घर कैसे पहुँचेगी। तभी उसकी नजर अपने पड़ोस के मकान में काम करनेवाले नौकर पर पड़ी। वह सामने से गुजर रहा था। वह झट से उठकर उसके सामने जा खड़ी हुई।

"अरे, तुम अकेली यहाँ क्या कर रही हो?" उसने पूछा।

जवाब में वह बोली, "पता नहीं। मैं यहाँ आ गई। क्या आप मुझे मेरे घर तक छोड़ देंगे?"

वह राजी हो गया और शांता उसके पीछे-पीछे चलते हुए घर पहुँच गई।

□

उस सुबह शांता के पिता वेंकटराव ऑफिस के लिए निकलने ही वाले थे, तभी गली से जटका गाड़ी वाला गुजरा। वह सिनेमा के परचे बाँट रहा था। शांता भागकर गली में गई और उसने भी एक परचा उठा लिया। उसे लेकर वह पिताजी के पास पहुँची और बोली, "पिताजी, क्या आप आज मुझे सिनेमा दिखाने ले जाएँगे?"

बच्ची का सवाल सुनते ही वे यह सोचकर दुखी हो गए कि उनकी बेटी के नसीब में जिंदगी की छोटी-मोटी सुविधाएँ, खुशियाँ तक नहीं हैं। अब तक वे उसे बमुश्किल दो बार ही सिनेमा दिखाने ले जा सके थे। जबकि उसकी उम्र के दूसरे घरों के बच्चों के पास सब सुविधाएँ हैं। अच्छे कपड़े, खेलने के लिए खिलौने, बाहर घूमने के मौके—सबकुछ। और एक ये बच्ची है, एकदम अकेली, कुछ-कुछ गँवारों सी बड़ी होने को मजबूर है। उन्हें अपने दफ्तरवालों पर बहुत गुस्सा आ रहा था। महीने में महज 40 रुपए देकर वे सोचते थे कि उन्होंने जैसे उन्हें खरीद ही लिया है।

पत्नी और बच्ची की लगातार अनदेखी करने के कारण वे खुद को धिक्कार रहे थे। पत्नी तो चलो बड़ी थी, उसकी कई लोगों से जान-पहचान

थी, सहेलियाँ थीं। उनसे बातचीत करके वह टाइम पास कर लेती थी, मन बहला लेती थी। लेकिन इस बच्ची का क्या? कितनी नीरस और बेरंग जिंदगी है इसकी। हर रोज उन्हें ऑफिस में शाम के सात-आठ बज जाते हैं। फिर जब वे घर लौटते हैं, तब तक बच्ची सो चुकी होती है।

इतवार को भी उन लोगों को लगता है कि वे ऑफिस आएँ। उन लोगों को ऐसा क्यों लगता है कि उनकी कोई निजी जिंदगी ही नहीं है। वे बड़ी मुश्किल से ही उन्हें कोई वक्त देते थे, जब वे अपनी बच्ची को पार्क या पिक्चर दिखाने ले जा पाएँ। लेकिन अब और नहीं। वे उन लोगों को बता देने वाले थे कि वह उनके हाथ का खिलौना नहीं हैं। बिल्कुल, जरूरत पड़ने पर वे ऑफिस के मैनेजर से झगड़ा करने को भी तैयार थे।

इतनी देर की उधेड़बुन के बाद उन्होंने ठान लिया और बच्ची से कहा, ''पाँच बजे तैयार रहना। आज शाम मैं तुम्हें सिनेमा दिखाने जरूर ले जाऊँगा।''

''क्या सच! माँ!'' शांता चिल्लाई। माँ रसोई से निकलकर बाहर आ गई।

''पिताजी आज शाम मुझे सिनेमा दिखाने ले जा रहे हैं।''

शांता की माँ को जैसे भरोसा ही नहीं हुआ। वह बड़े रूखे अंदाज में मुसकरा दी। ''बच्ची से तो झूठा वादा मत करो।''

वह अपनी बात पूरी करती, इससे पहले ही वेंकट राव ने टोक दिया, ''बेवकूफी की बात मत करो। तुम्हें क्या लगता है, तुम अकेली इनसान हो, जो वादे निभाती हो!''

अपनी बात बीच में छोड़कर वे फिर शांता से मुखातिब हुए, ''पाँच बजे तैयार हो जाना। मैं पक्का आज जल्दी आ जाऊँगा और तुम्हें लेकर जाऊँगा। अगर तुम तैयार नहीं हुईं तो मैं बहुत गुस्सा हो जाऊँगा।''

पक्का इरादा ठानकर वह ऑफिस के लिए निकल गए। तय कर लिया कि ऑफिस में आज रोज की तरह कामकाज निपटाने के बाद पाँच बजते ही घर के लिए निकल लूँगा। अगर उन्होंने कोई पुरानी तरकीबें भिड़ाने की कोशिश की तो बॉस से साफ कह दूँगा, ''यह लीजिए मेरा इस्तीफा। मेरे लिए आपके इन भयानक कागजात से मेरी बेटी की खुशियाँ ज्यादा मायने रखती हैं।''

ऑफिस में दिन भर उनकी टेबल पर कागजात आते-जाते रहे। वे उन्हें छाँटते, किसी पर दस्तखत करते, कुछ को नए सिरे से लिखते। ऊपर के

अफसर उनकी गलतियाँ सुधारते, उन्हें डाँटते-समझाते और कभी तो बेइज्जत भी कर देते। दोपहर को छुट्टी मिली तो वह भी पाँच मिनट के लिए—सिर्फ कॉफी पीने को। रोज की तरह आज भी यही सिलसिला चला था।

बहरहाल, ऑफिस की घड़ी ने जैसे ही पाँच बजाए और बाकी सब क्लर्क जाने लगे तो वेंकट राव ने भी कुरसी छोड़ दी। मैनेजर के पास जाने की इजाजत लेने जा पहुँचे, "क्या मैं जा सकता हूँ, सर?"

मैनेजर ने अपनी नजरें कागजों से हटाकर उनकी तरफ देखा और बोले, "तुम!" यह सोचना भी मुमकिन नहीं था कि कैश एवं अकाउंट विभाग पाँच बजे ही बंद हो जाए। "तुम कैसे जा सकते हो?"

"मुझे घर में कुछ जरूरी काम है, सर।" वेंकट सुबह से जो कुछ बोलने की रिहर्सल कर रहे थे, कुछ-कुछ उसी लाइन पर उन्होंने जवाब दिया। वैसे, कहना तो चाहते थे, 'ये रहा मेरा इस्तीफा।' उनकी आँखों के सामने शांता की तसवीर झूल गई—बन-ठनकर दरवाजे पर खड़ी बेसब्री से उनका इंतजार करती हुई।

"ऑफिस के काम से ज्यादा जरूरी कुछ नहीं होता। जाइए अपनी सीट पर वापस। आपको पता है, मैं कितने घंटे काम करता हूँ।" वेंकट कुछ और बोल पाते कि मैनेजर ने कड़कती आवाज में सवाल दाग दिया। वह खुद भी सुबह ऑफिस का कामकाज शुरू होने से तीन घंटे पहले आ जाते थे और शाम को ऑफिस बंद होने के तीन घंटे बाद तक काम करते थे। यहाँ तक कि रविवार को भी। ऑफिस के बाबू तो आपस की बातचीत में उन पर कमेंट करने लगे थे, "लगता है कि इसकी बीवी इसे घर में टिकने ही नहीं देती। इसलिए यह बूढ़ा उल्लू की तरह हर वक्त यहीं ऑफिस में बैठा रहता है।"

"ये जो दस-आठ का फर्क है, क्या तुमने पता लगाया कि ये गड़बड़ कहाँ से, कैसे हुई?" मैनेजर ने सामने खड़े वेंकट से पूछा।

"मुझे दो वाउचर देखने पड़ेंगे। मैं सोचता हूँ, अगर मैं इसे कल कर लूँ तो?"

"नहीं-नहीं, ऐसा नहीं हो पाएगा। तुम्हें इस गड़बड़ को अभी ठीक करना होगा, तुरंत।"

वेंकट राव ने धीरे से कहा, "ठीक है, सर।" और अपनी सीट पर जाकर चिपक गए।

घड़ी इस वक्त साढ़े पाँच बजा रही थी। वह एक गलती कहाँ से और

कैसे हुई, यह पता लगाने में वेंकट को दो घंटे लगाने थे; क्योंकि इतने सारे वाउचर पर उन्हें फिर से नजर दौड़ानी थी। ऑफिस के सभी लोग घर चले गए थे। सिर्फ वह और उनके सैक्शन का एक अन्य क्लर्क काम कर रहा था; जाहिर तौर पर मैनेजर भी। वेंकट बेहद गुस्से में थे। उन्होंने अपना मन बना लिया था। वह कोई गुलाम थोड़े ही हैं, जिसे महीने के महज चालीस रुपए में खरीद लिया गया हो। इतने पैसे तो वह कैसे भी, कहीं से भी आसानी से कमा लेंगे। नहीं भी कमा पाए तो भी भूखों मर जाना ऐसे काम से ज्यादा सम्मानजनक होगा।

उन्होंने एक कागज निकाला और उस पर लिख डाला—'मैं इस्तीफा दे रहा हूँ। अगर आप लोग सोचते हैं कि महीने में चालीस रुपए तनख्वाह देकर आपने मेरा शरीर और आत्मा दोनों खरीद लिया है तो आप गलत हैं। मेरे खयाल से, मैं और मेरा परिवार भूख से तड़प-तड़पकर मर जाए तो भी इस गुलामी से बेहतर होगा। आप लोगों ने महज चालीस रुपए के लिए मुझे सालोसाल से बंधक बनाकर रखा है। मुझे नहीं लगता कि इतने सालों में आप लोगों ने मेरी तनख्वाह बढ़ाने के बारे में एक बार भी सोचा होगा। खुद को तो आप लोग लगातार भारी-भरकम इंक्रीमेंट देते हैं, लेकिन हम लोगों के बारे में कभी-कभार भी नहीं सोचते। क्यों? बहरहाल, अब इन सब बातों में मेरी दिलचस्पी भी नहीं है, क्योंकि मैं इस्तीफा दे रहा हूँ। अगर मैं और मेरा परिवार भूख से मर गया तो हम लोग भूत बनकर आपको पूरी जिंदगी डराते रहेंगे।' उन्होंने पत्र मोड़कर एक लिफाफे में रख दिया। लिफाफा अच्छी तरह चिपकाया और ऊपर मैनेजर का नाम लिख लिया। फिर वे अपनी कुरसी से उठे और मैनेजर के सामने जा खड़े हुए।

मैनेजर ने बिना देखे ही उनका पत्र लिया और अपने पैड में रख लिया।

"वेंकट राव," मैनेजर ने कहा, "मुझे यकीन है कि तुम यह खबर सुनकर बेहद खुश हो जाओगे। हमारे अफसरों ने आज सभी लोगों के इंक्रीमेंट के बारे में चर्चा की और उस मीटिंग में मैंने तुम्हारी तनख्वाह पाँच रुपए बढ़ाने की सिफारिश की है। अभी तक आदेश नहीं हुए हैं, इसलिए यह बात फिलहाल अपने तक ही रखना।" यह सुनते ही वेंकट राव ने सामने टेबल पर रखे पैड से वह लिफाफा फुरती से खींच लिया और उसे जल्दी से अपनी जेब में डाल लिया।

"इस पत्र में क्या है?"

"सर, मैंने कुछ छुट्टियों के लिए अरजी लिखी थी; लेकिन मैं सोचता हूँ..."

"तुम आनेवाले कम-से-कम पंद्रह दिनों तक कोई छुट्टी नहीं ले सकते।"

"जी सर, मैं समझता हूँ। इसीलिए मैं अपनी अरजी वापस ले रहा हूँ, सर।"

"बहुत बढ़िया। क्या तुमने उस गड़बड़ी की वजह ढूँढ़ ली?"

"सर, मैं अभी वाउचर छाँट ही रहा हूँ। गलती कहाँ हुई, मैं एक घंटे में ढूँढ़ लूँगा।"

आज जब वेंकट घर पहुँचे तो नौ बज गए थे। शांता सो चुकी थी। घर पहुँचते ही पत्नी ने ताना दिया, "उस बेचारी ने फ्रॉक तक नहीं बदली। ऐसे ही सो गई, यह सोचते-सोचते कि किसी भी वक्त पिताजी आते होंगे और उसे बाहर ले जाएँगे। बड़ी मुश्किल से थोड़ा खाना खाया; सोने को भी तैयार नहीं थी कि कहीं कपड़ों में सलवटें न पड़ जाएँ।"

वेंकट राव का दिल खून के आँसू रोने लगा, जब उन्होंने बेटी को इस हालत में सोते हुए देखा। गुलाबी फ्रॉक, बाल बने हुए, चेहरे पर पाउडर-बिंदी, ऐसे कि किसी भी वक्त उठकर बाहर जाने को तैयार थी।

"मैं उसे रात का शो दिखाने क्यों न ले जाऊँ?" वेंकट ने खुद से सवाल किया और बिटिया को धीरे से जगाने लगे, "शांता, शांता।" शांता ने सोते-सोते ही पैर पटके और रोने लगी। नींद में खलल पड़ने से वह परेशान हो गई थी।

यह देख उसकी माँ ने धीमी आवाज में टोका, "मत जगाओ उसे।" और पीठ पर थपकियाँ देकर उसे फिर सुला दिया।

वेंकट कुछ पल बच्ची को एकटक देखते रहे, फिर बोले, "न जाने कभी मैं इसे घुमाने ले भी जा सकूँगा या नहीं। जानती हो, वे लोग मेरी तनख्वाह बढ़ाने जा रहे हैं।" उन्होंने बड़े दुःख से कहा।

□

लॉली रोड

बातूनी आदमी बता रहा था...

सालोसाल तक मालगुडी में रहनेवाले लोगों को पता ही नहीं था कि म्यूनिसिपैलिटी भी कोई चीज है। पूरा कस्बा बेहद खराब हालत में था। बीमारियाँ फैलनी शुरू होतीं तो पूरा तांडव मचाती थीं। उसके बाद एक न एक दिन खुद गायब हो जाती थीं। धूल-धक्कड़ को खुद ही हवा के साथ आँखों से ओझल होना पड़ता था। और बजबजाती नालियों को भी अपनी देखभाल खुद करनी पड़ती थी। ऐसा नहीं है कि म्यूनिसिपैलिटी थी ही नहीं; थी, लेकिन परदे के पीछे छिपी हुई सी। यह हालात तब तक रहे, जब तक 15 अगस्त, 1947 को देश आजाद नहीं हो गया। उस रोज आजादी का जो जश्न मनाया गया, वह ऐतिहासिक था। कश्मीर से कन्याकुमारी तक लोग उस जश्न के गवाह बने। हमारी म्यूनिसिपैलिटी को भी जैसे उससे प्रेरणा मिली। उसने भी पूरे कस्बे की गलियों और नालियों को साफ करवाया। हर अहम जगह पर तिरंगा फहराया गया। उन साफ-सुथरी चमचमाती गलियों से जब तिरंगा हाथ में लिये रैलियाँ निकलीं तो म्यूनिसिपैलिटी वालों के दिलों में भी जोश ठाठें मारने लगा। सीना गर्व से फूल गया।

म्यूनिसिपैलिटी के चेयरमैन अपनी बालकनी से यह नजारा देख फख्र से बोले, ''हमने भी इस महान् अवसर पर अपना कर्तव्य निभा दिया।'' मेरे खयाल से, उनके पास ही मौजूद परिषद् के एक-दो सदस्यों ने तो शायद उनकी आँख में आँसू भी देखे थे। यह चेयरमैन साहब पहले युद्ध के दौरान सेना के लिए कंबल सप्लाई किया करते थे। यह काम करते-करते उन्होंने उच्च स्तर पर ऐसी पैठ बनाई कि उन्हें म्यूनिसिपैलिटी का चेयरमैन बना दिया

गया। यह भी अपने आप में एक लंबी कहानी है। कहानी क्या, पूरा उपन्यास है। लेकिन अभी इसका जिक्र जरूरी नहीं है; क्योंकि मेरी मौजूदा कहानी कुछ और है। हाँ, तो मैं बता रहा था कि चेयरमैन बेहद संतुष्ट और खुश थे। लेकिन उनकी खुशी ज्यादा दिनों तक टिकी नहीं रह पाई। एकाध हफ्ते में जश्न का माहौल ठंडा पड़ गया और चेयरमैन बेहद खिन्न नजर आने लगे। मेरा करीब-करीब रोज ही उनके यहाँ आना-जाना होता था; क्योंकि मैं शहर के एक बड़े अखबार के लिए काम करता था। इसलिए खबरों के सिलसिले में उनसे मिलना-जुलना होता रहता था। अखबार मुझे हर छपी हुई खबर के एवज में प्रति इंच के हिसाब से दो रुपए अदा करता था। यही मेरी कमाई का जरिया था। मैं खबरों के जरिए हर महीने अखबार में कम-से-कम दस इंच जगह तो बना ही लेता था। इनमें भी म्यूनिसिपैलिटी से जुड़े मामलों की खबरें अच्छी-खासी होती थीं। इसी वजह से मेरा वहाँ काफी दखल हो गया था। म्यूनिसिपैलिटी में काम करनेवालों से जान-पहचान भी बढ़िया हो गई थी। मैं कभी भी चेयरमैन के दफ्तर में आ-जा सकता था।

उस दिन जब मैंने उन्हें काफी परेशान देखा तो मुझसे रहा नहीं गया। मैं उनसे पूछ ही बैठा, ''चेयरमैन साहब, आखिर परेशानी क्या है?''

''मुझे लगता है, हम लोग कुछ खास कर नहीं पाए।'' उन्होंने जवाब दिया।

''कुछ खास, मतलब क्या?'' मैंने अगला सवाल दागा।

''आजादी के इस महान् अवसर पर ऐसा कुछ, जिसकी चर्चा हो।'' जवाब देकर वह काफी देर तक सोच-विचार में डूबे रहे। फिर उन्होंने घोषणा की, ''आओ चलो, मैं अब एक बड़ा काम करने जा रहा हूँ!'' उन्होंने उसी वक्त परिषद् की एक असाधारण मीटिंग बुला ली।

आनन-फानन में उस मीटिंग में फैसला लिया गया कि देश की आजादी को सम्मान देते हुए कस्बे की सभी गलियों और पार्कों के नामों का राष्ट्रीयकरण किया जाए। शुरुआत बाजार के चौराहे पर बने पार्क से हुई। उसे कोरोनेशन (राज्याभिषेक) पार्क कहते थे। लेकिन उस जगह पर किसका राज्याभिषेक हुआ था, यह तो भगवान् ही जाने। महारानी विक्टोरिया का या सम्राट् अशोक का? किसी को इससे ज्यादा मतलब भी नहीं था। बहरहाल, अब उस पार्क का पुराना बोर्ड उखाड़ फेंका गया। उसकी जगह चमचमाता नया बोर्ड लगाया गया, जिस पर बड़े-बड़े अक्षरों में लिखा था—'हमारा हिंदुस्तान पार्क'। हालाँकि

इसके बाद नामों में जो बदलाव हुए, वे उतनी आसानी से नहीं हो पाए। सड़कों के लिए 'महात्मा गांधी रोड' के नाम की माँग सबसे ज्यादा थी। आठ वार्डों के पार्षद अपने इलाके की किसी-न-किसी सड़क के लिए इस नाम की माँग कर रहे थे। बाकी छह पार्षद अपने घरों के सामने से गुजरनेवाली सड़क का नाम 'नेहरू रोड' या 'नेताजी सुभाष बोस रोड' रखना चाहते थे। इन नामों से उनका लगाव इतना ज्यादा था कि वे एक-दूसरे से भिड़ने को भी तैयार थे। एक मौका तो ऐसा आया, जब मुझे लगा कि परिषद् के सभी सदस्य कहीं पागल तो नहीं हो गए हैं। परिषद् ने शहर की चार गलियों को एक जैसा ही नाम देने का फैसला कर लिया था।

जनाब, आप जानते ही हैं, किसी शहर या कस्बे में एक ही नाम की दो सड़कें या गलियाँ भी नहीं हो सकतीं; क्योंकि यह व्यावहारिक ही नहीं है। फिर चाहे वह शहर या कस्बा कितना भी लोकतांत्रिक या देशभक्त क्यों न हो। लेकिन हमारी परिषद् ने फैसला कर लिया था। महज एक पखवाड़े के भीतर इस फैसले के नतीजे भी नजर आने लगे। शहर की पहचान ही धूमिल होने लगी। मार्केट रोड, नॉर्थ रोड, चित्रा रोड, विनायक मुदली स्ट्रीट और ऐसे ही दूसरे पुराने नाम गायब हो गए। उनकी जगह नए नामों ने ले ली। मंत्रियों, उपमंत्रियों और कांग्रेस कार्यसमिति के सदस्यों के नामों पर चौक-चौराहों, गलियों-सड़कों के नाम रख दिए गए। उनमें चार सड़कों के एक जैसे नाम! इससे सब गड्ड-मड्ड हो गया। किसी की चिट्ठियाँ किसी और के घर जाने लगीं। लोग किसी को भी यह बताने में खासी परेशानी महसूस करने लगे कि वे आखिर रहते कहाँ हैं। पुरानी निशानियाँ अधिकांश गायब हो चुकी थीं, इसलिए पूरा शहर उजड़ा-बिखरा सा लगने लगा।

हालाँकि चेयरमैन अपने इस प्रेरक काम से काफी संतुष्ट थे। लेकिन इस बार भी उनका संतोष ज्यादा दिनों तक कायम नहीं रह पाया। वह फिर कुछ नया करने के लिए बेकरार नजर आने लगे।

लॉली एक्सटेंशन और बाजार के कोने में एक मूर्ति स्थापित थी। लोगों को उसकी इस कदर आदत लग चुकी थी कि कोई यह नहीं पूछता था कि यह किसकी है। यहाँ तक कि उसकी तरफ नजर उठाकर भी कोई नहीं देखता था। हाँ, पक्षी जरूर उसका इस्तेमाल करते थे, आम तौर पर बीट करने के लिए। चेयरमैन को अचानक इस मूर्ति की याद हो आई। यह भी याद आया कि मूर्ति सर फ्रेडरिक लॉली की थी। उन्हीं के नाम पर उस इलाके को भी

'लॉली एक्सटेंशन' कहा जाता था। अब उस इलाके का नाम बदल दिया गया था। उसे 'गांधी नगर' कहा जाने लगा था। ऐसे में, यह संभव ही नहीं था कि वहाँ यह मूर्ति लगी रहे। परिषद् ने सर्वसम्मति से संकल्प पारित किया कि इस मूर्ति को हटा दिया जाए। अगली सुबह चेयरमैन ने पूरे दल-बल के साथ उस जगह पर धावा बोल दिया, जहाँ मूर्ति खड़ी थी। वहाँ पहुँचकर मूर्ति को चारों ओर से परिक्रमा करके देखा। देखते ही उन्हें अपनी गलती का एहसास हो गया। मूर्ति जमीन से करीब 20 फीट की ऊँचाई पर खड़ी की गई थी। उसके नीचे ढली हुई धातु का शानदार आसन भी था। उन्होंने सोचा था कि मूर्ति को हटाने के लिए महज एक ओजस्वी संकल्प से ही काम हो जाएगा। लेकिन मौके पर पहुँचने के बाद उनका सच्चाई से आमना-सामना हुआ था। उन्हें समझ आ गया था कि मूर्ति तो पहाड़ की तरह मजबूती से खड़ी है। उन्हें यह एहसास हो गया कि ब्रिटिश जब भारत में थे तो वे सिर्फ अपनी मजबूत नींव के दम पर यहाँ टिके हुए नहीं थे, बल्कि उनके इरादे उससे भी ज्यादा मजबूत थे। लेकिन चेयरमैन और उनके दल ने भी तय कर लिया था कि अगर मूर्ति हटाने के लिए उस जगह धमाका भी करना पड़े तो वे करेंगे। हालाँकि इससे पहले एहतियातन फ्रेडरिक लॉली के बारे में थोड़ा इतिहास खँगाला गया। पता लगा कि वह यूरोप का अभिशाप कहलानेवाले शासक अट्टीला और भारत में राज करनेवाले नादिर शाह का मिला-जुला रूप था। मैकियावेली की तरह वह धूर्त भी था। जिस किसी भी गाँव में उसे विद्रोह की थोड़ी सी भनक भी लगती, वह अपनी तलवार के दम पर वहाँ भारतीयों को मिट्टी में मिला देता था, उन्हें गुलाम बना लेता था। जब तक भारतीय उसके सामने घुटने न टेक दें, उसका दिल उन पर पसीजता न था।

□

लोग अब अपना सामान्य काम-धंधा छोड़कर उस मूर्ति के इर्द-गिर्द मँडराने लगे थे। वे सोचते कि आखिर उन्होंने इस मूर्ति को इतने साल तक बरदाश्त कैसे कर लिया। मूर्ति में ढला वह शख्स मुसकराते हुए जैसे आज भारत और भारतीयों का मजाक उड़ा रहा था। उसके हाथ पीछे की तरफ थे। कमर में बेल्ट के साथ शानदार तलवार लटक रही थी। कोई शक नहीं कि वह ब्रिटिश काल के सबसे अत्याचारी शासकों में से एक था। बिल्कुल सही तसवीर थी—कठोर चेहरा, सिर पर विग लगी हुई, सफेद वेस्टकोट पहने हुए। उसकी हर चीज भारतीय इतिहास के नफरत पैदा करनेवाले ब्रिटिश

शासकों की याद दिलाती थी। उसे देखकर लोगों को जब अपने पूर्वजों पर हुए अत्याचार की याद आती तो वे काँप उठते थे। इस आदमी ने उन पर क्या-क्या जुल्म नहीं ढाए होंगे।

म्यूनिसिपैलिटी ने अब उस मूर्ति को हटवाने के लिए टेंडर बुलवाए। मूर्ति को उसकी मौजूदा जगह से हटाकर म्यूनिसिपैलिटी ऑफिस तक लाने के लिए एक दर्जन ठेकेदारों ने टेंडर भरे। इनमें से सबसे कम वाला 50 हजार रुपए का था। हालाँकि म्यूनिसिपैलिटी ऑफिस में भी मूर्ति कहाँ रखी जाए, यह चिंता का विषय बना हुआ था। तिस पर से इतने ऊँचे दाम के टेंडर। चेयरमैन ने इस सब पर काफी विचार-विमर्श किया और फिर मुझे बुलाकर कहा, ''तुम इस काम को क्यों नहीं करते? अगर तुम इस मूर्ति को हटाने का कोई पैसा न लो तो मैं तुम्हें इसे मुफ्त में दे दूँगा।''

मुझे अब तक लगता था कि म्यूनिसिपैलिटी के मेरे दोस्त ही पागल हुए हैं, लेकिन अब मैं भी उन्हीं की तरह उनकी जमात में शामिल हो चुका था। मैं इस प्रस्ताव को निवेश के एक अच्छे मौके की तरह देख रहा था और उससे होनेवाले नफे-नुकसान के गुणा-भाग में लग गया था। मुनाफा ज्यादा नजर आ रहा था। मान लें कि मूर्ति को हटाने और उसे ले जाकर कहीं रखने में मेरे पाँच हजार रुपए खर्च हो गए, (मैं जानता था, ठेकेदार बहुत ज्यादा पैसा बता रहे हैं) तब भी मैं उसे करीब छह हजार रुपए में बेच लूँगा। करीब तीन टन धातु तो उसमें होगी ही। कुछ नहीं तो उसे मैं ब्रिटिश म्यूजियम या वेस्टमिंस्टर एब्बे को ही बेच दूँगा। इसके बाद तो मुझे अखबार की नौकरी की भी जरूरत नहीं रहेगी। मैं खुद को वह नौकरी छोड़ते हुए देख रहा था।

परिषद् ने भी बिना परेशानी के संकल्प पारित कर दिया। इसमें मुझे वह मूर्ति हटाकर ले जाने की इजाजत दे दी गई थी। मैंने इस काम के लिए पूरा इंतजाम कर लिया था। अपने ससुर से कुछ पैसे उधार लिये थे। उन्हें वादा किया था कि इन्हें मैं अच्छे ब्याज के साथ वापस करूँगा। मूर्ति को उसके आसन समेत उठवाने के लिए मैंने पचास कुलियों को किराए पर बुलवाया था। अब मैं गुलामों पर शासन करनेवाले किसी शख्स की तरह उनके बीच खड़े होकर उन्हें आदेश-निर्देश दे रहा था। वे लोग शाम 6 बजे के बाद ही अपने औजार रखते थे और सुबह से फिर उस मूर्ति पर अपने हमले को धार देने के लिए आ जाते थे। उन लोगों को खास तौर पर कोप्पल से बुलवाया गया था, जहाँ मेम्पी के जंगलों में सागौन की लकड़ी काट-काटकर उनके शरीर मजबूत हो चुके थे।

□

हम लोग दस दिन से लगे हुए थे। कोई शक नहीं कि मूर्ति का आसन हमने जहाँ-तहाँ से हिला दिया था; लेकिन बस इतना ही हो पाया था। मूर्ति के हिलने-डुलने के अब तक कोई संकेत नहीं मिले थे। इस तरह काम चला तो मुझे डर था कि एकाध पखवाड़े में कहीं दिवालिया न हो जाऊँ। मैंने नया उपाय सोचा और जिला मजिस्ट्रेट से इजाजत लेकर डायनामाइट की कुछ छड़ें ले आया। इलाके को चारों तरफ से खाली कराया और मूर्ति के आसन के आस-पास बन चुकी जगहों पर डायनामाइट लगाकर विस्फोट कर दिया। मूर्ति आसन समेत उखड़ गई और उसके किसी अंग को नुकसान भी नहीं पहुँचा। उसके बाद तीन दिन लगे उसे मेरे घर तक पहुँचाने में। उसे ले जाने के लिए गाड़ी भी खास तौर पर तैयार की गई, जिसे कई बैल खींच रहे थे। मूर्ति के साथ बाजार से गुजरते समय बड़ा हुल्लड़ हुआ। कुछ लोग मुझ पर हँस रहे थे तो कोई-कोई चिल्ला-चिल्लाकर निर्देश दे रहे थे कि 'ऐसे नहीं वैसे करो,' वगैरह-वगैरह। भीड़ लगातार साथ चल रही थी। सर फ्रेडरिक की मूर्ति को ले जा रही वह गाड़ी हर आड़ी-तिरछी जगह या मोड़ पर अटक जाती थी। कभी-कभी तो न आगे बढ़ती, न पीछे जाती। हर तरफ से ट्रैफिक जाम हो जाता। जैसे-तैसे मेरे घर तक पहुँची; लेकिन तब तक शाम हो गई और अँधेरा छाने लगा। यह सब मेरे लिए किसी बुरे सपने से कम नहीं था। और मैं उम्मीद कर रहा था कि जितनी जल्दी यह खत्म हो, उतना अच्छा। मूर्ति अब मेरे घर के बाहर सड़क किनारे थी। मैंने उसके आस-पास सुरक्षा गार्ड तैनात कर दिए। वह पीठ के बल पड़ी हुई थी—आसमान की तरफ मुँह करके, जैसे तारे गिन रही हो।

मैंने उसे देखते हुए कहा, ''बिल्कुल सही, तुम अहंकारी साम्राज्यवादी लोग इसी लायक हो।''

बहरहाल, आगे चलकर वह मूर्ति किसी तरह मेरे घर में रख दी गई। उसका सिर और कंधे मेरे घर के बरामदे में थे और टाँगों सहित पूरा हिस्सा दरवाजे से बाहर गली की तरफ। गली में आने-जानेवालों को परेशानी होना लाजमी था, लेकिन मेरे आस-पड़ोस में कबीर समुदाय के निहायत शालीन लोग रहते थे। उन्होंने कभी इस पर आपत्ति नहीं जताई।

□

म्यूनिसिपल काउंसिल ने मेरी सेवाओं से खुश होकर मेरे लिए धन्यवाद प्रस्ताव पारित किया। मैंने यह खबर अपने अखबार में भी दी। मूर्ति के बारे में

पूरी कहानी सहित उस खबर ने अखबार में दस इंच की जगह घेरी। एक हफ्ते बाद चेयरमैन मेरे घर पर थे। उनके चेहरे पर गुस्से और विरोध का भाव था। मैंने उन्हें आराम से बिठाया। घर में रखी मूर्ति की छाती को ही उनके लिए कुरसी की तरह इस्तेमाल किया। उन्होंने भी इस पर खास तवज्जो नहीं दी और मुझसे बोले, ''मेरे पास तुम्हारे लिए एक बुरी खबर है। उम्मीद है, मूर्ति के बारे में यह खबर तुमने तो नहीं ही दी होगी। देखो यह।'' उन्होंने टेलीग्राम का पुलिंदा निकालकर मेरे सामने रख दिया।

वे टेलीग्राम भारत की करीब-करीब हर ऐतिहासिक सोसायटी की तरफ से चेयरमैन के पास आए थे। सभी में मूर्ति को हटाने पर विरोध दर्ज कराया गया था। हम सभी को सर फ्रेडरिक के बारे में गलत जानकारी मिली थी। मौजूदा इतिहास में जिस फ्रेडरिक लॉली का जिक्र था, वह वॉरेन हेस्टिंग्स के समय का था। लेकिन ये मूर्ति वाले फ्रेडरिक लॉली तो दूसरे थे। ये सेना में गवर्नर हुआ करते थे। बगावत के दौर में ये यहीं आकर बस गए थे। इन्होंने ही जंगल साफ कराकर मालगुडी कस्बा बसाया था। पूरे भारत में सबसे पहली को-ऑपरेटिव सोसायटी इनकी अगुवाई में यहीं बनी थी। पहली बार इन्हीं की देखरेख, मार्गदर्शन और प्रेरणा से नहरों का जाल भी बिछाया गया था। और अब सरयू नदी का पानी इन नहरों से होकर पूरे इलाके की हजारों एकड़ जमीन को सींच रहा था, हरा-भरा कर रहा था। इससे पहले तो यह जमीन बेकार ही थी। उन्होंने यह किया, उन्होंने वह किया। और उनका देहांत भी सरयू की बाढ़ के दौरान नदी किनारे बसे गाँववालों की जिंदगियाँ बचाते हुए हुआ था। वे पहले अंग्रेज थे, जिन्होंने ब्रिटिश शासन को मशविरा दिया था कि भारतीयों के मामलात में भारतीय नागरिकों की भागीदारी ज्यादा-से-ज्यादा होनी चाहिए। एक जगह तो उन्होंने ब्रिटिश शासन को साफ संदेश भिजवा दिया था—'ब्रिटेन को एक न एक दिन भारत छोड़ देना चाहिए।'

चेयरमैन ने बताया, ''सरकार ने आदेश दिया है कि मूर्ति को फिर उसी जगह पर स्थापित कर दिया जाए।''

''यह संभव ही नहीं है!'' मैं एकदम से फट पड़ा, ''यह मूर्ति अब मेरी है और मैं ही इसे रखूँगा। मुझे राष्ट्रीय नायकों की मूर्तियाँ इकट्ठी करना बेहद पसंद है।''

लेकिन मेरे इन महान् विचारों से किसी पर कोई असर नहीं पड़ा। एक हफ्ते के भीतर ही देश के सभी अखबार सर फ्रेडरिक लॉली की खबरों से भरे

पड़े थे। भीड़ एकदम से उत्साहित हो गई। लोग मेरे घर के आस-पास रैलियाँ निकालते और नारेबाजी करते थे। वे मूर्ति वापस देने की माँग कर रहे थे। मैंने पेशकश की कि मैं मूर्ति छोड़ने को तैयार हूँ, बशर्ते म्यूनिसिपैलिटी वाले मेरा वह खर्च चुका दें, जो इसको यहाँ तक लाने पर हुआ था।

लेकिन मेरी कौन सुनने वाला था। जनता मुझे अपना दुश्मन समझने लगी थी। लोग कहते, "देखो तो, यह आदमी मूर्ति की कालाबाजारी से भी बाज नहीं आ रहा है।"

इससे चिढ़कर मैंने अपने घर के दरवाजे पर एक तख्ती टाँग दी। उस पर लिखा हुआ था—'मूर्ति बिकाऊ है। करीब ढाई टन वजन की और शानदार धातु से बनी हुई। देशभक्तों के लिए अच्छा उपहार। खरीदने के लिए दस हजार रुपए के करीब का भी प्रस्ताव स्वीकार होगा।' मेरी इस हरकत से लोग और चिढ़ गए। उनका बस चलता तो मुझे जमकर लतियाते, लेकिन वे सभी लोग अहिंसक आंदोलन की परंपरा के बीच पले-बढ़े थे। इसलिए उन्होंने मेरे घर के दरवाजे के सामने ही धरना दे दिया। उनके हाथों में झंडा और मुँह पर जोरदार नारे थे। मैंने घर में मूर्ति के लिए जगह बनाने के मकसद से बीवी-बच्चों को गाँव भेज दिया था। इसलिए इस धरना-प्रदर्शन से मुझे ज्यादा परेशानी नहीं हुई। इतना ही हुआ कि मुझे अब घर के पिछले दरवाजे का इस्तेमाल करना पड़ रहा था। इसी बीच, म्यूनिसिपैलिटी ने मुझे प्राचीन स्मारक कानून के तहत मुकदमे का नोटिस भेज दिया। मैंने भी उचित शब्दों में उसका जवाब भेज दिया। अब हम कानूनी दाँव-पेंच में उलझ गए थे। मेरे और म्यूनिसिपैलिटी के वकील के बीच बौद्धिक लड़ाई चल रही थी। हालाँकि इसका एक हानिकारक पहलू यह था कि हमारे बीच असाधारण पत्र-व्यवहार हुआ। इससे मूर्ति की वजह से पहले से ही भरा हुआ मेरा घर और ज्यादा भर गया।

मैं उस मूर्ति से चिपका हुआ था; लेकिन अंदर-ही-अंदर निराश भी था कि न जाने कब और कैसे यह मामला खत्म होगा। मैं अपने ही घर में लंबे समय से नजरबंद सा था।

□

आखिर छह महीने बाद राहत मिली। मूर्ति के मुद्दे पर सरकार ने म्यूनिसिपैलिटी से रिपोर्ट माँगी थी। साथ ही यह भी पूछा गया था कि म्यूनिसिपैलिटी ने इस मामले में कहाँ व कैसी गलतियाँ कीं। अगला सवाल

यह भी था कि क्यों न म्यूनिसिपल काउंसिल को भंग कर दिया जाए और उसके लिए नए चुनाव करा लिये जाएँ।

मौका देख मैं चेयरमैन से मिलने जा पहुँचा और उनसे कहा, "आपको अब तो कुछ करना ही होगा। आप मेरे घर को राष्ट्रीय स्मारक ट्रस्ट बनाने के लिए क्यों नहीं ले लेते?"

"मैं ऐसा क्यों करूँ, भला?" उन्होंने मुझसे पूछा।

"क्योंकि सर फ्रेडरिक लॉली मेरे घर में हैं। आप उन्हें उनकी पुरानी जगह पर कभी नहीं ले जा पाएँगे। कोशिश भी की तो यह जनता के पैसों की बरबादी ही होगी। तो जहाँ इस वक्त वे हैं, उन्हें वहीं क्यों न रहने दिया जाए! और फिर, वे पुरानी जगह पर काफी लंबे समय तक रह भी चुके हैं। मैं आपको अपना घर जायज कीमत पर देने के लिए तैयार हूँ।"

"लेकिन हमारे पास जितना फंड है, वह हमें ऐसा कोई कदम उठाने की इजाजत नहीं देता।" उन्होंने दुखड़ा रोया।

"आप म्यूनिसिपल फंड पर ही क्यों निर्भर हैं? मुझे पक्का यकीन है कि आपके खुद के पास पैसे की कोई कमी नहीं है। अगर आप उसका इस्तेमाल करेंगे तो यह देश में अपनी तरह का इकलौता कारनामा होगा। इससे आपका नाम और प्रतिष्ठा बढ़ेगी सो अलग।" मैंने उन्हें सुझाव दिया कि सेना को कंबलों की सप्लाई के वक्त उन्होंने जो कमाई की थी, उसमें से कुछ पैसा खर्च निकाल लें। क्या फर्क पड़ता है? "और फिर, अगर आपको दोबारा चुनाव लड़ना पड़ा तो कितना पैसा खर्च नहीं हो जाएगा।"

मेरी बात उन्हें घर कर गई। हम दोनों आपसी सहमति से एक आँकड़े पर पहुँच गए। कुछ दिनों बाद उन्होंने अखबारों में जो खबर पढ़ी, उसे देखकर वे बेहद खुश थे। उसमें लिखा था—'मालगुडी म्यूनिसिपैलिटी के चेयरमैन ने सर फ्रेडरिक लॉली की मूर्ति को वापस खरीदकर देश को अमूल्य उपहार दिया है। अब इस मूर्ति को नई जगह पर स्थापित किया जाएगा। वह संपत्ति भी उन्होंने हासिल की है, जिसे जल्द ही पार्क की शक्ल दी जाएगी। इसके साथ ही म्यूनिसिपल काउंसिल ने तय किया है कि 'कबीर लेन' का नाम अब से 'लॉली रोड' कर दिया जाए।'

□

शहीद का कोना

बाजार रोड से दवा की दुकान की तरफ जानेवाली गली के मोड़ पर ही उसका प्रतिष्ठान था। अगर किसी को 'प्रतिष्ठान' शब्द पसंद नहीं तो यह कहने के लिए उसका स्वागत है, क्योंकि वास्तव में उसका ठिकाना नजरों के धोखे जैसा ही था। रात को आठ बजे तक आपको वह नजर नहीं आएगा और दस बजे बाद फिर वहाँ कुछ नहीं दिखेगा। लेकिन आठ और दस के बीच वह वहाँ आता, अपना सामान बेचता और चला जाता।

उसे देखनेवाले अकसर कहा करते थे, "कितना खुशकिस्मत है यह! रोज बमुश्किल एक घंटे ही इसे काम करना पड़ता है और जेब में दस रुपए तक कमा ले जाता है। इतना तो पढ़े-लिखे ग्रेजुएट भी नहीं कमा पाते! तीन सौ रुपए महीना!"

लेकिन इस तरह की बातें सुनकर उसे चिढ़ छूटती थी। वह कहता, "इन लोगों को यह नहीं दिखता कि मैं पूरा-पूरा दिन भट्ठी के सामने बैठकर ये सब चीजें तलता-पकाता रहता हूँ।"

पड़ोस के घर में जब मुरगा पहली बाँग देता था, तभी वह उठ जाता था; तड़के तीन बजे ही उठकर बाँग देने की उसकी आदत थी।

"इस मुरगे को सामान्य नींद क्यों नहीं आती?" अकसर उठते ही रामा अचरज से सवाल किया करता था। लेकिन यह ऐसा संकेत होता था, जिसे वह कभी अनसुना नहीं करता था। भले ही चाहे तीन बजे हों या चार, उसके लिए सब बराबर था। उसे उठना ही पड़ता था और दिन की शुरुआत हो जाती थी।

रात को सवा आठ बजे के करीब वह ढेर सारी चीजें लेकर अपने

ठिकाने पर पहुँचता था। ऐसा लगता जैसे उसके चार हाथ हों, इतनी सारी चीजें अपने साथ लाता था। सिर पर एक बड़ा सा तवा होता था, जिसमें बेचने के लिए लाई गई खाने-पीने की चीज होती थी। हुक की तरह मुड़े हुए एक बाजू में स्टूल लटका रहता था। दूसरे में लालटेन और तवा रखने के लिए पाये होते थे। लालटेन में रोज करीब छह पैसे का मिट्टी का तेल लग जाता था। अपने पास मौजूद सामान और फुटकर में जुटे ढेर सारे पैसों की सुरक्षा के लिए वह रोज पूरे समय लालटेन जलाकर रखता; क्योंकि पूरी तरह बिजली पर निर्भर रहना उसे पसंद नहीं था।

जब वह अपने ठिकाने पर लालटेन की रोशनी में तवा सजाता तो वहाँ से गुजरनेवाला ऐसा कोई न होता था, जो उसे एक नजर देखे बिना निकल जाए, भले ही कितना भी चिड़चिड़ा क्यों न हो। तवे पर आलूबोंडा का ढेर होता था। देखने में बड़े लगते, लेकिन जब किसी के मुँह में जाते तो जैसे पिघल जाते थे। गोल सफेद डोसे होते थे, इतने कोमल कि मखमल की परत जैसे लगते। चपातियाँ इतनी पतली होती थीं कि कोई अपनी छोटी अंगुली से ही पचास तक उठा ले। ऊपर से कठोर दिखनेवाले बतख के उबले हुए अंडे हाथी दाँत की गेंदों की तरह दिखते थे और इस सबके बीच स्टोव पर उबलती हुई कॉफी। उसके पास अलग से एक एल्यूमीनियम का बरतन था। उसमें चटनी रखी होती थी। पेश किए जानेवाले हर आइटम के साथ वह चटनी जरूर देता था।

वह रोज ठीक वक्त पर अपने ठिकाने पर पहुँचता था, क्योंकि उसी वक्त सिनेमा का शाम का शो छूटता था और भीड़ की शक्ल में लोग निकला करते थे। उसके पहुँचने से पहले तक एक दुबला-पतला नौजवान उसी ठिकाने पर बैठकर अपना बिजनेस करता था। लेकिन हमारे इस दोस्त को कभी उससे परेशानी नहीं हुई; बल्कि वह तो बड़ी दया से कहा करता था, 'बेचारा गरीब है। जब तक मैं नहीं आता, तब तक यहाँ बैठकर अपना धंधा कर लेता है तो क्या फर्क पड़ता है।' उसका यह संवेदनशील रवैया उसे पर्याप्त इज्जत भी दिलाता था। शायद इसीलिए उस गद्दी के असल वारिस के आने से एक मिनट पहले ही वह नौजवान अपना सामान समेटकर वहाँ से चला जाता था।

उसके ग्राहक उसे पसंद करते थे। अकसर वे उसकी तारीफ करते हुए आपस में एक-दूसरे से पूछते, ''क्या आपको कहीं दूसरी जगह छह पैसे में कॉफी और एक आना में चार चपातियाँ मिलेंगी?''

लोग अपनी पसंद की चीजें लेकर उसके तवे के इर्द-गिर्द ही बैठ जाते थे। हर मिनट दर्जनों हाथ उस पर मँडराते रहते थे, क्योंकि उसके ग्राहकों को इजाजत थी कि वे अपने हाथ से पसंद की चीजें उठा लें। उन्हें देख-परख लें और फिर उसे खरीदें।

हालाँकि कई सारे हाथ उसके तवे में कुछ-न-कुछ देखते-परखते रहते थे, लेकिन उसे हर वक्त पता होता था कि कौन क्या उठा रहा है। असाधारण क्षमता थी उसमें। उसे पता रहता था कि इक्का चलानेवाला कौन सा ड्राइवर कब रोटी उठा रहा है। वो जो डरा-सहमा सा हाथ कुछ उठाने के लिए बढ़ रहा है, वह राहगीरों के जूता पॉलिश करनेवाले नौजवान का है। बतख के सही अंडे की तलाश में पहलवान का हाथ किस वक्त नजर आएगा और खाने से पहले तवे के कोने में कब अंडा फोड़ेगा।

□

फुटपाथ पर जुटनेवाली भीड़ में से हर किसी के साथ उसका व्यवहार अलग-अलग होता था। उदाहरण के लिए, बूट पॉलिशवाले लड़के, जो बैग में पॉलिश और ब्रश लिये लगातार यहाँ-वहाँ 'पॉलिश सर, पॉलिश!' चिल्लाते हुए घूमते रहते थे, उन बेचारों के लिए रामा के मन में दया का भाव था। वह जब भी किसी मोटे-तगड़े आदमी को इन लड़कों में से किसी के साथ बहस करते देखता तो भड़क जाता। वह लगभग चिल्लाते हुए कहता, ''इस बेचारे को कुछ ज्यादा दे दीजिए, साहब। इस पर गुस्सा क्यों करते हैं? अगर आप इसे एक आना ज्यादा दे देंगे तो यह भी एक डोसा और चपाती खा लेगा। वैसे तो यह पूरे दिन आधे पेट ही रहता है।''

उनका अँतड़ियों से चिपका पेट और धँसी हुई आँखें देखकर उसका दिल फट जाता था। उनके शरीर पर फटे-चिथड़े कपड़े देखकर उसे तकलीफ होती थी। और जब वे लड़के बड़ी बेताबी के साथ अपने बैग एक किनारे रखकर उसके पास आते थे तो उनकी यह हालत देखकर वह बेहद दुखी हो जाता था। लेकिन वह क्या कर सकता था? वह उनकी मदद के लिए कोई शो कर सके, यह संभव नहीं था। उनके माँगने पर वह उन्हें बिल्कुल नापकर आधा गिलास कॉफी देता था; लेकिन वे उतनी सी कॉफी की भी अपना मन भरने तक चुस्कियाँ लेते रहते थे। चुस्कियाँ क्या लेते थे, चिपके रहते थे।

एक अंधा भिखारी था। वह एक होटल के सामने बैठकर पूरे दिन भीख माँगता रहता था। दिन के अंत में वह भी रामा के पास आता था। भीख में

मिले थोड़े-बहुत पैसों के बदले खाने की माँग करता था।…ऐसे ही घास बेचनेवाली औरतें। इन औरतों को खाने-पीने की चीजें देना उसे सख्त नापसंद था, क्योंकि उनकी तीखी-कर्कश आवाज से उसके दिमाग की नसें ठस चुकी होती थीं। ये औरतें उसके पास तभी आती थीं, जब वे सिर पर रखकर लाए अपने घास के गट्ठर पूरी तरह ठिकाने लगा चुकी होती थीं, यानी बेच चुकी होती थीं। और वह लँगड़ाकर चलनेवाला मक्कार सा आदमी रोज शाम को खाने-पीने का कुछ मिला-जुला सा सामान खरीदता था। फिर उसे फुटपाथ के ठीक सामने पेड़ के नीचे खड़ी वेश्या टाइप की महिला के पास ले जाता था।

कुल मिलाकर, उस इलाके में जुटनेवाले आदमी-औरतें दिन में अपने-अपने काम-धंधे से जितने भी सिक्के जमा करते थे, उनका एक हिस्सा अंत में शाम को रामा के पास आ चुका होता था। वह उन पैसों को अपनी शर्ट के नीचे गले में लटकाकर रखी गई कपड़े की थैली में रखता था। और जैसे ही पास के थिएटर में रात का शो शुरू होता, वह इसे लेकर घर के लिए निकल जाता था।

वह बाजार के पीछेवाली दूसरी गली में रहता था। घर पहुँचते ही बीवी दरवाजा खोलती और घर के भीतर से जले हुए तेल की गंध हवा के साथ उसके नथनों में घुस जाती थी। यह गंध उसके घर में हर वक्त फैली रहती थी। घर में घुसते ही बीवी उसका पूरा बोझा उतरवा लेती। साथ ही, गले में पड़ी पैसोंवाली कपड़े की थैली भी लपक लेती और तुरंत पैसे गिनने लगती थी। फिर वे दोनों उस कमाई पर निगाहें जमाए हुए कहते, "सुबह हमने पाँच रुपए लगाए थे, उनसे पाँच रुपए का और फायदा हो गया।"

वे कमाई और खर्च के इस पूरे रहस्यमयी गुणा-भाग पर काफी देर तक बारीकी से सोच-विचार करते। इसके बाद बीवी कुछ पैसे, आगे के लिए बतौर पूँजी, उसी कपड़े की पोटली में रख देती और मुनाफे की रकम लकड़ी के छोटे से संदूक में रख लेती थी। यह संदूक वह सालों पहले अपने मायके से लाई थी।

रात के खाने के बाद रामा तंबाखू के साथ पान का पत्ता मुँह में दबाता और तखत पर सो जाता। सोते ही सपनों में खो जाता कि कोई ट्रैफिक पुलिस का सिपाही उसे उसकी जगह से हटाने में लगा है। स्वास्थ्य विभाग का इंस्पेक्टर जोर-जोर से कह रहा है कि यह आदमी कई तरह की बीमारियाँ

फैलाकर शहर की आबादी कम कर रहा है, लोगों को मार रहा है। हालाँकि असल जिंदगी में उसे कोई इतनी गंभीरता से नहीं लेता था। ट्रैफिक पुलिस का सिपाही जब ड्यूटी के बाद जाने को होता तो वह अकसर उसे खाने की किसी चीज का पैकेट हाथ में थमा देता था। पास से जब-तब गुजरनेवाले स्वास्थ्य विभाग के कर्मचारियों को भी वह इसी तरह के पैकेट थमा दिया करता था।

स्वास्थ्य विभाग का अफसर भी बेशक उसके पास आता था और हिदायत देता, ''देखो, तुम खाने-पीने की ये सभी चीजें ढककर रखा करो, नहीं तो किसी दिन मैं ये सब उठाकर फेंक दूँगा। ध्यान रखना!'' लेकिन वह काफी दयालु था। इसलिए कभी उसने अपनी धमकी पर अमल नहीं किया। हाँ, निजी बातचीत में अचरज जरूर करता था, ''मुझे समझ नहीं आता, इसके ग्राहक यह असुरक्षित खाना खाने के बावजूद बच कैसे जाते हैं! मेरे खयाल से, इस तरह की चीजें खा-खाकर लोगों के भीतर भी थोड़ी प्रतिरोधक क्षमता पैदा हो जाती है। नहीं तो देखो न, कैसे उसकी खाने-पीने की चीजों पर चारों तरफ से उड़नेवाली धूल बैठ रही है। और पीछे से बहनेवाला नाला अलग से।'' निश्चित तौर पर, रामा साफ-सफाई के सभी स्थापित नियमों का खुला उल्लंघन कर रहा था, इसके बावजूद उसके ग्राहक न सिर्फ उसके असुरक्षित खाने की मार से बचे हुए थे, बल्कि उनकी तादाद भी बढ़ती जा रही थी। सालों से वे लोग यही सब चीजें खा रहे थे, लेकिन किसी की तबीयत में खराबी के कोई भी लक्षण नजर नहीं आए थे।

□

रामा की जिंदगी को बेहद संतुष्ट माना जा सकता था। न तो किसी किस्म का विद्रोह, न ही सीने में कोई जलन। साफ-सुथरी मेहनत और अथक कोशिशों के नतीजे में उसे यह संतोष भरी जिंदगी मिल पाई थी। उसके काम और पैसे कमाने के तौर-तरीकों से कभी किसी को नुकसान नहीं पहुँचा। और तमाम शंका-आशंकाओं के बावजूद खाने-पीने की उसकी चीजों से कभी किसी की मौत नहीं हुई; बल्कि कोई बीमार तक नहीं हुआ। जबकि म्यूनिसिपल प्रशासन तो हमेशा इसी आशंका में रहता था। तो फिर उसकी जिंदगी हमेशा इसी तरह सुखी, संतुष्ट और शांत क्यों नहीं रह सकती थी?

लेकिन कैसे रहती? इनसान की जिंदगी में इस तरह का सुरक्षित जीवन बेहद मुश्किल और नायाब जो है। कहीं भी बहुत ज्यादा सुख-संतोष देखकर

लगता है, भगवान् को भी जलन होने लगती है और वे कभी भी उस जगह अचानक अपनी नाखुशी जाहिर कर देते हैं। ऐसे ही एक रात रामा रोज की तरह अपने ठिकाने पर पहुँचा। उसने देखा कि जहाँ वह बैठता था, वहाँ बड़ी भीड़ जमा है। पहुँचते ही उसने अधिकारपूर्वक लोगों से कहा, ''हटो भाई, थोड़ा रास्ता दो।''

लेकिन उसकी बात पर किसी ने ध्यान नहीं दिया। वह स्टेशनरी का सामान बेचनेवाला लड़का था, जो बाँहें चढ़ाते हुए आया था। उसने बताया, ''शाम से ही ये लोग किसी चीज को लेकर झगड़ा कर रहे हैं।''

''किस बात पर?'' रामा ने पूछा

''किसी चीज पर।'' लड़के ने बताना शुरू किया, ''एक आदमी सेल्स टैक्स ऑफिस के पास कोई वोट या किसी और चीज के नोटिस वगैरह बाँट रहा था। तभी उसे मार दिया गया। यह निजी रंजिश की लड़ाई हो सकती है। लेकिन अपने को क्या करना है? जो लड़ना चाहते हैं, उन्हें लड़ने दो।''

तभी कोई बोला, ''तुम्हारी हिम्मत कैसे हुई हम लोगों के बारे में ऐसी बात करने की?''

हर कोई उस आदमी की तरफ देखने लगा। तभी भीड़ में से कोई आवाज आई, ''क्या कोई आदमी बात भी नहीं कर सकता क्या?''

तभी उसके पड़ोसी ने उसे एक तमाचा जड़ दिया। रामा उस वक्त वहाँ अपने पूरे साजो-सामान के साथ खड़ा था, असहाय सा सब देख रहा था। यह तमाचा आग भड़काने के लिए काफी था। देखते-ही-देखते किसी दूसरे आदमी ने मारने वाले को तमाचा खींच मारा। फिर उसको भी किसी तीसरे ने। झगड़ा बढ़ चुका था। उसी वक्त भीड़ से आवाज आई, ''पटक कर मारो...''

''अरे, हमारा अंदेशा सही था, यह सबकुछ हम लोगों को दबाने के लिए पहले से सोची-समझी साजिश है।'' दूसरे गुट की तरफ से आवाज आई।

लोग चिल्ला रहे थे। सोडा वाटर की बोतलें मिसाइल की तरह इस्तेमाल की जा रही थीं। सब एक-दूसरे की पिटाई कर रहे थे। तभी कुछ लोगों का एक और गुट वहाँ आया और माँग की कि यहाँ से सभी दुकानें बंद कर दी जानी चाहिए।

''क्यों?'' यह सुनते ही एक दुकानदार ने पूछा।

''तुम लोगों की हिम्मत भी कैसे हो सकती है यहाँ बिजनेस करने की, जब...''

सभ्य समाज का धीरज अचानक छूट गया था। हर कोई दूसरे से नाराज नजर आ रहा था। एक घंटे के भीतर ही शांत दिखनेवाला पूरा इलाका लड़ाई का मैदान नजर आने लगा था। बेशक, मौके पर पुलिस भी आ पहुँची थी; लेकिन इससे बात बनने के बजाय और बिगड़ गई थी, क्योंकि उसने जाने-अनजाने में लड़ाई-झगड़े की एक और वजह उपलब्ध करा दी थी। पुलिस को तीन काम करने थे—पहला, कानून-व्यवस्था की स्थिति बनाए रखनी थी; दूसरा, खुद को किसी भी तरह पक्षपाती होने से बचाए रखना था; तीसरा, झगड़े में जिस पक्ष के लोग कथित तौर पर घायल हुए थे, उसे बचाना था। दूसरी तरफ, इलाके में जो दुकानें अब तक बंद नहीं की गई थीं, उन्हें लूटा जा रहा था। यह एक अलग सीन था।

पास ही मौजूद सिनेमा हॉल खाली हो चुका था। भीड़ पूरी-की-पूरी यहाँ बाहर जमा थी। लोग अलग-अलग जगहों पर झुंड-के-झुंड इकट्ठा थे। चाकुओं से हमला करनेवाले फरार हो गए थे। घायल लोग पड़े चीख-चिल्ला रहे थे। एंबुलेंस की गाड़ियाँ यहाँ-वहाँ दौड़ रही थीं। भीड़ को नियंत्रित करने के लिए पुलिस को लाठियाँ भाँजनी पड़ी थीं। इतने से काम नहीं चला तो आँसू गैस के गोले दागे गए। इसका भी असर न होते देख अंत में पुलिस को फायरिंग करनी पड़ी, जिसमें कई लोग मारे गए। लोग बताते हैं कि करीब तीन हजार लोगों की मौत हुई थी। जबकि अफसरों का दावा था कि पुलिस की फायरिंग में सिर्फ पाँच लोग ही घायल हुए और चार मारे गए हैं। इस दंगे-फसाद से बचने के लिए रामा एक जगह छिप गया था। आधी रात के वक्त जब उसने देखा कि हालात कुछ ठीक हुए हैं तो वह वहाँ से निकला और घर चला गया।

अगले दिन रामा ने पत्नी से कहा, ''मैं रोज जितना सामान ले जाता हूँ, आज उतना नहीं ले जाऊँगा। मुझे नहीं लगता कि आज वहाँ कोई भी नजर आएगा। भगवान् जाने किस दुष्ट ने उन लोगों का दिमाग खराब कर दिया था! वे सिर्फ वोट के लिए एक-दूसरे को मारने पर उतारू हो गए थे।''

रामा का अनुमान सही था। मार्केट रोड और उस कोने में, जहाँ रामा बैठता था, आज आम जनता से ज्यादा पुलिसवाले नजर आ रहे थे; बल्कि उस कोने की सुरक्षा तो कुछ ज्यादा ही कड़ी थी। उसे अपनी दुकान आज रोज के ठिकाने से दूर किसी दूसरी जगह लगानी पड़ी। एक पुलिस अफसर ने उसे वह जगह बताई थी।

करीब दस दिन बाद हालात सामान्य हुए। अखबारों में खबर आई थी कि इस दंगे-फसाद की पूरी जाँच कराई जाएगी। पता लगाया जाएगा कि पुलिस की फायरिंग उचित थी या नहीं। उसने दंगाइयों को रोकने के लिए पहले किस तरह के एहतियाती कदम उठाए या फिर सीधे ही फायरिंग शुरू कर दी। फुटपाथ पर अखबार बेचनेवाले हॉकरों की आवाजें सुन-सुनकर रामा पूरा माजरा समझने की कोशिश कर रहा था। या कहें कि समकालीन इतिहास की उधड़ती परतों का मूकदर्शक बना हुआ था। बहरहाल, कुछेक दिन निकले तो एक रोज उसने पुराने ठिकाने पर फिर दुकान जमाने की कोशिश की। उसने अभी सिर से अपना तवा उतारकर नीचे जमाया ही था कि सीने में एक खास पार्टी का बिल्ला लगाए हुए कुछ लोग वहाँ आ धमके। आते ही उन्होंने रामा को चेतावनी दी, ''तुम यहाँ अपनी दुकान नहीं लगा सकते।''

''क्यों नहीं लगा सकता, सर?''

''इस पवित्र जगह पर हमारे नेता की मौत हुई थी। पुलिस ने उनके सीने में गोलियाँ दागी थीं। हम यहाँ उनकी याद में स्मारक बना रहे हैं। अब यह जगह हमारी है। म्यूनिसिपैलिटी ने यह जगह हमें दे दी है।''

□

बहुत जल्द वह जगह महिमामंडित हो चुकी थी। समर्थकों की भीड़ वहाँ हमेशा बनी रहती थी। दानपेटी भी लगा दी गई थी। उसमें आते-जाते लोग सिक्के डालकर जाते थे। रामा से बेहतर यह कौन जानता था कि यह जगह पैसे आकर्षित करने के लिहाज से कितनी मुफीद है। उन लोगों ने भी कुछ ही दिनों में स्मारक बनाने के हिसाब से पर्याप्त पैसे इकट्ठे कर लिये। वहाँ पत्थर की स्मारिका लगा दी गई और उसके चारों तरफ खूबसूरत बाड़ बना दी गई। इर्द-गिर्द फूलों के गुलदस्ते रख दिए गए। जगह अब पूरी तरह बदल चुकी थी।

अब रोज वहाँ सादा कपड़ों में गंभीर से दिखनेवाले लोग आते थे और थोड़ी देर वहीं खड़े होकर अपने आप से कुछ कहा करते थे। रामा को अब उस जगह से करीब दो सौ गज की दूरी पर अपनी दुकान लगानी पड़ती थी, गली से काफी दूर। इस तरह अब वह अपने ग्राहकों की नजर से काफी दूर हो चुका था। सिनेमा हॉल से बाहर आनेवाली भीड़ उसके दूर से निकल जाती थी। इक्का चलानेवालों को भी वहाँ खड़े होने में परेशानी होती थी। वे जैसे

ही कुछ खाने-पीने के लिए अपनी गाड़ी खड़ी कर वहाँ रुकते, ट्रैफिक पुलिसवाले उन्हें हटाने लगते। कई बार मुँह में भरा कौर लिये ही उन्हें वहाँ से हटना पड़ता। बूट पॉलिश करनेवाले लड़के भी सामने फुटपाथ पर बैठे ढोंगी से दूसरे दुकानदार के नियमित ग्राहक बन चुके थे। और उस दुकानदार की किस्मत चमकती जा रही थी।

आजकल रामा बहुत कम मात्रा में खाने-पीने की चीजें बनाकर लाता था। लेकिन उसमें से भी काफी कुछ बच जाया करता था, जिसे वह घर ले जाता। उसमें से कुछ वह खुद खा लेता और पत्नी की सलाह मानकर बाकी को फिर गरम करके अगले दिन बेचने के लिए ले जाता था। लोग उसकी उन चीजों का स्वाद लेकर अब अकसर नाक-भौं सिकोड़ने लगे थे। वे कहते, "रामा की लाई चीजों में अब पहले जैसी बात नहीं रही। उसकी क्वालिटी लगातार खराब होती जा रही है।" बातें एक से दूसरे, तीसरे तक फैलनी लगीं। एक रात जब वह सिर्फ दो आना लेकर घर पहुँचा तो तखत पर लेटे-लेटे ही उसने पत्नी से कहा, "लगता है, हमारा काम-धंधा अब चौपट हो चुका है। अब हमें इसके बारे में और नहीं सोचना चाहिए।"

उसने अपना तवा, चिमटा और लैंप सब समेटकर रख दिया। उसने अपने आपको रिटायरमेंट के बादवाली जिंदगी जीने के लिए तैयार कर लिया था। कुछ वक्त निकला। फिर जब बचत के उसके पूरे पैसे खत्म हो गए तो एक दिन वह कोहिनूर रेस्टोरेंट जा पहुँचा। उस रेस्टोरेंट के लाउडस्पीकर पूरे दिन चीखते रहते थे। वहाँ जाकर वह नौकरी के लिए लाइन में लग गया। महीने की बीस रुपए पगार पर उसे नौकरी मिल गई। अब रोज आठ घंटे वह टेबलों के इर्द-गिर्द मँडराता रहता था। लोग आते और चले जाते थे, रेडियो के संगीत का अतिरिक्त कई बार उसके दिमाग की नसों को ठस कर देता था। फिर भी वह वहीं रहता था, रहना पड़ता था। कभी-कभार जब कोई ग्राहक बेहद बदतमीजी से उससे बात करता तो वह खुद को रोक नहीं पाता। कह बैठता, "ढंग से बात कीजिए, भाई साहब। मैं भी कभी होटल का मालिक हुआ करता था।" इस तरह वह पुरानी यादों को तरोताजा कर लेता था। अब यही तो उसके संतोष का जरिया था।

□

बीवी की छुट्टियाँ

कन्नन अपनी झोंपड़ी के दरवाजे पर बैठा गाँव के लोगों की आवाजाही देख रहा था। तभी तेल बेचनेवाला सामी अपने बैलों को हाँकते हुए आया और वहाँ से गुजरते हुए कहने लगा, ''आज तुम्हारे लिए फुरसत का दिन है, है न? तो फिर दोपहर को तुम मंटपम में क्यों नहीं आ जाते?''

इसके बाद और भी कुछ लोग वहाँ से गुजरे, लेकिन कन्नन ने शायद ही किसी की तरफ ध्यान दिया हो। तेल बेचनेवाले के शब्दों से वह सपनों में खो गया था। मंटपम खंभों पर खड़ा हुआ एक पुराना ढाँचा था, जिसमें जगह-जगह दरारें पड़ गई थीं और जिसकी चिनाई झड़-झड़कर तालाब में गिरती रहती थी। कन्नन और उसके दोस्तों के लिए वह जगह क्लब हाउस की तरह थी। वे सब अकसर दोपहर में वहाँ जुटते और पूरे जोशो-खरोश के साथ पाँसे खेला करते थे। कन्नन को वह जगह तो पसंद थी ही, वहाँ की मिट्टी की गंध भी खासतौर पर उसे अच्छी लगती थी। मंटपम की बड़ी-बड़ी दरारों से झाँकते आसमान और दूर दिखती पहाड़ियों का नजारा उसे खूब आकर्षित करता था। यह सब सोचते ही वह मन-ही-मन कोई धुन गुनगुनाने लगा।

वह जानता था कि अकसर दरवाजे पर बैठे देख लोग उसे आलसी कहते थे। लेकिन उसे इसकी फिक्र नहीं थी। उसे काम पर नहीं जाना था, क्योंकि जाने के लिए कहनेवाला घर में कोई था ही नहीं। बीवी अब भी बाहर थी। बीवी को बैलगाड़ी में बिठाकर उसने जब कुछ दिनों के लिए मायके भेजा तो बड़ा खुश हुआ था। उसे उम्मीद थी कि उसके माँ-बाप उसको अभी कम-से-कम दस दिन और रोकेंगे। हालाँकि इसका मतलब

यह भी था कि उसे अपने छोटे से बच्चे से भी इतने दिन के लिए दूर रहना पड़ेगा। लेकिन उसने मान लिया था कि बीवी को खुद से दूर भेजने के लिए इतनी कीमत तो चुकानी ही पड़ेगी। उसने मन-ही-मन सवाल किया, "वह अगर यहाँ होती तो क्या मुझे इस तरह आराम करने देती?" वैसे, उसे नारियल के पेड़ों पर चढ़ना पड़ता था। उस पर मँडराते कीड़े-मकोड़े हटाकर नारियल तोड़ने होते थे। इन पेड़ों के लालची मालिकों से मोल-भाव भी करना पड़ता था, तब कहीं जाकर दिन भर में एक रुपए की कमाई हो पाती थी।

बहरहाल, अभी वह बीवी के न होने का मजा ले रहा था। पूरे दिन घर में ही पड़ा रहता था। हालाँकि इससे एक दिक्कत यह हो गई थी कि अब उसके पास रोज के खर्च के लिए चवन्नी भी नहीं बची थी और आज जब तक वह पेड़ पर नहीं चढ़ता, पैसा मिलेगा भी नहीं। उसने एक अँगड़ाई ली और सोचने लगा कि अगर अभी वह पेड़ पर चढ़ा तो कैसा लगेगा। बेशक, घर के पिछवाड़े में मौजूद दस पेड़ निगाह डालने लायक हो चुके थे। यानी काम उसका इंतजार ही कर रहा था, बस वहाँ जाने की देर थी। लेकिन जाता कैसे? इतने दिनों से निठल्ले बैठे-बैठे हाथ-पाँव अकड़ से गए थे। काम पर जाने को तैयार ही नहीं थे, बल्कि वे तो मंटपम जाने की तैयारी में थे। लेकिन वहाँ भी खाली हाथ जाने का क्या मतलब? अगर उसके पास चार आने भी होते तो शायद वह शाम तक मंटपम से एक रुपए लेकर लौट सकता था। लेकिन यह औरत न! बीवी का खयाल आते ही उसका मूड उखड़ गया। कभी नहीं समझ सकी कि उसके हाथ में भी कम-से-कम एक आना होना चाहिए। कम-से-कम इतना हक तो उसे है। चार आने पर भी अपना हक जताए बिना वह सालोसाल से हाड़तोड़ मेहनत किए जा रहा था।...अब तो उसने इस बारे में सोचना ही बंद कर दिया था, क्योंकि इसके बारे में सोचते ही वह जोड़-घटाव, गुणा-भाग के जटिल काम में उलझ जाता और हाथ कुछ नहीं आता था। हाँ, चौपड़ पर पाँसे खेलते वक्त उसके लिए यही सब एकदम आसान होता था।

तभी एक आइडिया उसके दिमाग में कौंधा और वह दरवाजे से उठकर घर के भीतर की ओर लपका। कोने में एक बड़ा संदूक रखा हुआ था। सालों पहले इस पर काला रंग पोता गया था। घर की सभी चीजों में इस संदूक की अहमियत सबसे ज्यादा थी। पत्नी का था, जिस पर पुराने जमाने का बड़ा सा ताला लटक रहा था। वह उसके सामने जा बैठा और ताले पर निगाह जमा दी। उम्मीद नहीं थी, फिर भी एक कोशिश की। ताले को जोर की ठोकर

मारी, और उसके अचरज की सीमा न रही, जब एक ही ठोकर से ताला खुल गया।

"भगवान् ने आज मुझ पर बड़ी दया की है।" उसने खुद से कहा और संदूक का ढक्कन खोल दिया। उसमें रखी पत्नी की चीजों को देखने लगा। कुछ ब्लाउज थे और दो-तीन साड़ियाँ। एक तो उसने उसे शादी के वक्त खुद ही उपहार में दी थी। यह देख उसे अचरज हुआ कि वह साड़ी उसने अब तक सँभालकर रखी हुई है, जबकि यह...यह...वह फिर आँकड़ों में उलझ गया था। शायद कीमत याद कर रहा था। याद नहीं आई तो दूसरी वजह सोच ली, "मेरे खयाल से वह बड़ी लोभी है, इसलिए इसे सँभालकर रखा होगा!" और सोचकर हँस दिया। वह बीवी के बारे में इस बदनतीजे पर पहुँचकर खुश था। पर अभी उसे लकड़ी के छोटे से बक्से को ढूँढ़ना था, जिसमें उसकी बीवी नकदी रखती थी। उसने सभी कपड़े किनारे रख दिए और उसे तलाशने लगा। वह मिला तो जरूर, लेकिन खाली। बस, खुशकिस्मत के लिए ताँबे का टुकड़ा पड़ा हुआ था। "आखिर पूरी नकदी कहाँ गई?" उसने गुस्से में सवाल किया। वह सोच रहा था, 'यकीनन वह एक-एक आना भाई या किसी और के लिए अपने साथ ले गई है। तो क्या मैं यहाँ गुलामों की तरह मेहनत करके उसके भाई के लिए एक-एक आना जमा कर रहा हूँ?...अगली बार मैं देखता हूँ उसके भाई को, गरदन न मरोड़ दी तो देखना।' उसने इतना कहकर खुद को दिलासा दी। आगे कुछ और सोच ही रहा था कि उसकी नजर सिगरेट के लाल रंग के टीन के डिब्बे पर पड़ गई। उसे हिलाकर देखा। अंदर सिक्के बज रहे थे। उस डिब्बे को देखते ही वह स्नेह से भर गया। यह डिब्बा उसके बेटे का था। एक दिन वह इसे पर्यटक बँगले के पीछेवाले कचरे के ढेर से उठा लाया था। इसे सीने से चिपकाकर दौड़ा-दौड़ा आया था। इसके बाद तो वह पूरा-पूरा दिन गली में इसी डिब्बे से खेलता रहता। कभी इसमें धूल-मिट्टी भरता तो कभी खाली करता। यह देख एक दिन कन्नन से उसे सुझाव दिया कि वह इस डिब्बे को पैसे जमा करने के काम में ले सकता है। बच्चे ने पहले तो इसका जोरदार विरोध किया, लेकिन जब कन्नन ने उसे प्यार से समझाया तो खुशी-खुशी राजी हो गया। बल्कि इसके बाद तो उसने योजनाएँ बनानी शुरू कर दीं। कहने लगा, 'जब इसमें खूब पैसे जमा हो जाएँगे तो उस बड़े मकानवाले लड़के की तरह मैं भी मोटरकार खरीदूँगा। एक हरी पेंसिल और मुँह से बजानेवाला हारमोनियम

भी।' बच्चे की योजनाएँ सुनकर कन्नन ठहाका मारकर हँस पड़ा था। वह डिब्बे को लोहार के पास ले गया। डिब्बे के मुँह पर ढक्कन लगवाया और उसमें सिक्के डालने के लिए एक छोटा सा कट लगवा दिया। इसके बाद तो यह डिब्बा ही उस छोटे से बच्चे का खजाना हो गया था। वह जब-तब इसे पिता के सामने कर देता, ताकि वह इसमें सिक्का डालें। फिर बीच-बीच में कभी-कभार उत्सुकता से पूछ भी बैठता, 'पिताजी, क्या यह भर गया है? मैं इसे कब खोल सकता हूँ।' वह हमेशा यह डिब्बा माँ के संदूक में साड़ियों के बीच सँभालकर रखता और तब तक नहीं सोता था, जब तक यह न देख ले कि संदूक का ताला ठीक से बंद हुआ है या नहीं। उसे देख कन्नन अकसर कहा करता था, 'देखो, कितनी सावधानी बरतनेवाला बच्चा है। जरूर आगे चलकर कुछ बड़ा करेगा। इसे हम शहर के स्कूल जरूर भेजेंगे।'

लेकिन अभी तो कन्नन उस डिब्बे को हिलाकर देख रहा था। वह उसे कुछ उजाले में ले गया। सिक्के डालनेवाले कट से अंदर देखकर अंदाज करने की कोशिश की कि आखिर इसमें कितने पैसे होंगे। कुछ अनमना सा भी हुआ, यह सोचकर कि बीवी को उसके इस घटिया खयाल के बारे में पता चल गया तो वह उसका शिकार ही कर डालेगी। लेकिन उसने अगले ही पल इस खयाल को दिमाग से झटक दिया। डिब्बे को उल्टा कर जोर-जोर से झटके देने लगा। इतनी तेज कि आवाज सुनकर कोई बहरा ही हो जाए। लेकिन एक भी सिक्का बाहर नहीं गिरा। लोहार ने बहुत जबरदस्त काम किया था। ढक्कन पर जो कट लगाया था, वह बिल्कुल उतना ही चौड़ा था, जितनी सिक्के की मोटाई होती है। इससे सिक्का अंदर तो डाला जा सकता था, लेकिन दुनिया की कोई ताकत एक भी सिक्के को बाहर नहीं निकाल सकती थी। परेशान हो गया तो कन्नन कुछ देर के लिए रुका। अपने आप से सवाल किया, 'क्या मैं अपने बच्चे के पैसे निकालकर सही कर रहा हूँ? क्यों नहीं?' भीतर से किसी दूसरी आवाज ने उसे भरमाया, 'पिता और बेटा एक ही तो हैं। और फिर, तुम ये पैसे दो-तीन गुना करने के लिए ले जा रहे हो। जैसे ही ये बढ़ जाएँगे, इन्हें वापस लाकर फिर इसी डिब्बे में रख दोगे। इस तरह तो तुम इस डिब्बे को खोलकर अपने बेटे का फायदा ही करनेवाले हो।' इस विचार ने उसे राहत दी थी। अब वह किसी ऐसी चीज की तलाश में लग गया जिससे डिब्बे का सिक्के डालनेवाला कट चौड़ा किया जा सके। कबाड़ पड़े सामान में काफी-कुछ तलाशा। तार, बोतल की कॉर्क, बैल के पैर की

बेकार नाल—और भी न जाने क्या-क्या। लेकिन नुकीली धारवाला एक भी औजार नहीं मिला। 'उस चाकू का क्या हुआ?' वह एक बार फिर बीवी के बारे में सोचकर झुँझलाया, 'औरत की आदत ही है हर चीज छिपाकर रखने की। या क्या पता, वह उसे भी अपने साथ ले गई हो, भाई के लिए।' थक-हारकर उसने बॉक्स को फर्श पर पटकना शुरू कर दिया। लेकिन इससे उस डिब्बे की शक्लो-सूरत ही बिगड़ी, सिक्के बाहर नहीं निकले। उसने घर के चारों तरफ नजर दौड़ाई। दीवार पर गड़ी कील में भगवान् की तसवीर लटकी हुई थी। उसने लपककर वह तसवीर उतारी और नीचे रख दी। इसके बाद कील उखाड़ ली। इसी बीच, भगवान् की तसवीर पर नजर पड़ी तो कुछ असहज हो गया। आँखें उनके पैरों की ओर झुका लीं और फिर अपने काम में लग गया। पत्थर का एक टुकड़ा ले आया और डिब्बे के मुँह पर कील रखकर दूसरे हाथ से उससे ठोकर मारने लगा। लेकिन कील फिसल गई और पत्थर उसके अँगूठे पर जा लगा। नीला पड़ गया। दर्द से कराह उठा। गुस्सा भी आया और डिब्बे को दूर फेंक दिया। फिर कोने में पड़े उस डिब्बे की तरफ देखकर घृणा से कहा, ''कुत्ते कहीं के!''

कुछ देर वह अपना अँगूठा सहलाते हुए बैठा रहा, फिर उस टीन के लाल डिब्बे की तरफ देखकर बोला, ''अब मैं देखता हूँ तुझे।'' वह रसोई में गया और दोनों हाथों से पत्थर की सिल उठा लाया। उसे उसने ऊँचा उठाया और डिब्बे पर दे मारा। यह चोट काफी थी। डिब्बा चपटा होकर इधर-उधर से फट भी गया था। यह देखते ही कन्नन भूखे की तरह उस पर झपट पड़ा। अंगुलियाँ डालकर सिक्के निकाले और उन्हें गिनने लगा। छह आना और तीन पैसे थे। उसने उन्हें उठाकर कमर में धोती के छोर से बाँधा, घर में ताला लगाया और बाहर चला गया।

मंटपम पर आज किस्मत उसका साथ नहीं दे रही थी। साथ क्या, आस-पास भी नहीं फटकी थी। थोड़े ही समय में वह पूरे पैसे हार गया। लेकिन मन नहीं माना तो उधार लेकर खेलने लगा। वह पैसे भी हार गया। तभी किसी ने सुझाव दिया, ''अब उठ जा, किसी दूसरे मालदार आसामी को खेलने दे।''

अनमने ढंग से कन्नन उठा और घर की ओर चल दिया। दिन का सूरज अब भी तप रहा था।

जैसे ही वह अपनी गली में पहुँचा, उसने देखा, बीवी सामने से चली

आ रही है। उसके एक हाथ में गठरी है तो दूसरे से बच्चे को पकड़ रखा है। कन्नन जहाँ था, वहीं जड़ हो गया।

"क्या मैं कोई सपना देख रहा हूँ?" वह बुदबुदाया।

तभी बीवी उसके एकदम पास आ पहुँची। बोली, "एक बस इस तरफ आ रही थी। मैं भी उससे घर लौट आई।" इतना कहकर वह घर के दरवाजे की तरफ चल पड़ी। पीछे-पीछे कन्नन। उसके चेहरे पर हवाइयाँ उड़ रही थीं। घर में संदूक खुला पड़ा था। उसका सामान यहाँ-वहाँ बिखरा था। चपटा-टूटा लाल डिब्बा और भगवान् की तसवीर जमीन पर पड़ी थी। जैसे ही वह अंदर जाएगी, वह सब नजर आ जाएगा। यह सब सोच रहा कन्नन बिल्कुल नाउम्मीद हो रहा था। उसने आगे बढ़कर किसी मशीन की तरह दरवाजा खोला।

"तुम इतने परेशान क्यों दिख रहे हो?" अंदर घुसते हुए उसकी बीवी ने पूछा। उसका बेटा हाथ में कुछ सिक्के लिये हुए था। उसने बताया, "ये पैसे मामा ने दिए हैं। इन्हें बॉक्स में रख दीजिए।" इतना कहते हुए उसने जैसे ही हाथ थामा, दर्द के मारे कन्नन की चीख निकल गई। "अरे, ये आपने क्या कर लिया, पिताजी?" बच्चे ने पूछा।

"कुछ नहीं। मेरे हाथ से ही पत्थर से अँगूठा दब गया।" इतना कहकर वह माँ और बेटे के पीछे घर के अंदर घुस गया—आनेवाले तूफान का सामना करने की तैयारी करते हुए।

□

इच्छा से गुलाम

घर में उसका नाम कोई नहीं जानता था। कभी किसी ने एक पल के लिए सोचा तक नहीं कि वह आया के अलावा भी कुछ हो सकती है। किसी भी बच्चे को यह नहीं पता था कि वह परिवार में पहली बार कब शामिल हुई। इनमें से सबसे बड़ा बच्चा छह महीने का था, जब उसने इस घर में नौकरी शुरू की। अब वह भी सत्रह साल का हो चुका था और कॉलेज में पढ़ रहा था। उसके बाद पाँच बच्चे और हुए। उनमें सबसे छोटा अभी चार साल का था।

आया ने हर बच्चे के साथ अपने बचपन को नए सिरे से जिया था। उनके साथ उस वक़्त तक दौड़ी, भागी और खेली, जब तक वे उसे छोड़कर आगे नहीं निकल गए। इसके बाद वह सबसे छोटे बच्चे की देखभाल में लग जाती। उसके साथ बड़ी होने लगती। ऐसा कहा जा सकता है कि उसके लिए किसी बच्चे की देखभाल के लिए छह साल तक की समय सीमा तय थी। अगर वह इस सीमा को पार करती तो अपने आपको सबके लिए बड़ा सिरदर्द साबित कर देती थी। उदाहरण के तौर पर, खुद को नौकर-चाकरों की दुनिया में शुमार करना और उन्हीं की तरह बात-व्यहार करना उसके लिए बेहद मुश्किल था। घर में आया के अलावा खानसामा, दो नौकर, माली और एक उसका मुफ्त का सहयोगी था। उनकी बातों में उसे कोई दिलचस्पी नहीं थी। उन लोगों के चुटकुले भी उस पर बेअसर साबित होते थे। यहाँ तक कि उन लोगों से सुनी हर बात की चुगली वह मालकिन से कर देती थी। इसी चक्कर में एक बार तो माली की नौकरी जाते-जाते बची। माली ने मालिक के खिलाफ कुछ बोल दिया था। आया ने उसे सुन लिया और मालकिन को जा बताया।

नौकरों के क्वार्टर में भी उसे कोई पसंद नहीं करता था। हर एक के आने-जाने पर वह हमेशा निगाह रखती थी। जो भी काम पर देर से आता, उसकी नजर से बच नहीं पाता था। जैसे ही कोई देर से आनेवाला नजर आया, वह बुढ़िया जोर से चिल्ला-चिल्लाकर उससे सफाई माँगने लगती थी। उसकी आवाज सुनकर मालकिन अपने कमरे से बाहर निकल आती और देर से आए नौकर पर फाइन लगा देती।

यह सब काम उसने खुद ही अपने हाथ में ले रखे थे। किसी ने उससे कहा नहीं था। इसी तरह बच्चों को घर पर पढ़ाने के लिए जो ट्यूटर आता था, उस पर भी वह नजर रखती थी। ट्यूटर गणित और अंग्रेजी पढ़ाता था। जब तक वह घर पर रहता, आया पूरे समय उसके आस-पास मँडराती रहती। उसे शक बना रहता कि कहीं ट्यूटर बच्चों से मार-पीट न कर रहा हो। उसको हर टीचर अपने दुश्मन नजर आते थे और स्कूल जेलों की तरह। उसके विचार से यह क्रूर और जबरन का हठ ही है, जिसकी वजह से लोग बच्चों को स्कूल भेजते हैं। उसे याद था कि उसके दो बेटे (अब वे भी दादा बन चुके थे) कैसे स्कूल से आते ही तीन पैसे माँगते थे, ताकि वे ओषधि खरीद सकें। इस ओषधि का पेस्ट बनाना बेहद जरूरी होता था। ताकि, वे अपनी त्वचा को अगले दिन स्कूल में फिर छड़ी से पिटने और चिकोटी काटे जाने के लिए दुरुस्त कर सकें। वे बताते थे कि स्कूल इंस्पेक्टर ने खुद उन्हें यह ओषधि खरीदने का हुक्म दिया है। यह पढ़ाई का हिस्सा है।

वह उनसे बार-बार पूछती, "तुम लोग वहाँ खड़े-खड़े मार क्यों खाते रहते हो?"

"हमें यह सब करना पड़ता है।" लड़के जवाब देते, "यह हमारी पढ़ाई का हिस्सा है। लगता है, हमारे मास्टर साहब जब तक हम लोगों को रोज दो-चार छड़ी न लगाएँ, उन्हें तनख्वाह नहीं मिलती।"

इसके बाद उस बूढ़ी औरत को कभी कोई और मौका नहीं मिला, जिससे वह टीचर्स के बारे में ज्यादा कुछ जान सके। इसलिए यहाँ, जहाँ वह नौकरी कर रही थी, घर पर आनेवाले ट्यूटर पर निगाह रखा करती थी। अगर वह कभी बच्चों से जोर से आवाज में बोल भी देता तो वह तुरंत उसे टोक देती, "इन मासूम बच्चों के साथ कोई होशियारी दिखाने की कोशिश मत करना। ये कोई आम बच्चे नहीं हैं। अगर तुमने कुछ भी किया तो मेरे मालिक तुम्हें जेल में डलवा देंगे। ध्यान रखना।"

इसी तरह के और भी काम उसने अपने ऊपर ले रखे थे। जैसे कि वह ध्यान रखती थी कि ब्रेड-बिस्कुटवाला लड़का साइकिल लेकर लॉन में न आ जाए। अखबारवाला नर्सरी में पेड़-पौधों पर अखबार न फेंक जाए। नौकर-चाकर दोपहर में झपकी न मार लें। घर में आनेवाले मेहमानों का भी वह खयाल रखती थी। उनके कपड़े धोबी को देने की जिम्मेदारी उठाती थी। धोबी और उन मेहमानों के बीच संपर्क सूत्र का काम किया करती थी। और इससे भी आगे, घर के सभी लोग जब बाहर चले जाते तो सभी खिड़की-दरवाजे अच्छी तरह बंद कर बाहर पोर्च में चौकीदार की तरह जमकर बैठ जाती थी। ये सब उसके अन्य काम थे। मुख्य काम के बदले तो उसे रोज दो वक्त का खाना, महीने में पंद्रह रुपए तनख्वाह और साल में तीन साड़ियाँ मिलती थीं। यही वह आकर्षण था, जो उसे रोज बारह घंटे सक्रिय रखता था।

सुबह छह बजे ऊपरवाले कमरे से घर की सबसे छोटी बच्ची राधा बिस्तर से ही आवाज लगाती, "आया!" और आया दौड़ते-भागते सीढ़ियाँ चढ़ती दिखाई देती। हालाँकि वह उतनी ही तेज चढ़ पाती, जितना उसका शरीर इजाजत देता। इस तेजी से भागने की वजह यह थी कि बमुश्किल पंद्रह मिनट के भीतर ही राधा फिर से आवाज लगा देती थी, क्योंकि इससे ज्यादा इंतजार वह नहीं कर पाती थी। इस पर भी आया जैसे ही उसके कमरे में पहुँचकर मच्छरदानी हटाती, वह पूछ बैठती, "आया, तुम कहाँ थीं?"

"पूरे समय यहीं तो थी, मेरी प्यारी बिटिया।"

"रात भर क्या तुम यहीं थीं?"

"हाँ, बिल्कुल यहीं थी।"

"कहाँ बैठी या सो रही थीं?"

"अरे, बिटिया! जब मेरी राधा सो रही हो तो क्या मैं लेटती? मैं हाथ में चाकू लेकर बैठी थी, ताकि कोई बुरा आदमी अगर तुम्हारे पास आने की कोशिश भी करे तो मैं उसका सिर काट सकूँ।"

"लेकिन चाकू कहाँ है?"

"मैं अभी-अभी नीचे जाकर उसे रख आई हूँ।"

"आया, क्या तुम एक बार मुझे वह चाकू दिखाओगी?"

"अरे, नहीं। बच्चों को वह कभी नहीं दिखाई जा सकती। जब तुम खूब बड़ी हो जाओगी, इतनी लंबी हो जाओगी कि अलमारी के ताले तक तुम्हारा हाथ पहुँच जाए, तब मैं तुम्हें वह चाकू दिखा दूँगी। क्या तुम लंबी होना चाहोगी?"

"हाँ, तब मैं खुद अलमारी खोलकर बिस्कुट निकाल सकूँगी, है न आया?"

"हाँ, हाँ। लेकिन अगर सुबह-सुबह तुम बिस्तर पर यूँ ही लेटी रहोगी तो फिर लंबी नहीं हो पाओगी। जल्दी से उठ जाओ। मुँह धोकर दूध पी लो। फिर देखो, तुम कितनी तेजी से बड़ी होती हो। तीन दिन पहले तुम इतनी ऊँची थीं, क्योंकि मुझे बिना परेशान किए उठ गई थीं।"

दूध का गिलास खत्म करने के बाद राधा बगीचे में दौड़ जाती और वहाँ ट्रेन-ट्रेन खेलने को कहती। इसलिए आया को तीन पहियेवाली राधा की साइकिल और उसकी गुड़िया लेकर आना पड़ता। इसके बाद राधा गोद में गुड़िया रखकर साइकिल पर बैठ जाती और आया आधे से ज्यादा झुककर उस साइकिल को पीछे से धक्का देने लगती। अब साइकिल ट्रेन, बगीचे में रखे गमले स्टेशन और बीच में मौजूद बड़े पेड़ का गोलाकार आधार बंगलुरु बन जाते। इस वक्त आया ट्रेन का इंजन ड्राइवर बनी होती थी, गुड़िया राधा और राधा उसकी माँ। कभी-कभी राधा ट्रेन को रुकने और चलने का निर्देश देनेवाला गार्ड भी बन जाती थी। इसी बीच अगर कभी आया बीच में ही पुड़िया निकालकर तंबाकू मुँह में रखने के लिए रुक जाती तो राधा तुरंत पूछ बैठती, "ट्रेन क्यों रुक गई?"

"कहीं कोई स्क्रू ढीला हो गया है। मैं उसे कस रही हूँ।"

"तुम कुछ चबा रही हो?"

"हाँ, लेकिन यह तंबाकू नहीं है। यह सिरदर्द की दवा है। यह मैंने अभी इसी स्टेशन से दवा बेचनेवाले से खरीदी है।"

"क्या यहाँ कोई दवा बेचनेवाला है?"

"हाँ-हाँ, है न, वो देखो।" और आया कुछ दूरी पर लगी बेला के फूल की झाड़ियों की तरफ इशारा कर देती।

फिर राधा झाड़ियों की तरफ देखकर कहती, "अरे, दवा वाले भइया, बेचारी आया को अच्छी दवा देना। उसे बहुत तेज सिरदर्द हो रहा है।"

बंगलुरु पहुँचने के बाद ट्रेन कुछ ज्यादा देर रुकती थी। यहाँ आया से कह दिया जाता कि वह थोड़ी देर के लिए आराम कर ले। चाहे तो वहीं जमीन पर लेटकर थोड़ा सो भी ले। और राधा अपनी सहेलियों के साथ बंगलुरु घूमने निकल जाती।...खेल इसी तरह चलता रहता, जब तक कि राधा की माँ उसे नहाने के लिए नहीं बुलाती थीं। इसके बाद आया एकाध घंटे के लिए फ्री हो पाती थी।

दोपहर को राधा अपने तमाम खिलौनों के साथ फिर पालथी मारकर नर्सरी में आ बैठती। उसके इर्द-गिर्द छोटे-छोटे हाथी, घोड़े, खाना बनाने के बरतन, गुड़िया वगैरह होती थी। उससे कुछ ही हाथ की दूरी पर आया को भी कुछ इसी अंदाज में बैठना पड़ता था। एक तरह से दोनों अपने-अपने घर में बैठी होती थीं। यहाँ वे दोनों खाना बनातीं, पूजा करतीं और एक-दूसरे को अपने घर मेहमान की तरह बुलातीं भी। राधा के लिए अपने घर में आया को बुलाना आसान होता था, लेकिन बदले में उसी तरह से राधा को अपने घर बुलाना आया के लिए बड़ा कष्टदायक। लिहाजा, अगर आया आगे को थोड़ा झुक ही जाती तो उसी को निमंत्रण मान लिया जाता था। ऐसे ही करीब एक घंटे यह खेल चला करता था। तब तक आया काफी थक चुकी होती थी। इसलिए वह कह देती, ''राधा, रात होने वाली है। चलो, अब सो जाते हैं, ताकि सुबह जल्दी उठ सकें।''

''क्या सच में रात हो गई?''

''हाँ, बिल्कुल। मैं तो बहुत देर पहले ही लाइट जला चुकी हूँ।'' आया जवाब देती और जो खिलौने लैंप बनाकर रखे गए थे, उनकी तरफ इशारा कर देती।

''गुड नाइट, आया! अब तुम भी लेट जाओ।''

इतना सुनते ही आया अपने आस-पास की जगह साफ करती और लेट जाती।

''क्या तुम सो गई हो, आया?''

''हाँ, लेकिन सचमुच का नहीं। खेल-खेल वाला ही सोई हूँ।'' हर पाँच मिनट में आया यह जवाब देती। और थोड़ी ही देर में राधा सचमुच सो चुकी होती थी।

शाम को चार बजे के करीब जब राधा सोकर जागती तो आया की ड्यूटी एक बार फिर शुरू हो जाती। रात को आठ बजे तक राधा उसे यहाँ से वहाँ दौड़ाती रहती थी। इसके बाद वह उसे सुलाने के लिए बिस्तर तक ले जाती। यहाँ भी आया से कहानी सुने बिना राधा को नींद नहीं आती थी। इसलिए आया पालथी मारकर उसके पलंग के पास ही नीचे बैठ जाती और काले बंदर की कहानी सुनाने लगती।''वह काला बंदर पेड़ के नीचे चॉक पाउडर देखकर उतरा और सफेद हो गया। फिर उसकी एक राजकुमारी से शादी होने लगी। लेकिन शादी के बीच ही किसी ने उस पर पानी डाल दिया

और वह अपने असली काले रंग में नजर आने लगा। तब उसे वहाँ से भगा दिया गया। यह देख एक धोबी को उस पर दया आ गई। उसने उस बंदर को नहलाया, अच्छी तरह साफ किया, सुखाया और फिर उसी हाल में उसको एक बार फिर राजकुमारी का प्यार हासिल हो गया।···इस तरह, जैसे ही कहानी खत्म हुई कि राधा बोल पड़ी, ''मुझे सोना अच्छा नहीं लगता। चलो, कुछ खेलते हैं।'' तब आया ने उस पर सवाल दाग दिया, ''क्या तुम चाहती हो कि वह बूढ़ा आदमी अंदर घुस आए?''

इस सवाल ने तुरंत असर दिखाया और बच्ची सोने को राजी हो गई।

दरअसल, आया का यह आजमाया हुआ नुस्खा था, जो करीब-करीब हर बच्चे पर कारगर था। बूढ़ा आदमी उसका गढ़ा हुआ एक काल्पनिक चरित्र था। वह बच्चों को डराता था। आया उन्हें बताती कि कंपाउंड में ही कुत्ते के बेकार पड़े घरौंदे में उस बूढ़े आदमी को बंद करके रखा गया है। वह हमेशा बाहर निकलने के लिए आवाज देता रहता है। दरवाजा तोड़कर निकल भागने और बच्चे को उठा ले जाने के लिए हमेशा तैयार रहता है।···आया हमेशा बच्चों को यह कहानी सुनाने के बाद तीखी आवाज में कहती थी, ''मैंने उस दुष्ट को मार-मारकर भुर्ता बना दिया है। बहुत बुरा है वह। बंदर कहीं का! एक मिनट के लिए भी मुझे चैन से नहीं रहने देता। अगर तुम नहीं सोए तो मुझे फिर उसकी पिटाई करने का मौका कैसे मिलेगा?'' ···बस, घर के पहले बच्चे से लेकर सबसे छोटी राधा तक आया का कमोबेश यही सिलसिला चला आ रहा था।

हर तीन महीने में एक बार आया अपने बालों में तेल डालकर बड़े करीने से कंघी किया करती थी। नई साड़ी पहनती और घर में सभी को हाथ जोड़कर नमस्कार करके सैदापेट के लिए निकल जाती थी। वहाँ उसका अपना घर था। बाकी लोगों के लिए इस घर के होने का इकलौता सबूत यह था कि हर महीने के शुरू में सड़क छाप से दिखनेवाले दो लोग बँगले के पिछवाड़े में नजर आया करते थे। आया उन्हें 'सैदापेट के लुटेरे' कहती थी।

''तुम इन्हें इतनी शह क्यों देती हो?'' कई बार उसकी मालकिन पूछ बैठती।

''क्या करूँ? इन्हें नौ महीने अपनी कोख में रखने की मुझे कीमत जो चुकानी है।'' इतना कहकर वह महीने की तनख्वाह, आधी-आधी, दोनों को थमा देती थी।

आया काफी बूढ़ी, भारी-भरकम और बेढंगी सी हो गई थी। उसे देखकर अकसर लोगों को अचरज होता था कि वह आखिर बस में चढ़ती और उतरती कैसे है? और कैसे सैदापेट तक जाकर लौट भी आती है? लेकिन वह शाम ढलते तक लौट ही आती थी। साथ में, राधा के लिए छिपाकर पिपरमिंट की गोलियाँ भी लाती थी। छिपाकर इसलिए, क्योंकि उसे कई बार साफ तौर पर चेतावनी दे दी गई थी कि बच्चों को बाहर की गंदी मिठाई नहीं खिलानी है।

एक रोज वह सैदापेट गई, लेकिन शाम तक नहीं लौटी। राधा पोर्च में खड़ी-खड़ी लगातार गेट पर नजर जमाए हुए थी। राह देख रही थी। लेकिन यहाँ तक कि अगले दिन भी आया के लौटने का कोई संकेत नहीं मिला। राधा का रो-रोकर बुरा हाल हो गया। उसकी माँ और घर के बाकी लोग गुस्से से तमतमाए हुए थे। माँ बड़बड़ा रही थी, ''न जाने कहाँ भाग गई कि मर गई। आँखों के सामने इतनी बड़ी गलती। पहले तो कभी उसकी ऐसी मजाल नहीं हुई। अचानक इस तरह चकमा देकर चले जाने की सजा उसे भुगतनी होगी। नौकरी से निकाल बाहर करूँगी उसे। उसे क्या लगता है, उसके बिना काम नहीं चलेगा? ये पुराने नौकर भी न, आजकल कुछ ज्यादा ही छूट लेने लगे हैं। इनको सबक सिखाना ही पड़ेगा।''

तीन दिन बाद आया घर की मालकिन के सामने खड़ी थी। आते ही उसने उसे नमस्कार किया। उसके आने से मालकिन खुश तो हुई, पर गुस्सा भी भरा हुआ था। लिहाजा, कड़क आवाज में बोल पड़ी, ''आज के बाद तुम्हें कोई छुट्टी नहीं मिलेगी। और अगर इस तरह छुट्टी जाना है तो हमेशा के लिए जा सकती हो। आखिर तुम टाइम से वापस क्यों नहीं आईं?''

मालकिन के मुँह से इतना सुनना था कि आया खिलखिलाकर हँस पड़ी। इस बार उसकी आँखों में अनोखी चमक थी और साँवला चेहरा भी खिला हुआ था। वह बेलगाम हँसे जा रही थी।

''हँस क्यों रही है, बेवकूफ? क्या बात है?'' मालकिन ने पूछा तो आया ने जैसे-तैसे अपनी हँसी रोकी। चेहरा आधा ढक लिया और धीरे से बोली, ''वह आया है!'' इतना कहकर फिर हँस दी।

''कौन?''

''बूढ़ा आदमी!'' अब तक आया से राधा कसकर लिपटी हुई थी; लेकिन जैसे ही उसने बूढ़े आदमी का नाम सुना, भाग खड़ी हुई। रसोई में जा छिपी और भीतर से दरवाजा बंद कर लिया।

''कौन बूढ़ा आदमी?'' मालकिन ने पूछा।

''मैं उसका नाम नहीं बता सकती।'' आया ने शरमाते हुए कहा।

''तेरा पति?''

''हाँ।'' आया एकदम भदेस अंदाज में बता रही थी, ''वह चाहता है कि मैं उसके लिए खाना बनाऊँ, उसकी देखभाल करूँ।...अभी इस बार जब मैं घर गई तो वह वहीं बैठा हुआ था। ऐसे कि जैसे कभी घर छोड़कर गया ही न हो। उससे मुझे बहुत डर लगता है, मैडम। वह अभी वहाँ बाहर गार्डन में है। मेहरबानी करके उसकी तरफ देखना मत।''

लेकिन मालकिन बाहर निकल आई। देखा कि बाहर वाकई झुर्रीदार चेहरेवाला बूढ़ा सा आदमी खड़ा हुआ है।

''मैं आपके हाथ जोड़ती हूँ मालकिन, वहाँ मत खड़े रहिए।'' पीछे से आया ने कहा।

इतने में उस बूढ़े आदमी ने बड़े रूखे अंदाज में वहीं से हाथ उठाकर मालकिन को सलाम बजाया और बोला, ''मैं ताई को लेने आया हूँ।'' आया को वहाँ शायद पहली दफा किसी ने नाम से बुलाया था, इसलिए सुनने में कुछ अटपटा सा लगा। तभी वह फिर बोला, ''मैं ताई को लेने आया हूँ। वह मेरे लिए खाना बनाएगी। उसे मेरे साथ जाना होगा।''

''तुम जाना चाहती हो, आया?'' मालकिन ने सवाल किया।

आया ने दूसरी तरफ मुँह फेर लिया और हँसते हुए सिर हिला दिया। बताने लगी, ''वह सालों पहले चला गया था सीलोन के चाय बागान में काम करने के लिए। अब किसी को कैसे पता चलता कि वह लौटकर आएगा भी कि नहीं? लेकिन सरकार ने उसे वापस भेज दिया। अब भला उसकी देखभाल कौन करेगा!''

करीब आधा घंटा बाद आया पति के पीछे-पीछे उस घर से बाहर निकल गई। अब शायद उसकी गुलामी करने के लिए। जाने से पहले उसने सभी से भावभीनी विदाई ली; लेकिन राधा को छोड़कर। जब वह उससे मिलने रसोई के दरवाजे पर पहुँची और बाहर आने की मिन्नत की तो राधा ने भीतर से ही सवाल किया, ''क्या बूढ़ा आदमी तुम्हें अपने साथ ले जाने आया है?''

''हाँ बेटा, बहुत बुरा आदमी है वह।''

''कुत्ते के घरौंदे का दरवाजा किसने खुला छोड़ा था?''

''किसी ने नहीं। उसने खुद ही दरवाजा तोड़ लिया।''

"उसे क्या चाहिए?"

"वह मुझे अपने साथ ले जाना चाहता है।" आया ने कहा।

"जब तक वह चला नहीं जाता, मैं बाहर नहीं आऊँगी। ठीक है। जाओ, जाओ, इससे पहले कि वह तुम्हें लेने यहाँ आ जाए, तुम चली जाओ।"

आया इसके बाद करीब आधा घंटे तक रसोई के दरवाजे पर खड़ी-खड़ी राधा के बाहर आने का इंतजार करती रही। लेकिन जब वह नहीं निकली तो आखिरकार उसे वैसे ही लौटना पड़ा।

□

माँ और बेटा

रात के खाने के वक्त रामू की माँ ने कुछ देर इंतजार किया। बेटा जब आधा खाना खत्म कर चुका, तब उसने शादी का मसला छेड़ दिया। बात छिड़ते ही रामू ने जवाब दिया, "लो, आप फिर शुरू हो गईं।" अमूमन शादी की बात छिड़ते ही वह नाराज हो जाता था, लेकिन आज अच्छे मूड में दिख रहा था। इसलिए मौका देखकर उसने शादी-ब्याह के बारे में अपने पसंदीदा प्वॉइंट एक-एक कर बेटे के सामने रखने शुरू कर दिए; जैसे—उसके भाई की बेटी चौदह साल की हो रही है। देखने में भी अच्छी है। उसका भाई अच्छा दहेज देने को भी राजी है। वह (रामू की माँ) दिन-पर-दिन बूढ़ी होती जा रही है और अब घर-गृहस्थी के झंझटों से मुक्ति पाना चाहती है—न जाने कब मौत आ जाए, और तब रामू के लिए खाना कौन बनाएगा? कौन उसकी देखभाल करेगा? और फिर एक निर्विवाद दलील—शादी के बाद आदमी की किस्मत बदल जाती है।

"फसल हलवाले हाथों पर नहीं, बल्कि बरतनवाले हाथों पर निर्भर होती है।" यह बातचीत शुरू करने से पहले शाम को ही रामू की माँ ने तय कर लिया था कि आज अगर उसने शादी के लिए मना किया या फिर चिड़चिड़ाया तो वह उसे उसकी किस्मत के भरोसे छोड़ देगी। उसे अगर सामने से आती ट्रेन के नीचे आते हुए भी देख लिया न, तब भी एकदम अकेला छोड़ देगी। इसके बाद कभी उसके मामलों में कोई दखलंदाजी नहीं करेगी। उसे एहसास था कि वह कितने पक्के इरादोंवाली है और इस पर उसे फख्र भी था। किसी भी इनसान को पक्के इरादोंवाला तो होना ही चाहिए। आखिर यह सब वही तो था, जो एक माँ के दिल में बच्चों के लिए अमूमन

होता ही है। लेकिन माँ के एहसास की भी एक सीमा है। अगर रामू को लगता है कि वह अपनी मरजी से जो चाहे कर सकता है, क्योंकि वह सिर्फ एक माँ है, तो इस बार वह उसे गलत साबित कर देगी। अगर उसने इस बार उसके फैसले या भावनाओं का थोड़ा सा भी अनादर किया तो दिखा देगी कि वह कितनी अलग हो सकती है।

इतनी तैयारी के बाद उसने इस बार शादी का विषय छेड़ा था और अपनी तरफ से बेटे के सामने शादी करने के तमाम कारण भी पेश कर दिए थे। लेकिन रामू ने इस बार भी सभी को खारिज कर दिया और बताई जा रही लड़की की शक्लो-सूरत पर तिरस्कार से भरी एक टिप्पणी कर दी। इतना सुनते ही माँ ने ऐलान कर दिया, ''मैं आखिरी बार तुमसे इस मसले पर बात कर रही हूँ। इसके बाद मैं तुम्हें बिल्कुल अकेला छोड़ दूँगी। अगर तुम्हें पानी में डूबते भी देख लूँगी, तब भी नहीं पूछूँगी कि क्यों डूब रहे हो। समझ गए न?''

''हाँ।'' रामू ने सिर हिला दिया। वह लगातार चौथी बार कोशिश करने के बाद भी अब तक इंटरमीडिएट नहीं कर सका था। अब तक उसे बीस रुपए महीने तक नौकरी नहीं मिल सकी थी। और माँ है कि उसकी शादी की चिंता कर रही थी। और इतनी सारी लड़कियों में भी एक वह मामा की बेटी! उसके बाहर निकले हुए दाँत देखकर कोई आदमी उसके पास तक नहीं फटकेगा, उससे शादी की बात तो वह सोच भी नहीं सकता। वह हमेशा सोचता था कि जब शादी करेगा तो रेजिया जैसी किसी लड़की से करेगा। दो-तीन हिंदी फिल्मों में वह उसे देख चुका था।

रामू की जिंदगी में जंग सी लगी हुई थी। एकदम बेजान सी। उदासी और अवसाद उसके भीतर स्थायी रूप से घर कर गया था। ज्यादातर टाइम या तो इधर-उधर आवारागर्दी करता या फिर घर में सोता रहता था। समय बचा तो रीडिंग रूम में जाकर पुराने अखबार पढ़ने लगता था। बहरहाल, अभी तो वह डाइनिंग टेबल पर बैठा हुआ किसी सोच में डूबा हुआ था। पास ही उसकी माँ उसे देखे जा रही थी। फिर अचानक उसी ने चुप्पी तोड़ी। बोली, ''मुझे तेरी शक्ल से नफरत हो गई है। कोई भी ऐसा लटका हुआ चेहरा लेकर बैठता है तो मुझे नफरत होती है। अरे, जिस औरत को विधवा हुए दस दिन ही हुए होंगे न, उसका चेहरा भी इससे अच्छा दिखेगा।''

''आप इस तरह के ताने इसलिए दे रही हो, क्योंकि मैंने आपके भाई

की बेटी से शादी करने से मना कर दिया।'' उसने जवाब दिया।

''मुझे क्या चिंता है? वह लड़की खुशकिस्मत है और देखना, उसे बहुत अच्छा लड़का मिलेगा।'' रामू की माँ को उसका मुरझाया हुआ चेहरा देखकर नफरत हो रही थी। इस तरह के चेहरे उसे सख्त नापसंद थे। रामू को इस तरह देखना उसके लिए बरदाश्त से बाहर था। इसलिए वह लगातार बड़बड़ाए जा रही थी। कुछ देर रामू उसे सुनता रहा और फिर बोला, ''आप चुप कब होगी?''

''मेरी जिंदगी वैसे भी खत्म ही होने वाली है।'' रामू की माँ ने कहा। ''ज्यादा बेसब्र न हो! जल्दी ही तू मुझे हमेशा के लिए चुप होते देख लेगा। मुझे चुप होने के लिए कहता है! यही सब देखना रह गया था।''

''अरे, मैंने तो सिर्फ आपसे इतना कहा है कि मुझे थोड़ी देर चैन से खाना तो खा लेने दो।''

''हाँ-हाँ, बहुत जल्द तुझे चैन से खाना खाने को मिलेगा। हमेशा के लिए। जब मैं चली जाऊँगी न तो खूब समय रहेगा तेरे पास। खाते रहना आराम से खाना।''

रामू ने कोई जवाब नहीं दिया, चुपचाप खाना खाता रहा। माँ से नहीं रहा गया। फिर बोली, ''मैं तो सिर्फ इतना चाहती हूँ कि खाना खाते वक्त तू थोड़ा इनसानों की तरह नजर आने लगे।''

''ऐसे खाने के साथ यह कैसे संभव है?'' रामू ने पलटकर पूछा।

''क्या कहा तूने?'' माँ चीख पड़ी, ''अगर इतनी ही तकलीफ है तो जा, कहीं आदमियों की तरह कुछ काम-धंधा कर, पैसे कमा। उसके बाद कुछ माँगने की सोचना। ऐसे कँगले की तरह बैठकर हुक्म चलाने की सोचना भी मत।''

इसी कहा-सुनी के बीच रामू खाना खाकर उठ गया और चप्पलें पहनकर कहीं जाने लगा। माँ फिर पूछ बैठी, ''कहाँ जा रहा है?''

''बाहर जा रहा हूँ।'' उसने रूखेपन से जवाब दिया और बाहर निकल गया। जाते-जाते दरवाजा भी ठीक से बंद करके नहीं गया।

उसकी भी दिन भर की ड्यूटी पूरी हो चुकी थी। उसने रसोई का फर्श साफ किया। बरतन धोए और उन्हें लकड़ी की रैक में दूसरे चमचमाते बरतनों के साथ जमा दिया। झाड़ू को एक कोने में टिकाया और रसोई की खिड़की बंद कर दी।

फिर कंदील ली और रसोई का दरवाजा बंद करके बाहरवाले कमरे में आ गई। वहाँ देखा कि बाहर का दरवाजा अधखुला पड़ा है। बेटे की लापरवाही पर बेहद गुस्सा आया। लड़का इतना गैर-जिम्मेदार था कि उसने बाहर जाते वक्त दरवाजा बंद करने पर भी ध्यान नहीं दिया। और इधर वह है कि दिन-रात घर का फर्श रगड़ते-रगड़ते उसकी हथेलियाँ घिसी जा रही हैं। अगर लड़के को इतनी भी परवाह नहीं है तो वह इस तरह गुलामी क्यों करे? आखिरकार वह इतना बड़ा तो हो ही गया है कि जिंदगी में अपनी जिम्मेदारी समझ सके।

यही सब सोचते-सोचते उसने अपना छोटा सा लकड़ी का बॉक्स निकाला। उसमें लौंग, इलायची और सुपारी निकालकर मुँह में रख ली। इसके बाद उसे कुछ शांति महसूस हुई। उसने सामने का दरवाजा भिड़ा दिया, लेकिन अंदर से कुंडी नहीं लगाई और सोने के लिए जा लेटी।

पर चिंता अब भी सता रही थी। सोच रही थी, 'रामू आखिर कहाँ गया होगा?' कुछ बेचैनी होने लगी तो उठ बैठी। दरी लपेटी और घर के बाहर चबूतरे पर उसे बिछाकर वहीं लेट गई। दिमाग में तरह-तरह के खयाल आ रहे थे। उन्हें हटाने के लिए भगवान् का नाम जपने लगी, "सीताराम, सीताराम···" लेकिन अनजाने में ही न जाने कब वही उधेड़बुन उसके दिमाग में फिर शुरू हो गई। रामू के बारे में सोचने लगी। घर से निकलते वक्त क्या कह गया था?··· 'माँ, मैं टहलने जा रहा हूँ। चिंता मत करना। जल्द लौट आऊँगा।' नहीं, नहीं, ऐसा तो नहीं कहा था। इस तरह का तो वह है ही नहीं। ये लड़का भी न, अपने बारे में कभी कुछ बताता क्यों नहीं है? इतना ढीठ है कि हमेशा गुस्सा दिलाता रहता है।···इसी तरह के खयाल आ रहे थे उसके दिमाग में। खुद को समझा भी रही थी कि उसने जिस तरह की जली-कटी उसे सुनाई, असल में वह उसी के लायक था। इससे बेहतर व्यवहार उसके साथ नहीं किया जा सकता। इसमें कोई शक नहीं कि खाने के दौरान वह उसके साथ बहुत बुरी तरह से पेश आई थी। पूरी जिंदगी बस, इसी एक जगह आकर वह असफल हो जाती थी कि जब गुस्सा आता तो कुछ भी बोलती चली जाती थी। उसे आज लग रहा था कि अगर वह अपने पति से भी कुछ कम बोलती तो शायद वह कुछ और साल जिंदा रह पाते।···रामू ने कुछ खाने के बारे में कहा था। कल उसके लिए वह और अच्छा खाना बनाएगी। खाने में सब्जियाँ भी ज्यादा शामिल करेगी। बेचारा लड़का···।

यही सब सोचते-सोचते कब उसकी आँख लग गई, पता ही नहीं चला। रात काफी हो गई थी कि तभी घंटाघर के घड़ियाल की आवाज सुनकर चौंककर उठ बैठी। अरे, एक बज गए। उसने आवाज लगाई, ''रामू, रामू!'' पर कोई जवाब नहीं मिला।

चिंता ज्यादा होने लगी थी कि कहीं उसने अपने साथ कुछ कर तो नहीं लिया। धीरे-धीरे उसे यकीन हो चला था कि खाने के वक्त उसने लड़के को जो बातें सुनाई थीं, उनसे दुखी होकर उसने खुदकुशी न कर ली हो। यह खयाल आते ही वह वहीं चबूतरे पर बैठकर रोने लगी। अजीबो-गरीब अवस्था में पहुँच गई थी वह। इसी दौरान जब उसने आँसू पोंछने के लिए आँखों पर हाथ फेरा तो डरा देने वाला दृश्य उसके सामने तैर गया। उसने देखा कि रामू का शव कुकनहल्ली तालाब में तैर रहा था। उसकी शर्ट उतरी हुई थी। धोती घुटनों तक चढ़ आई थी और शरीर से चिपकी हुई थी। चप्पलें तालाब की सीढ़ियों पर रखी हुई थीं। चेहरा फूलकर ऐसा हो गया था कि पहचान में ही नहीं आ रहा था।

यह देखते ही वह जोर से चीख पड़ी और चबूतरे से नीचे करीब-करीब कूद ही गई—और ओल्ड अग्रहार स्ट्रीट के आखिरी छोर तक दौड़ गई। पूरी गली सुनसान थी। यहाँ-वहाँ स्ट्रीट लाइटें जल रही थीं। दूर कहीं से ताँगे की आवाज सुनाई दे रही थी। ताँगावाला कोई गमगीन गाना गा रहा था और उससे सन्नाटे में खलल पैदा हो रहा था। इतने में पुलिस के सिपाही की सीटी की आवाज उसके कान में पड़ी, तब उसने दौड़ना बंद किया। उसको एहसास हुआ कि अभी जो कुछ उसके दिमाग में आया है, वह खयाल भी तो हो सकता है। हो सकता है, वह ड्रामे के लिए गया हो, जो तड़के तीन बजे के पहले खत्म ही नहीं होता। लेकिन कुकनहल्ली तालाब की तसवीर बार-बार उसके जेहन में आ रही थी। उस खयाल को झटकने के लिए वह तेजी से 'राम नाम' का जप कर रही थी।

पूरी रात यूँ ही गुजर गई। लौटकर घर आई तो नींद आँखों से भाग चुकी थी। जैसे-तैसे पलकें बंद होतीं भी तो घंटाघर के घड़ियाल की आवाज सुनकर फिर खुल जातीं। इतने में घड़ियाल ने सुबह के छह बजने की सूचना दे दी। सर्दियों की सुबह थी। रामू अब तक नहीं लौटा था।

अब तो उसकी आँखों से आँसुओं की झड़ी लग गई थी। ज्यादा कुछ सोचे-विचारे बिना ही वह कुकनहल्ली तालाब की ओर चल पड़ी। मैसूर

शहर सुबह-सुबह आँखें खोल ही रहा था। दूधवाले अपनी गायों के साथ आ-जा रहे थे। म्यूनिसिपैलिटी के सफाई कर्मचारी सड़कों पर झाड़ू लगा रहे थे। कुछ साइकिल सवार इधर-उधर से गुजरते नजर आ रहे थे।

वह तालाब पर पहुँच गई। सीधे निगाह पानी पर पड़ी। कहीं कुछ नहीं दिखा तो यहाँ-वहाँ नजर दौड़ाई। तालाब किनारे पड़ी बेंचों में से एक पर रामू सोते हुए नजर आ गया। एक बार तो उसे लगा कि कहीं यह उसकी लाश तो नहीं। तेज कदमों से उसके पास पहुँची और 'रामू, रामू' कहते हुए बुरी तरह उसको झिंझोड़ डाला।

रामू ने आँखें खोलीं तो उसकी जान में जान आई।

वह आँखें मलते हुए उठ बैठा। "आप यहाँ क्यों चली आईं, माँ?"

"यह कोई जगह है सोने की?"

"ओह, मेरी यहाँ नींद लग गई थी।" उसने जवाब दिया।

"चल, घर चल।" इतना कहकर वह उसे अपने साथ लेकर घर चलने को हुई। लेकिन यह क्या? उसने देखा कि रामू तो तालाब की तरफ सीढ़ियाँ उतर रहा था।

"कहाँ जा रहा है?"

"मुँह धोने जा रहा हूँ।" रामू ने सफाई दी।

उसने आगे बढ़कर जोर से उसकी बाँहें पकड़ लीं और बोली, "नहीं, पानी के पास नहीं जाना है। चल मेरे साथ।"

रामू ने माँ की बात मान ली। हालाँकि माँ के इस शक्ति-प्रदर्शन से उसका माथा जरूर चकराया हुआ था।

□

दूसरी राय

मैं बिल्ली की तरह अंदर घुसा। दरवाजा खोला, माचिस ढूँढ़ी और लालटेन जला दी। मैं पूरी तरह यह पक्का करना चाहता था कि मेरी किसी भी आहट से माँ की नींद न टूट जाए। इसीलिए जिस तरह शिकारी जंगल में बड़ी सावधानी से आगे बढ़ता है—जैसे वह ध्यान रखता है कि उसके कदमों के नीचे दबनेवाले सूखे पत्तों की आवाज भी ज्यादा तेज न हो—वैसे ही मैं अपने कमरे की तरफ जानेवाले गलियारे में दबे पाँव आगे बढ़ रहा था। मेरा कमरा हॉल के दूसरे कोने में था। कमरे में पहुँचकर जैसे ही मैंने दरवाजा अंदर से बंद किया, बस उसी पल से मैं अपनी दुनिया का राजा था। महज आठ गुणा दस का ही कमरा था। लेकिन मेरी पूरी दुनिया इसमें समाई हुई थी—असीम, अंतहीन। छत के ढालदार टाइल्स में हर तरह के कीड़े-मकोड़ों का ठिकाना था। मकड़ी के जाले जहाँ-तहाँ बंदनवारों की तरह लटक रहे थे। दीवार पर टँगे पुराने कैलेंडरों के पीछे छिपकलियों ने शरण ले रखी थी। वे आसपास रेंगनेवाले कीड़े-मकोड़ों पर हमला करने के लिए कभी ऊपर तो कभी नीचे भाग-दौड़ कर रही थीं। उन्हें उनके विकास के रास्ते पर आगे बढ़ने के लिए उकसा रही थीं। जीवन-चक्र के तहत क्रमिक विकास ही तो होता रहता है। छोटा सा भुनगा मरने के बाद एक बेहतर शरीर धारण करता है। जीवन से मृत्यु, फिर मृत्यु से नई और बेहतर जिंदगी मिलने का यह क्रम आगे बढ़ते-बढ़ते मानव शरीर धारण करने तक पहुँचता है। फिर अंत में आत्मा मानव शरीर छोड़कर परमात्मा में विलीन हो जाती है। मेरा यह नजरिया विविध प्रकार के अध्ययन का नतीजा था। हालाँकि जो कुछ भी मैंने पढ़ा, वह

आधा-अधूरा ही समझ पाया। लेकिन इसके बावजूद मेरे कमरे में शरण पा चुके जीवों को मारने या भगाने की इजाजत मैं किसी को नहीं देता था। इसीलिए किसी तरह के स्प्रे या डस्टर के लिए वहाँ कोई जगह नहीं थी। मैंने कभी अपने कमरे की सफाई की भी किसी को इजाजत नहीं दी।

पीतल के बरतनों में मेरे लिए कमरे के बाहर खाना रख दिया जाता था। लेकिन जब तक मुझे भूख नहीं लगती थी, मैं उन्हें हाथ तक नहीं लगाता था। और भूख लगती भी कैसे? दिन भर मैं अपने ठिकाने पर बैठे-बैठे कॉफी जो पीता रहता था। हालाँकि इस पर मेरा एक पैसा भी खर्च नहीं होता था। मुफ्त में मुझे कॉफी उपलब्ध होती रहती थी। आम तौर पर हर दो-दो घंटे में वर्मा अपने लिए कॉफी का ऑर्डर करता था, शायद यह देखने के लिए कि रसोई में कहीं उसके रेस्टोरेंट की साख पर बट्टा लगाने की कोशिश तो नहीं की जा रही है। हमेशा अपने साथ वह मेरे लिए कॉफी मँगवा लेता था। वह सिर्फ आदर-सत्कार के लिए नहीं, बल्कि मेरे डॉक्टर का हवाला देते हुए 'दूसरी राय' हासिल करने के लिए ऐसा किया करता था। मैं यहाँ एम.एम.सी. (मालगुडी मेडिकल सेंटर) के डॉ. किशन के बारे में बताने के लिए विषय से थोड़ा हटूँगा।

उन दिनों, जब मैं घर में उपयोगी समझा जाता था, अपनी माँ को दिखाने के लिए अकसर डॉक्टर के पास ले जाता था। उन वर्षों पुराने पुश्तैनी मकान में रहने का हमें चाहे जो नुकसान हुआ हो, लेकिन एक फायदा तो था ही। वह था उसकी लोकेशन। मार्केट रोड के साथ वाली कबीर स्ट्रीट से कई और गलियाँ भी लगती थीं। किसी को कभी डॉक्टर के पास या सब्जी खरीदने जाना होता था तो ये सुविधाएँ उसे एक कदम की दूरी पर ही उपलब्ध हो जाती थीं। इसी इलाके के बीच था एम.एम.सी.। यहाँ मरीजों की छाती या जीभ देखते हुए डॉ. किशन इस बात का जिक्र करना नहीं भूलते थे। मरीज इस स्थिति में जब उनसे कोई तर्क-वितर्क करने लायक नहीं होता था, तब वे कहते, "आपको पता है, दूसरी जगहों की तुलना में यहाँ भीड़-भाड़ क्यों ज्यादा रहती है?…अगर आपने गौर किया हो तो यह इसलिए, क्योंकि यह जगह शहर के बीचोबीच है। किसी भी कोने से नाप लीजिए, एकदम बीच में।"

यह राय जाहिर करते हुए वे मरीज के परीक्षण का अपना निष्कर्ष भी दे

देते थे। साथ ही कहते, "...यह तो मेरे परीक्षण का नतीजा है। आपको ठीक लगे तो कहीं से दूसरी राय भी ले सकते हैं।..."

मेरे खयाल से, इस मामले में वर्मा भी डॉ. किशन की ही तरह था। वह अपने रेस्टोरेंट की कॉफी को कई बार खुद ही चखता था। लेकिन कभी उसकी क्वालिटी के बारे में पक्के तौर पर कुछ तय नहीं कर पाता था, इसलिए हर बार मुझसे भी राय लेता और मुझे कॉफी पिलाकर यह पुख्ता करवाता था कि वह अच्छी है या नहीं। और फिर दिन भर लोगों का वहाँ आना-जाना लगा रहता था। इन्हीं में से एक था शाम छह बजे का ग्रुप। रेस्टोरेंट के एक कोने में बैठकर दोस्तों की यह मंडली रोज गप्पें हाँका करती थी। शहर भर के घटनाक्रम पर चर्चाएँ होती थीं। जोर देकर यह मंडली मुझे भी अपने साथ शामिल कर लेती। वहाँ भी कॉफी का दौर चलता रहता और ऐसे ही रात हो जाती। इसके बाद जब मैं घर लौटता तो टिफिन में रखे भोजन के लिए पेट में बिल्कुल जगह नहीं रह जाती थी।

सुबह-सुबह एक युवा नौकरानी वह टिफिन उठाने आती थी धोने के लिए। चमकदार आँखें, गोल टमाटर से गाल, चमकदार सफेद दाँत, सलीके से गुँथी हुई चोटी में बँधा लाल फीता। मुझे बेहद पसंद थी। उसे देखकर मैं सोचता था, काश! मैं पेंटर होता तो दुनिया की हर खूबसूरत चीज को कैनवास पर उतार पाता। मैं उसे पसंद करता हूँ, यह बात वह भी समझती थी। इसलिए वह मेरे कमरे में एकदम बेधड़क घुस आती थी। और टिफिन उठाते ही बोल पड़ती, "अरे, आज भी नहीं छुआ इसे?"

"चुप!" मैं उसे इशारा करता और धीरे से कहता, "इतना जोर से मत बोल।" वह शरारत भरे अंदाज में मुसकराती और फिर कहती, "ओ हो!" और मैं समझ जाता कि अगले ही मिनट यह खबर पूरी दुनिया को पता लगने वाली है। हुआ भी यही। कुछ ही देर में मेरी माँ कमरे के दरवाजे पर खड़ी मुझसे सफाई माँग रही थी। बोली, "अगर यही सब चलता रहा तो पता नहीं यह हम सबको कहाँ-से-कहाँ ले जाएगा। मैंने तेरे लिए खास तौर पर ककड़ी काटकर रखी थी और तू उसे फेंकने से भी नहीं हिचका। कम-से-कम यह तो बता देता कि तुझे क्या पसंद है, क्या नहीं। पर तू यह भी नहीं करता, बस दूर खिसका देता है।" जब तक वह कमरे की दहलीज पर खड़ी-खड़ी बातें सुनाती रहती और अंदर नहीं आती थी, तब तक मैं उसकी बातों पर ध्यान ही

नहीं देता था। अभी भी मैं कालीन पर दीवार से टिका बैठा था। चुपचाप सब सुने जा रहा था। वह बता रहा था कि अनासक्ति के दर्शन को अभ्यास में, व्यवहार में लाना कितना मुश्किल है। सिद्धार्थ ने बहुत अक्लमंदी का काम किया था। एक दिन जब उसके घर में सभी सो रहे थे तो वह आधी रात को सब छोड़कर चला गया—अंतर की ज्योति की तलाश में। अपने तरीके से मैं भी तो इसी तलाश में लगा था। हाँ, लेकिन दीन-दुनिया के बंधनों से मुक्त नहीं हो पा रहा था। एक ही छत, शादीशुदा अवस्था (आखिरकार यह होनी ही थी), हर किस्म की विरासत का बोझ, कब्जे में बनाए रखने की तरह-तरह की कोशिशें। इस सबने किसी कातिल शिकंजे की तरह मुझे जकड़ रखा था। यह एहसास होते ही सबसे पहले मैंने फर्नीचर को अपने कमरे से दूर किया। एक तरह से कहा जाए तो एक छत को भी अलग किया; क्योंकि अब मैं जिस कमरे में रहता था, वह मुख्य मकान से अलग ही था। हालाँकि यह सब बहुत आसान नहीं था।

हमारे पिताजी के मकान में कई अलग-अलग भवन थे। उन्हें मिल में काम करनेवाले लोगों की जरूरत के हिसाब से तैयार कराया गया था। हमारा मुख्य दरवाजा कबीर स्ट्रीट में खुलता तो पीछे वाला सरयू नदी की तरफ। यह नदी हमारे घर से कुछ ही दूरी पर बहती थी। मैम्पी हिल्स पर जब बारिश होती और नदी में पानी बढ़ जाता तो उसके बहाव की गर्जना हमारे घर तक आसानी से सुनी जा सकती थी। दूरदर्शिता के लिहाज से यह अच्छा था कि घर के पीछे की तरफ भी एक छोटा दरवाजा खोल दिया जाए, ताकि जब भी आपको जरूरत महसूस हो, आप उस तरफ बैठकर नदी की कल-कल का संगीत सुनकर मन को शांत कर सकें। लेकिन आजकल यह दरवाजा बंद ही रहता था। उस दरवाजे की तरफ बड़ी-बड़ी घास-फूस और झाड़ियों ने डेरा जमा लिया था। नदी तक पहुँचना अब मुश्किल हो चुका था। उसके रास्ते पर भी जंगली पेड़-पौधे और कँटीली झाड़ियाँ जमा हो गई थीं। मैंने अपनी माँ से सुन रखा था कि कैसे उसकी युवा अवस्था में वह और उसके जमाने के लोग नदी को अपने घर का ही हिस्सा मानते थे। कबीर स्ट्रीट पर बने हर घर का पीछेवाला दरवाजा नदी की ओर खुलता था। कैसे वे लोग पहले नदी में नहाते-धोते और उसका पानी बरतनों में भरकर घर तक लाया करते थे। और कैसे लोग नदी के रेतीले किनारों पर बैठकर सुबह-शाम

प्रार्थना किया करते थे। यह तब की बात थी, जब हर घर में कुएँ नहीं होते थे।

"उन दिनों नदी हमारे काफी करीब होती थी।" वह जोर देकर बताती, "लेकिन अब यह हमसे दूर चली गई। जब हर घर में कुएँ खुद गए तो लोग आलसी हो गए। उन्होंने नदी को अनदेखा करना शुरू कर दिया। और कोई अचरज की बात नहीं कि उसने खुद ही अपने आप को हम लोगों से दूर खींच लिया। जबकि पहले तो तुम्हें याद है, तुम लोग पिछला दरवाजा खोलकर नदी के पानी को छू लिया करते थे। लेकिन अब तुमने गौर किया होगा, इलामैन स्ट्रीट के पास नदी आज भी घरों से लगकर बहती है; क्योंकि वहाँ रहनेवाले उसकी कद्र करते हैं, उसका खयाल रखते हैं। उन्होंने नदी पर घाट और सीढ़ियाँ भी बनवाई हैं और उसे पूरा सम्मान देते हैं। कार्तिक के महीने में वे लोग नदी में दीपदान करना अब भी नहीं भूले हैं।...जबकि हमारी गली में लोग आलसी हो गए हैं। उन दिनों मैंने तुम्हारे पिता से खूब मिन्नतें की थीं कि घर में कुआँ मत खुदवाओ, इससे दूसरों को भी शह मिलेगी।" वह कुआँ खुदवानेवालों को कभी माफ नहीं कर सकी।

"लेकिन माँ, कुएँ से हमें जो पानी मिल रहा है, वह नदी का ही तो है।"

"क्या मतलब है इसका? और कैसे?" और उसके बाद मुझे भूमिगत जल की अवधारणा के बारे में उसे समझाना पड़ता था। मैं उसे कुछ दार्शनिक अंदाज में बताता, "देखो, जमीन के नीचे पानी एक बहुत बड़ी परत है। सैकड़ों-हजारों घन फीट पानी वहाँ जमा है। सब आपस में जुड़ा हुआ; ठीक वैसे ही, जैसे आप बताती हो कि ब्राह्मण हर जगह व्याप्त है, पूरे ब्रह्मांड में।"

वह मुझे बीच में ही टोक देती, "मुझे नहीं पता कि तू क्या कहना चाहता है। मैं तो एक साधारण से पानी के मुद्दे पर बात कर रही हूँ और तू मुझे संत-महात्माओं की तरह बड़ी-बड़ी बातें बता रहा है।"

उन दिनों मैं अपना काफी वक्त घर के पीछेवाले हिस्से में बैठे हुए ही बिताता था। वहाँ एक बड़ा सा आँगन था और रसोई, भंडारगृह और डाइनिंग रूम से लगता हुआ एक गलियारा भी। मेरी माँ का ज्यादातर वक्त इन्हीं तीन जगहों पर बीतता था। उन दिनों, मेरे पास जमीन पर बैठकर या खंभों से टिककर, माँ को नए जमाने के तौर-तरीकों के बारे में बताते रहने के अलावा

कोई काम नहीं था। लेकिन उसे मेरी कोई बात समझ नहीं आती थी। हम दोनों अलग-अलग ध्रुव थे। सिर्फ नदी के मामले में ही नहीं, हरेक सवाल पर उसका अपना नजरिया था, जिसे एक बौद्धिक और तर्कसंगत व्यक्ति होने के नाते मैं कभी स्वीकार नहीं कर सका।

कभी-कभी तो मैं बेहद परेशान हो जाता था। माँ मुझे चैन से नहीं रहने देती थी। घर के पश्चिमी हिस्से में हॉल को पार करने के बाद मेरा छोटा सा कमरा था। हॉल के दूसरे किनारे पर पिताजी का कमरा था। वे पूरे दिन वहीं बैठे रहते थे। मेरे खयाल से, किताबें पढ़ते रहते थे। किसी को भी यह शक हो सकता था, क्योंकि उनकी अलमारी में तरह-तरह की किताबें जो भरी पड़ी थीं। संस्कृत, तमिल और अंग्रेजी भाषा के कई ग्रंथ, दर्शनशास्त्र की किताबें, उपनिषद् और उन पर शंकर, रामानुज और अन्य विश्व-विख्यात शिक्षकों की लिखी टीकाएँ-व्याख्याएँ; प्लेटो, सुकरात और ईसाइयत पर लिखी गई किताबों के सुनहरे कोनोंवाले कई खंड उनके पास मौजूद थे। मेरे पास इस बात की पुष्टि करने का कोई तरीका नहीं था कि उन्होंने इन किताबों का कितना इस्तेमाल किया। उनका कमरा मेरी पहुँच के बाहर था। वह हमेशा पालथी मारकर जमीन पर बैठे दिखते थे। सामने सागौन की लकड़ी की ढालदार डेस्क रखी होती थी। उस पर जिल्द चढ़ी हुई कोई-न-कोई किताब रखी होती थी, जिसके वे पन्ने पलटते रहते थे; और जिसके बारे में मुझे कुछ भी ज्ञान नहीं था। मैं सोचता था कि दर्शनशास्त्र का भंडार उनकी कुहनी के नीचे दम तोड़ चुका है। लेकिन कई साल बाद मुझे पता चला कि पिताजी के सामने जो जिल्द चढ़ी हुई भारी-भरकम किताब रखी होती थीं, वह असल में बहीखाते थे। उसमें वे हमेशा जोड़-घटाव, गुणा-भाग में लगे रहते थे। उन्हें अनेकानेक प्रकार के खातों का हिसाब-किताब रखना पड़ता था। गाँव में धान के खेतों में काम करनेवाले मजदूरों का भुगतान; इकरारनामे पर दूसरों को दिए गए कर्ज का हिसाब-किताब; मंदिर या ऐसी किसी छोटी संस्थाओं से जुड़े ट्रस्टों के फंड आदि। उनके पास हर किस्म के लोग आते थे। उन्हें पहले घर के बाहर चबूतरे पर धैर्यपूर्वक इंतजार करना पड़ता था, फिर जब बुलाया जाता तो वे कमरे के अंदर जाते थे। वहाँ कुछ बातचीत होती, कुछ कागजात पर उनसे दस्तखत कराए जाते और इसके बाद रकम लेकर बाहर निकलते थे। लोहे की मजबूत तिजोरी में नकदी रखी जाती थी। मजबूत हत्थे और पेचीदा लॉकिंग सिस्टम

वाली वह तिजोरी तीन फीट की ऊँचाई पर थी। पिताजी के व्यक्तित्व का एक हिस्सा बन चुकी थी। वह तिजोरी हमेशा रकम उगलती थी और दस्तावेज उसके भीतर जाते रहते थे। मैं अपने पिताजी के निधन के बाद ही उस तिजोरी को खोल पाया। वह भी काफी जोर-आजमाइश और गलतियों के बाद। उसमें रखे दस्तावेज को देखने के बाद मुझे पता चला कि दर्शनशास्त्र और अन्य किताबों की वह लाइब्रेरी असल में किसी गरीब शिक्षक ने गिरवी रखी थी, जो उसे कभी छुड़ा नहीं पाया। लेकिन पिताजी ने उन किताबों से कभी किसी तरह की छेड़छाड़ नहीं की। हाँ, उनकी समय-समय पर सफाई जरूर कराते थे। शायद इसलिए कि जब उनका मालिक उन्हें छुड़ाने आए तो उसे वे अच्छी हालत में मिलें। बहरहाल, वे मेरे लिए भगवान् का वरदान साबित हुईं। जब पिताजी जिंदा थे और वे कुएँ पर नहाने जाया करते थे तो अकसर चोरी-छिपे मैं उनके कमरे में घुस जाता था। वहाँ उन किताबों के शीर्षक पढ़ा करता था, क्योंकि किताबें छूने की मुझे इजाजत नहीं थी। लंबे समय तक उन्होंने मुझे इनमें हाथ तक नहीं लगाने दिया। कहा करते थे, 'तुम नहीं समझ पाओगे कि इनमें क्या कहा गया है, क्या लिखा गया है।' हालाँकि कई सालों बाद उन्होंने मुझे एक वक्त में एक किताब पढ़ने के लिए ले जाने की इजाजत दे दी थी। लेकिन साथ में सीख के साथ चेतावनी भी होती थी, 'किताब कायदे से पढ़ना। उनके कवर को पीछे की तरफ मत मोड़ना, ताकि उस पर सिलवटें न आ जाएँ। याद रखना, ये किताबें अच्छी स्थिति में वापस की जानी हैं।'

जैसा उन्होंने हुक्म दिया था, उसी के मुताबिक एक वक्त में एक ही किताब मैं चुनता था। जिस किताब का वजन, उसकी खुशबू, उसका एहसास मुझे खासतौर पर पसंद आ जाए, वही चुनता था। कुछेक तो एक जैसी शृंखला में थीं। उनका नाम था 'लाइब्रेरी ऑफ वर्ल्ड थॉट'। किताब ले जाकर मैं अपने कमरे में पड़े बिस्तर पर झुककर बैठ जाता और हर एक का गहन अध्ययन करता था। हालाँकि इसके बावजूद मैं दावा नहीं कर सकता कि जितना भी मैंने पढ़ा, वह पूरा समझ ही गया। मेरे पास न तो कोई अकादमिक प्रशिक्षण था और न ही अनुशासन। पढ़ाई भी मैट्रिक से ऊपर नहीं हो पाई थी, क्योंकि उसे तीन बार की कोशिशों के बावजूद मैं कभी पास नहीं कर पाया। फिर, जब पिताजी नहीं रहे तो मैंने पढ़ाई छोड़ दी। मुझे अचानक एहसास हुआ कि अब परीक्षा पास करने की चाहत रखना मूर्खतापूर्ण ही है। वे कौन

होते हैं, जो मेरा इम्तहान लें और घोषणा करें कि मैं फिट हूँ या अनफिट—और किसलिए। जैसे ही यह खयाल मेरे दिमाग में आया, मैंने मैट्रिक पास करने की अपनी चौथी कोशिश को बीच में छोड़ दिया। कक्षा की सभी कॉपी-किताबों को समेटकर एक गठरी में बाँधा और ले जाकर टाँड़ पर रख दिया। टाँड़ घर के बीचोबीच हॉल में थी। छत की सीलिंग के नीचे काफी चौड़ी लकड़ी की बनी हुई। उसे कुछ इस तरह बनाया गया था कि आप नीचे सही दूरी पर खड़े होकर, अच्छे से निशाना साधकर, आसानी से किसी भी चीज को इस पर फेंक सकें और भूल जाएँ। लेकिन किसी चीज को वापस निकालने या वहाँ साफ-सफाई करने के लिए सीढ़ी की मदद से ऊपर चढ़ना पड़ता था। फिर झुके-झुके ही अपना काम करना पड़ता था। लेकिन सालों से उस टाँड़ पर कोई चढ़ा नहीं था। हालाँकि उसमें समय-समय पर तरह-तरह का बेकार सामान जरूर फेंका जाता रहा। उन दिनों मेरी माँ को कोई-न-कोई मजबूत कद-काठीवाला कामगार जरूर मिल जाता था। उसे वे टाँड़ पर चढ़ाकर कभी कोई सामान निकलवा लेतीं तो कभी उसकी साफ-सफाई करा लेती थीं। माँ शादी के समय जितने भी ताँबे, पीतल या काँसे के बरतन मायके से अपने साथ लाई थी, वे सबके सब टाँड़ पर ही रखे हुए थे। इनके अलावा, वहाँ बही-खाते, बेकार लैंप, टूटा-फूटा फर्नीचर, एक बक्से में पुराने कपड़े, कालीन, चटाइयाँ, कंबल और पता नहीं क्या-क्या पड़ा हुआ था। माँ जब कभी भी साफ-सफाई के मूड में दिखती, मैं डर जाता था; क्योंकि वह हमेशा उम्मीद करती थी कि मैं इस काम में उसकी मदद करूँ। एकाध बार मैंने उसकी मदद की भी, लेकिन फिर धीरे-धीरे इससे बचने लगा। यह देखकर वह अकसर मुझे सुना-सुनाकर उलाहना देती थी, 'जब वे जिंदा थे तो कितने सारे काम सिर्फ आँखों के इशारे से ही करवा लेते थे।...मैं धीरे से उनको सिर्फ यह बताती थी कि मुझे क्या चाहिए और कुछ ही देर में वह काम हो जाता था।' वह जब भी वहाँ खड़ी होती तो कमर पर हाथ रखकर भाषणबाजी शुरू कर देती थी। मैं आमतौर पर ऐसी जगहों से हट जाता था। अपने कमरे में जाकर दरवाजा बंद कर लेता और जब तक माँ के कदमों की आहट आनी बंद नहीं हो जाती, तब तक दम साधे चुपचाप वहीं बैठा रहता था। वह एक जगह पर चैन से बैठती ही नहीं थी। हमेशा यहाँ से वहाँ जायजा लेती रहती। घर के हर कोने पर निगाह रखती थी। उसे अचानक शक होता कि नौकरानी

घर के कैंपस में ही दूर कहीं जाकर सो गई है और वह उसे ढूँढ़ने निकल जाती। उसे हर वक्त किसी-न-किसी चीज की चिंता लगी रहती थी। अगर नौकरानी की न हो तो घर के पिछवाड़े में बने कुएँ की चिंता लग जाती थी। तुरंत उसे देखने चली जाती कि कहीं कुएँ की गरारी में रस्सी ठीक तरह से पड़ी हुई है या नहीं। कहीं नौकरानी की लापरवाही से वह कुएँ में तो नहीं फिसल गई। 'अगर कहीं रस्सी कुएँ में गिरी मिली…', यह खयाल आते ही वह उसके नतीजों के बारे में सोचने लगती थी। ऐसा कैसे हो सकता है कि कोई भी उसके आस-पास तक न रहे, जैसा कि पहले के दिनों में हुआ करता था। अब कौन नई रस्सी लेकर आएगा या कौन कुएँ में उतरनेवाले ढूँढ़कर लाएगा, जिसकी मदद से रस्सी को कुएँ से निकलवाया जा सके।

मेरे लिए यह खटास भरी रोज की जोर-आजमाइश थी। मैं उसके सामने खड़ा तक नहीं हो सकता था। वह जब नौकरानी झाड़ पिला रही होती, उसे प्रताड़ित कर रही होती या उस पर चीख-चिल्ला रही होती थी तो उसकी आवाज मेरी नसों में समा जाती थी। मुझे शांति चाहिए थी, इसलिए मैं अपने कमरे में आकर दरवाजा बंद कर लेता। अपने पास मौजूद किताबों के जरिए शांति की तलाश में लग जाता। रामकृष्ण का जीवन, मैक्समूलर की किताब के कोई अंश, प्लेटो का गणराज्य—कोई भी किताब। मेरा सौभाग्य था कि मैं ऐसे महान् लोगों के विचारों का भागीदार बन रहा था। उनके कथन पढ़कर, उनमें छिपे अर्थ समझकर मैं रोमांचित हो जाया करता था। उनका गहन-गंभीर मतलब कुछ भी रहा हो, लेकिन यह साफ था कि वे सभी आत्मा की गरिमा पर विस्तार से विचार करनेवाले थे। यही बात सिर से पैर तक मुझे मेरे संपूर्ण आत्म-अवलोकन के लिए प्रेरित करती थी और कहती थी, 'संबू, तुम कौन हो? तुम वह जीव नहीं हो, जिसकी ठोड़ी पर छोटी नुकीली सी दाढ़ी हो, जिसके घुटने पर चोट का निशान हो, जिसके पैरों के नाखून फटे हुए से और नीले हो रहे हों। असल में, तुम अच्छे पदार्थ के बने हो।' मैं कल्पना करता कि मैं अनंत अंतरिक्ष में आकाशगंगाओं और तारों के बीच अपना रास्ता बनाने लायक हो गया हूँ; यह कल्पना मुझे अपने चारों तरफ उठी हुई नीरस दीवारों और खिड़की खोलते ही कबीर स्ट्रीट पर नजर आनेवाले बेकार के नजारों की अनदेखी करने लायक बनाती थी। अभी मैं इस कल्पना में खोया ही रहता कि दरवाजे पर इसे चकनाचूर करनेवाली जोरदार खटखटाहट हो

जाती। यह माँ थी, जो हमेशा की तरह विलाप कर रही थी, 'तुझे हमेशा दरवाजा बंद करके क्यों रखना पड़ता है? इस घर में कौन है, जो तुझे परेशान करता है? उन दिनों जैसा कुछ भी तो नहीं है···कौन है, जिसे तू बाहर निकालने की कोशिश में लगा है?' मैं उसकी बातों पर ज्यादा ध्यान नहीं देता था। मैं अच्छी तरह जानता था कि वह लड़ने को तैयार बैठी है। लेकिन मुझे अपनी जिंदगी किसी युद्ध के मोरचे पर थोड़े ही तैनात करनी थी। अपने भूरे और अस्त-व्यस्त बालों के साथ वह बेहद डरावनी लगती थी। वे उसके सिर के इर्द-गिर्द किसी आभामंडल की तरह नजर आते थे। उसकी आँखें आग उगल रही होती थीं। मैं यह सब देखकर बेहद घबरा जाता था, क्योंकि मेरे एक गलत कदम से आग भड़क सकती थी।

मैं नहीं जानता कि उसके पति की मौत के बाद छह महीने में उस पर किस चीज का असर हुआ था। शुरू में जब उसे पति की मौत का सदमा लगा तो वह एकदम बुझ सी गई थी। कहीं महीनों तक वह बेहद कम बातचीत किया करती थी। ज्यादातर समय पूजा के कमरे में बिताती। वहीं ध्यान और मंत्र जाप करती रहती थी। घर के काम-धंधों के झमेले से भी एकदम दूर हो गई थी। किसी चीज पर बहुत करीब से गौर नहीं करती थी। मुझे भी काफी हद तक उसने अकेला छोड़ दिया था। हालाँकि वक्त पर इतना जरूर टोक देती थी कि मुझे बी.ए. पास करने के लिए अपनी पढ़ाई पर ध्यान देना चाहिए। उन दिनों कई बेघर लोगों ने भी मेरे घर के अलग-अलग हिस्सों में डेरा डाल लिया था, क्योंकि ये मेरे पिताजी की मेहमाननवाजी के कायल थे। जब तक वे लोग वहाँ थे, माँ ने अपने आपको पूरी तरह परदे के पीछे रख छोड़ा था। एकदम सभ्य-सुसंस्कृत व्यक्ति की तरह पेश आती थी। शायद वह जानती थी कि कंटकों की मौजूदगी में उसे किस तरह का व्यवहार करना चाहिए। पर जब मैंने घर से आखिरी व्यक्ति को भी निकाल दिया—वह एक पागल इंजीनियर था, जिसने अपने इस डर से हमारे घर में शरण ली हुई थी कि उसे उसका भाई जहर देकर मार देगा। अंत में पड़ोसियों और एंबुलेंस वैन के ड्राइवर की मदद से मैं उसका बोरिया-बिस्तर बँधवा सका था—वह एकदम आजाद घूमने लगी थी। उसे लगने लगा था कि अब उसके लिए मंच एकदम तैयार है। इसके बाद उसने मेरे हिसाब से जो सबसे पहले विपरीत काम किया, वह था पिताजी के कमरे को बंद करना। उसने उसमें एक बड़ा सा

ताला लटका दिया। मुझे जब यह एहसास हुआ कि उस कमरे में रखी किताबों से मैं पूरी तरह कट गया हूँ तो एकदम भौंचक्का रह गया। चूँकि वह अपना ज्यादातर वक्त घर के बीचवाले हिस्से में बिताती थी, इसलिए मुझे उसके आगे-पीछे दौड़ना पड़ता था। बार-बार आरजू-मिन्नत करनी पड़ती थी, ताकि मुझे वह पिताजी के कमरे की चाबी दे दे और मैं किताबों तक अपनी पहुँच बना सकूँ। पहले-पहल तो उस पर मेरी इस मेहनत-मशक्कत का कोई असर न हुआ। 'पहले अपने स्कूल की किताबें पढ़ो और परीक्षा में पास होकर दिखाओ।' साफ कह देती। 'एक बार डिग्री ले लो, फिर खूब वक्त मिलेगा इन्हें पढ़ने का। और फिर तुम इनके बारे में कुछ समझते तो हो नहीं। तुम जानते हो, तुम्हारे पिताजी क्या कहा करते थे? वे कहते थे कि वह खुद इन किताबों को बाहर नहीं निकालते। अब तुम कहो, इस पर क्या हो?'

'मुझे इस पर कोई शक नहीं। क्या उन्होंने कभी कोशिश भी की? वे तो हमेशा इनकी तरफ पीठ किए बैठे रहते थे।' मुझसे इतना सुनते ही वह भड़क जाती। 'अपने बड़ों पर इस तरह मत हँसो। उन्होंने ही तुम्हें पाल-पोसकर बड़ा किया है।' वह कहती और बड़े ही नाटकीय अंदाज में बातचीत वहीं खत्म करके चली जाती। अब मुझे उसके पीछे-पीछे मिन्नतें करते हुए जाना पड़ता था, 'माँ, मेहरबानी करके चाबी दे दो।' मैं उन दिनों युवा था, इसलिए हार नहीं मानता था। आखिरकार वह कह देती, 'किताबों को आपस में गड्ड-मड्ड मत करना। तू बहुत जिद्दी है—कितना अच्छा होता, अगर इसकी आधी भी जिद तू अपनी पढ़ाई के लिए कर पाता!' इस वक्त मुझे उससे नफरत हो जाती थी। आखिर वह परीक्षा और डिग्री की अहमियत से अब तक क्यों चिपकी हुई है? यह सोचने-समझने का सदियों पुराना एकदम दकियानूसी विचार था। मद्रास में रहनेवाली उसकी बहन के बेटे सभी ग्रेजुएट हो गए थे, और जब परिवारवालों के बीच उनसे मेरी तुलना की जाती तो वह खुद को अपमानित महसूस करती थी। मेरे पढ़ाई छोड़ने से पहले, जब मैट्रिक का नतीजा घोषित हुआ तो वह चीख पड़ी थी, 'तू फिर फेल हो गया! बेशर्म कहीं के!'

मैं पलटकर चिल्ला पड़ा था, 'मैं क्या कर सकता हूँ? आपको क्या लगता है, नंबर बाजार से खरीदे जा सकते हैं?'

इसी तरह के कुछ तानों-उलाहनों के बाद वह फूट पड़ी और एक कोने में जाकर आँसू बहाने लगी। उसने दिन भर के अपने सभी काम रोक दिए।

यहाँ तक कि शाम को पूजा के कमरे का दीपक तक नहीं जलाया। घर में मातम सा छाया हुआ था। सबकुछ ठहरा हुआ सा, एकदम शांत। जीवन की एक छोटी सी किरण तक नजर नहीं आ रही थी। उतने बड़े घर में हम सब पत्थर की मूर्तियों जैसे हो गए थे। मैं इस माहौल से परेशान हो गया था, इसलिए बिना कुछ कहे घर से निकल गया, ताकि वहाँ कुछ उजली जगहें देख सकूँ; जैसे कि शहर की लाइब्रेरी, बाजार, कॉलेज का खेल का मैदान और इन सब जगहों से बड़ा बोर्डलैस होटल, जहाँ मैं पसंदीदा साथियों के बीच वक्त गुजार सकता था।

□

रोज रात को जब मैं चोरी-छिपे बोर्डलैस से घर लौटता तो अमूमन वहाँ अँधेरा ही मिलता था। लेकिन आज मैंने देखा कि हॉल की लाइटें जल रही हैं। यह देख मेरा सिर चकरा गया। फिर भी मैं अपने कमरे की तरफ बढ़ चला। अभी कुछ ही कदम चला था कि हॉल में कुछ लोगों के बात करने की आवाजें सुनाई दीं। मेरी माँ की आवाज वहाँ सबसे तेज सुनाई दे रही थी। उसमें वही जोश था, जो उसकी युवा अवस्था के दिनों में होता था। वह कह रही थी, 'वह बुरा लड़का नहीं है, लेकिन ऐसा लगता जरूर है। अगर हम गंभीरता से उसके पास जाएँगे तो वह यकीनन मेरी बात मानेगा।' दूसरी आवाज कुछ कड़क थी। वह कह रही थी, 'आपको उसे इतनी छूट नहीं देनी चाहिए। आखिर जवानी में किसे, कहाँ खयाल रहता है कि क्या अच्छा है और क्या बुरा। बड़े लोगों को उन्हें सही राह दिखानी पड़ती है।' मैं कुछ झिझक रहा था। चकित था कि कमरे तक कैसे पहुँच पाऊँगा। फिर कोई ध्यान न दे पाए, यह खयाल रखते हुए उसका दरवाजा कैसे खोलूँगा। अगर उन्होंने ताले में चाबी लगाने की आवाज भी सुन ली तो पक्के तौर पर उनका ध्यान मेरी तरफ चला जाएगा। बरामदे के आखिरी कोने पर मेरे कमरे का दरवाजा था और शायद मैं उन लोगों की नजरों से बचते हुए वहाँ तक नहीं पहुँच सकता था। मुझे लगा कि मैं पकड़ा गया था। इस वक्त बोर्डलैस वापस नहीं जा सकता था। इसलिए वहीं शांति से घर के बाहर चबूतरे पर बैठ गया। पीठ खंभे से टिका ली और पैर फैला लिये। मैं मान चुका था कि शायद पूरी रात यहीं ऐसे ही बितानी पड़े। क्योंकि भीतर ऊँची आवाजों में बातचीत का सिलसिला बदस्तूर जारी था और उसके थमने के कोई संकेत नहीं मिल रहे थे।

वह कड़क आवाज में कह रही थी, ''क्या वजह है कि वह इतनी रात-रात तक बाहर रहता है?''

मेरी माँ जवाब दे रही थी, ''वह लाइब्रेरी में काफी समय खर्च करता है, बहुत पढ़ता है!''

मुझे माँ की यह बात सुनकर अच्छा लगा। मन-ही-मन उसकी तारीफ करने लगा। मुझे कभी शक भी नहीं हुआ था कि वह मेरे बारे में इतनी अच्छी राय भी रखती है। लेकिन उसने अपने मन में प्रशंसा का वह भाव छिपा रखा था—कभी बाहर उसका संकेत तक नहीं मिलने दिया। यह मेरे लिए बड़ा खुलासा था। मुझे लगा जैसे मैं खुशी के मारे उछल पड़ूँगा और चिल्ला दूँगा, 'ओह माँ, कितना अच्छा लगा मुझे यह सुनकर कि आप मेरे बारे में इतनी बढ़िया राय रखती हो! आपने अब तक मुझे यह कहा क्यों नहीं?' लेकिन मैंने अपने आपको रोका।

वह बोला, ''अब उसकी आगे क्या करने की योजना है?''

''ओह!'' माँ बोली, ''उसके मंसूबे काफी बड़े हैं। लेकिन उस बारे में वह अभी बात नहीं करेगा। वह बहुत गहराई से सोचनेवाला और संवेदनशील लड़का है। उसकी महत्त्वाकांक्षा है कि वह एक बुद्धिमान व्यक्ति के तौर पर जाना जाए। इसीलिए वह ज्यादा-से-ज्यादा वक्त पढ़े-लिखे लोगों के बीच ही बिताता है।''

''आपको पता है, मेरी बेटी भी बहुत बुद्धिमान है। वह भी हर वक्त किताबें पढ़ती रहती है।''

''संबू ने व्यावहारिक तौर पर ज्यादातर किताबें पढ़ डाली हैं, जो उसके पिताजी उसके लिए अपने कमरे में छोड़कर गए थे। कभी-कभी तो मुझे उससे किताबें छीनकर उन्हें ताले में बंद करना पड़ता है, ताकि वह नहा-खा सके। मुझे नहीं लगता कि कोई एम.ए. किया हुआ व्यक्ति भी इतना पढ़ता होगा।''

''सच कहूँ तो मुझे यह चिंता कतई नहीं है कि वह जिंदगी में क्या करेगा, हालाँकि किसी दफ्तर में अच्छी नौकरी या कोई बढ़िया रुतबा हासिल कर लेना तब भी मशहूर शख्स की निशानी मानी जाती है।'' उन्होंने अपनी बात के समर्थन में संस्कृत का एक श्लोक पढ़ दिया। ''उस पर किसी भी काम के लिए मजबूर मत कीजिए, सिवाय अच्छा पति होने के। जायदाद में

मेरी बेटी का हिस्सा…'' यहाँ उनकी आवाज धीमी हो गई। बातचीत अब भी जारी थी, लेकिन दबी आवाजों में।

सुबह-सवेरे मेरी माँ ने मुझे मुख्य दरवाजे के बाहर चबूतरे पर सोया हुआ पाया। वह वहाँ सीढ़ियों पर झाड़ू लगाने और दहलीज को धोने आई थी। कई साल से वह और उससे पहले हजारों सालों से घर की महिलाएँ यही करती आ रही थीं। वह मुझे वहाँ लेटा हुआ देखकर एकदम भौचक्की रह गई। रात को न जाने किस वक्त मेरी आँख लग गई थी। मेरे खयाल से, उस वक्त वे लोग कुछ पुरानी यादें एक-दूसरे से बाँट रहे थे। रात काफी हो चुकी थी। तभी कुछ पुरानी बेतुकी बातें याद करके वे सभी लोग ठठाकर हँस पड़े थे। पूरा हॉल उनके ठहाकों से काँप गया था। मैंने अपनी माँ को कभी इतना ज्यादा हँसते हुए नहीं देखा था। लगता है, उसने अपने व्यक्तित्व में काफी कुछ चीजें छिपा रखी थीं और वे सब उस वक्त बाहर निकलती थीं, जब वह किन्हीं पुराने नाते-रिश्तेदारों से मिलती थी; जबकि मेरे सामने उसका कठोर, गंभीर और डायरेक्टर जनरल वाला पहलू ही सामने आता था। मेरे लिए यह बेहद मूर्खतापूर्ण और सोच से भी परे था कि मैं इतनी आसानी से इस तरह पकड़ा जाऊँ। किस्मत से उसके मेहमान पिछले दरवाजे से नहाने के लिए जा चुके थे। उन्होंने मुझे नहीं देखा था। नहीं तो उन्हें शक हो सकता था कि मैं शराब पीकर घर लौटा और कोई मुझे यहाँ घर के बाहर छोड़कर चला गया। आह, मैं सोच भी कैसे सकता हूँ कि उन्होंने मुझे इस स्थिति में देख लिया हो। मेरी माँ ने मेरे बारे में जो डींगें हाँकी थीं, यह स्थिति उनसे ठीक उलट थी। माँ को भी इसका एहसास था, इसलिए उसने मुझे जल्दी से जगाया—''सड़क पर सो रहा है! लोग क्या सोचेंगे! तू अपने कमरे में क्यों नहीं गया? क्या रात को बहुत देर से लौटा था? इतनी देर तक क्या कर रहा था?'' उसकी आवाज से दर्द छलक रहा था। शक भी था कि मैं ऐयाशी और शराबखोरी करने लगा हूँ। शहर में चर्चा भी थी कि न्यू एक्सटेंशन पर 'किस्मत' के नाम से एक नाइट क्लब युवाओं को खूब लुभा रहा था। यकीनन ये चर्चाएँ उसके कानों में भी पड़ी होंगी। मैं अभी अधजगा ही था कि उसने मुझे झिंझोड़ दिया और दबी जुबान में बोली, ''उठ, पहले अपने कमरे में जा।''

''क्यों?'' बैठते हुए मैंने पूछा।

''मैं नहीं चाहती कि तू यहाँ नजर आए।''

"मैंने आपको किसी से बात करते हुए सुना था, इसलिए…" मुझे सूझ नहीं रहा था कि तर्कसंगत तरीके से मैं अपना वाक्य कैसे पूरा करूँ।

तभी उसने मेरी बाँह पकड़ी और लगभग खींचते हुए भीतर ले जाने लगी। उसे यकीन हो चला था कि मुझे इस किस्म की मदद की जरूरत है। बहरहाल, मैं अपने कमरे में पहुँचा। धक्का देकर दरवाजा खोला और खुद को भीतर बंद कर लिया। सीधे बिस्तर पर जा लेटा और सो गया। मुझे खुद पर अचरज हो रहा था कि मैं यह क्यों नहीं कह सका, 'मैं किस्मत में नहीं था…'

आज रोज की तुलना में मैं काफी देर से सोकर उठा था। रात में जो मेहमान आए थे, उनका कोई नामोनिशान नजर नहीं आ रहा था। इससे मुझे आश्चर्य हुआ कि कहीं मैंने कोई सपना तो नहीं देखा था।

"वह जल्दी निकल गए, क्योंकि उन्हें सुबह की बस पकड़नी थी।" माँ ने बताया था। उस वक्त, जब मैं कॉफी के लिए तैयार हो चुका था। मैंने चुपचाप उसकी बात सुन ली। कोई सवाल पूछने से खुद को रोका। मुझे पूर्वाभास हो रहा था कि आगे कुछ मुश्किल वक्त आनेवाला है।

हमेशा की तरह उस रोज भी हम आँगन के बीचोबीच मिले। कुएँ में मुँह-हाथ धोने के बाद मुझे कॉफी दी गई। सामान्य तौर पर हम लोग इस वक्त कोई बातचीत नहीं करते थे। रसोई की खिड़की से जैसे मैं नजर आया, वह मुझे कॉफी का गिलास पकड़ा जाती थी। यहाँ हमारा संपर्क ज्यादातर दिनों में बस इतना ही होता था। हाँ, अगर कभी किसी मसले पर अपनी चिंता जतानी होती थी, तभी माँ मुझसे इस वक्त बात किया करती थी। जैसे, संपत्ति कर जमा कराने का मसला हो या फिर पंसारी या दूधवाले के मामले में कोई गड़बड़ी हो। ऐसे मौकों पर मैं उसकी बात को शांति से सुन लिया करता था। उसे ज्यादा तवज्जो दिए बगैर अपनी कॉफी खत्म करता और निकल लेता। कमरे में खुद बंद कर लेता, तैयार होता और जितना संभव हो, उतने सहज भाव से बरामदे से होते हुए बाहर निकल जाता। लेकिन आज कॉफी के बाद उसने खास तौर पर बताया, "नौकरानी अब तक नहीं आई है। देर से ही सही, वह अपने बारे में सोचने लगी है।"

मैं भी अपनी राय देना चाहता था, लेकिन खुद को रोका। वैसे, मेरी सहानुभूति उस खुशमिजाज छोटी बच्ची की तरफ ज्यादा थी, जिसे अपनी मालकिन से अकसर ही कठोर व्यवहार का सामना करना पड़ता था। बहरहाल,

इस सूचना के बाद माँ बोली, ''कहीं गायब मत हो जाना, आज घर में ही रहना।'' और उसने एक हल्की सी मुसकराहट छोड़ दी। वह कुछ असामान्य रूप से मृदुभाषी नजर आ रही थी। इसके साथ ही मुझे बीती रात की उसकी वे सभी अच्छी बातें याद आ गईं, जो उसने उन घर आए मेहमान से मेरे बारे में कही थीं। ऐसा लग रहा था जैसे उसमें कुछ परिवर्तन आ रहे हों; हालाँकि ये उस पर फब नहीं रहे थे। जैसे कि मुसकराहट उसके चेहरे पर अजनबी और बनावटी सी लग रही थी। ऐसा लगता था जैसे किसी ने चेहरे पर मोम चिपका दी हो। मैं उसके दिमाग की अच्छी तरह थाह ले सका था। उसके चेहरे पर कठोरता, चढ़ी हुई त्योरियाँ, गुर्राहट जैसी चीजें ज्यादा उपयुक्त लगती थीं। मैंने उससे कहा, ''मुझे कुछ काम करना है और इसलिए जल्दी जाना पड़ेगा।''

''क्या काम है?'' शरारत से आँखें मटकाते हुए उसने पूछा।

मैं घबरा गया। मैं उसके सामने दर्जनों बहाने बता सकता था; क्या मैं उसे वर्मा के खजाने की खोज के अभियान के बारे में बताऊँ (सोमवार को वह कहीं से गोपनीय संदेशों का एक पुलिंदा ले आया था, ताकि उनके जरिए पहाड़ों में छिपे खजाने को ढूँढ़ निकालने की अपनी मुराद पूरी कर सके। इन संदेशों को समझने में वह मेरी मदद की भी अपेक्षा रख रहा था।) या फिर उस लड़के के बारे में, जिसे मैंने जैन दर्शन के बारे में समझाने का वादा किया था। मैं उसके सामने म्यूनिसिपल पार्षद के भाषण से निकला एक कथन भी प्रस्तुत कर सकता था। मुझे डर था कि इनके बारे में मेरी माँ अभी छी-छी करने लगेगी। इसलिए मैंने उससे सिर्फ इतना कहा, ''मेरे पास करने के लिए बहुत कुछ होता है। आप नहीं समझोगी।''

सामान्य तौर पर ऐसी कोई बात सुनते ही वह फट पड़ती थी, 'नहीं समझूँगी! तुझे कैसे पता कि मैं नहीं समझूँगी?क्या तूने कभी बताने-समझाने की कोशिश की? तेरे पिताजी ने कभी मुझसे कुछ नहीं छिपाया।' लेकिन आज उसने सिर्फ इतना कहा, ''अच्छी बात है, मैं तुझे इसके लिए परेशान नहीं करना चाहती कि तू मुझे उस बारे में कुछ बताए।'' उसकी आवाज में दर्द था, लेकिन बनावटी। अब यह साफ हो चुका था कि उसने जो सद्भावना बीती रात उन मेहमान के सामने प्रकट की थी, उसे वह जारी रखना चाहती थी। मैं असहज हो रहा था। अब तक अंदाज भी नहीं कर सका था कि वह इस तरह का अभिनय क्यों कर रही है।

तभी वह मेरे पीछे-पीछे मेरे कमरे तक आ गई थी और बोली, "तुम मेरी बात सुनने के बाद ही जा सकते हो। तुम्हारा काम-धंधा थोड़ी देर इंतजार कर सकता है।" वह मेरे कमरे में कालीन पर ही बैठ गई और मुझे भी अपने पास बुला लिया, ताकि मैं उसकी बात ध्यान से सुन सकूँ। मैं बुरी तरह घबरा रहा था, क्योंकि यह वक्त उसके बैठने का नहीं था। इस समय तो वह तमाम जगहों पर होती थी। झाड़ू-पोंछा, कपड़ों की धुलाई, नौकरानी को डाँटना-फटकारना, न जाने कितने काम उसे करने होते थे। इस वक्त और कितनों पर नजर रखनी पड़ती थी। लेकिन आज न जाने ऐसा क्या हो गया कि वह सब काम छोड़कर यहाँ बैठी थी।

मुझे ज्यादा इंतजार नहीं करना पड़ा।

"तू जानता है, कल कौन आया था?" उसने ही बात आगे बढ़ानी शुरू की। मुझे लगा कि जैसे मुझको कोई कुएँ में धकेल रहा है। उसके इतने नजदीक बैठकर मैं असहज हो रहा था। मुझे कुछ शर्मिंदगी भी महसूस हुई, जब मैंने उसकी ठोड़ी पर दाढ़ी के सफेद बाल देखे। क्या उसको इसका एहसास भी था? अगर वह इस तरह व्यवहार करे, जैसे वहाँ कुछ था ही नहीं तो यह बहुत ही हास्यास्पद होता। 'सफेद दाढ़ीवाली बदमाश…' यह उक्ति मेरे दिमाग में उभर आई। अब तब जितना कल्पनाशील साहित्य मैंने पढ़ा था, यह उक्ति उसी से निकली हुई थी। मैं इस तरह की उक्तियों के जरिए अकसर अपने मेहमानों के सामने अपनी पढ़ने की आदत के बारे में डींगें हाँका करता था। उसने कुछ देर इंतजार किया कि मैं कुछ कहूँ। (किस्मत से उस वक्त मैं शेक्सपियर या शायद कॉलरिज की किन्हीं लाइनों के बारे में सोच रहा था। नहीं तो तपाक से कह देता, 'वह काला, नुकीली नाकवाला आदमी, जिसके सिर पर बालों का गुच्छा सरीखा था। मुझे क्या मतलब, वह कौन था।' ये शब्द सुनकर उसका चिढ़ जाना तय था।) पर मैंने कुछ नहीं कहा तो उसी ने जानकारी दी, "वे हमारे गाँव के सबसे धनी-मानी आदमी हैं। उनके सैकड़ों एकड़ में धान के खेत और नारियल के बगीचे हैं। सिर्फ नारियल के बगीचों से ही उन्हें लाखों रुपयों की आमदनी हो जाती है। और जानवरों से। वे दूर से हमारे रिश्तेदार भी हैं।" इसके बाद उसने उनसे नाते-रिश्तेदारी के बारे में विस्तार से बताना शुरू कर दिया। पीढ़ियों से उनके परिवार के साथ संबंध और संबंधियों में मुख्य-मुख्य किरदारों के नाम वगैरह उसने तफ्सील

से गिनवाए। इतनी विस्तृत और गहरी जानकारी थी उसे कि मैं चकित था। आखिर उसके दिमाग में इतनी जानकारियाँ ठहरी कैसे थीं! जितनों के नाम उसने गिनवाए थे, उनमें से सबके बारे में उसे सबकुछ पता था। कौन कहाँ रहता है, क्या करता है आदि। फिर भले ही वे लोग कश्मीर से कन्याकुमारी तक कहीं भी क्यों न जा फैले हों।

उस आदमी की पहचान स्थापित करने के लिए वह जिस तरह एक के बाद एक तथ्य सामने रखती जा रही थी, उसे देखकर मैं उसका कायल हो गया था। मैं खुद को 'प्राचीन नाविक' नामक कहानी के शादी के मेहमान की तरह महसूस कर रहा था। मैं अलग नहीं हो सकता था। यहाँ मेरे दिमाग में कल्पनाशील साहित्य से ही निकली एक और उक्ति कौंध गई, 'रोके रखो!' शादी का मेहमान गिड़गिड़ा रहा था, 'मुझे छोड़ दो,' लेकिन नाविक ने उसकी कलाई मजबूती से पकड़ रखी थी और दूर निगाह डालते हुए कहा था, 'अपने तीर-कमान से मैंने अल्बाट्रॉस (बड़ा समुद्री पक्षी) को मार गिराया था।' ऐसे ही न जाने कितने ऊटपटाँग खयाल मेरे दिमाग में आ रहे थे। अब मेरी माँ अपनी बात खत्म कर रही थी, "लड़की बी.ए. तक पढ़ी हुई और वे लोग उसकी शादी जून तक करना चाहते हैं। उनकी इच्छा है कि यह काम बिना देर किए हो जाना चाहिए। वह उनकी सबसे छोटी संतान है। उसका भविष्य सुरक्षित करने के लिए उन्हें चिंता लगी रहती है···और जो पेशकश उन्होंने की है, वह बहुत अच्छी है।" मैं सन्न रह गया। अब मुझे उसकी बातचीत का आशय समझ में आया था। उसने आगे जानकारी दी, "कुंडलियाँ बहुत अच्छी मिली हैं। पंडित के 'हाँ' कह देने के बाद ही वे यहाँ आए थे।"

"उनको मेरी कुंडली कहाँ से मिली?" मैंने पूछा।

"सालोसाल पहले वे उसे तुम्हारे पिताजी से ले गए थे। हमारे गाँव में वे तुम्हारे पिताजी के बहुत अच्छे दोस्त हुआ करते थे।" उसने आगे जोड़ा, "वे इतने अच्छे दोस्त थे कि जिस दिन उनके घर लड़की पैदा हुई, उसी दिन उन्होंने अपनी दोस्ती को रिश्तेदारी में बदलने का फैसला कर लिया था। जिस दिन वह पैदा हुई थी, उसी दिन तुम्हारी उसके साथ मँगनी हो गई थी।" उसने बेहद शांति से बताया, जैसे कि यह कोई आम बात हो।

"क्या कह रही हैं आप? क्या आपका मतलब यह है कि मेरी मँगनी चंद घंटे पहले पैदा हुई किसी बच्ची से कर दी गई थी?"

''हाँ।'' उसने अब भी बड़ी शांति से जवाब दिया था।

''क्यों? आखिर क्यों?'' मैंने पूछा। उसकी दलीलें मैं समझ नहीं पा रहा था। ''क्या आपको नहीं लगता कि कितना अजीब और बेहूदा है यह सब?''

''नहीं।'' उसने कहा। ''वे अच्छे परिवार से हैं। हमारे परिचित हैं। पीढ़ियों से हमसे जुड़े हुए हैं।''

''यह बेवकूफी है!'' मैं चिल्लाया, ''आप मुझे इस तरह कैसे शादी के बंधन में बाँध सकती हो? उस वक्त मेरी उम्र ही क्या रही होगी!''

''इससे क्या फर्क पड़ता है?'' उसने कहा, ''जब मेरी शादी हुई थी, तब मैं सिर्फ नौ साल की थी और तुम्हारे पिताजी तेरह के। क्या हम लोगों ने सुख से जिंदगी नहीं गुजारी?''

''इसका कोई मतलब नहीं है कि आप लोगों ने अपनी जिंदगी के साथ क्या किया। मेरी उम्र कितनी थी उस वक्त?''

''पर्याप्त बड़े हो गए थे, पाँच या छह। इससे क्या फर्क पड़ता है?''

''सगाई! कैसे? किस तरह?''

''इस तरह के सवाल मत कर। तू किसी अदालत में वकील नहीं है।'' उसने कहा। अब तक दोस्ताना रवैए का जो मुखौटा उसने पहन रखा था, वह हट गया था।

''ठीक है कि मैं वकील नहीं हूँ, लेकिन मैं कोई अपराधी भी तो नहीं हूँ।'' मन-ही-मन सोच रहा था कि जो कहा, वह इस वक्त कहना भी चाहिए था या नहीं।

''तो तुझे क्या लगता है कि मैं कोई कैदी हूँ?'' उसने मेरे खयाल को एक तरह से पुख्ता किया।

मैं कुछ देर चुप रहा। इसके बाद माँ से मिन्नतें करने लगा, ''माँ, मेरी बात सुनिए। इस तरह कोई शादी कैसे हो सकती है? ऐसे दो लोग, जो सोच-समझ सकते हैं, जो फैसले कर सकते हैं, इस तरह कैसे जिंदगी भर के लिए एक-दूसरे के साथ शादी के बंधन में बँध सकते हैं?''

''फिर कैसे बँधते हैं?'' मेरा आखिरी शब्द पकड़कर उसने सवाल दाग दिया, ''और ये जिंदगी भर क्या होता है? निश्चित ही, शादियाँ तो जिंदगी भर के लिए ही होती हैं न। कोई हर महीने तो शादी करता नहीं है।''

मैं हताश हो रहा था, इसलिए चीखने लगा, ''क्या बेवकूफी है! ऐसी विवेक-शून्य मत हो जाइए। जो मैं कह रहा हूँ, उसे समझने की कोशिश कीजिए।''

इतना सुनते ही उसने जोर-जोर से रोना शुरू कर दिया, ''दूसरी बार तूने मेरी बेइज्जती करनेवाले शब्द कहे हैं। क्या यह दिन देखने के लिए मैं तेरे पिताजी के जाने के बाद अब तक जिंदा हूँ? मैं भी उनके साथ ही उनकी चिता पर जल जाती तो ठीक था, जैसे पुराने जमाने से ही विधवाओं के लिए विधान भी है। उनको पता था कि विधवाओं को जिंदगी में किस-किस तरह की तकलीफों का सामना करना पड़ता है। अपनी ही औलाद से गालियाँ तक सुननी पड़ती हैं।'' यह कहते-कहते वह खतरनाक तरीके से अपना माथा पीट रही थी। यह देख मैं डर गया कि कहीं वह अपना सिर न फोड़ ले। चेहरा लाल हो गया था। आँखों से आँसुओं की बूँदें गिरकर गालों तक लुढ़क आई थीं। उसी हालत में उसने मुझे घूरकर देखा। मैं उसका चेहरा देखकर बुरी तरह डर गया। इच्छा हुई कि वहाँ से उठकर भाग जाऊँ। बंद घर में मेरे जैसे अनभ्यस्त आदमी के लिए यह बेहद परेशान कर देने वाला मौका था। वह अब तक तनाव की उसी अवस्था में थी और इधर मैं तेजी से इस उधेड़बुन में लगा था कि इस स्थिति से कैसे बाहर निकला जाए। वास्तव में, उस वक्त तक उसने मुझे पूरी तरह किनारे कर दिया था। मैं अचरज करने लगा कि क्या वाकई मैंने बिना विचारे उसके लिए कोई खराब शब्द इस्तेमाल किए थे। और क्या उन्हीं की वजह से अच्छे माहौल में शुरू हुई हमारी बातचीत ठीक उल्टे हालात की शिकार हो गई थी। मेरा आखिरी शब्द था 'बेवकूफी'; लेकिन इसमें तो कुछ भी गलत या भड़काऊ नहीं था। यह तो आम इस्तेमाल में आनेवाला शब्द था। अगर मैंने 'बेवकूफ' शब्द का इस्तेमाल किया होता तो शायद ज्यादा आक्रामक होता। लेकिन 'बेवकूफी' शब्द तो जिंदगी के किसी भी हालात में अच्छे-से-अच्छे दोस्तों के बीच भी आपस की बातचीत में उपयोग हो सकता था। और इससे किसी को इस तरह भड़कने की जरूरत नहीं थी। इस शब्द के पहले तो उसने ही कहा, ''कोई हर महीने तो शादी करता नहीं है।'' मैंने तो ऐसा नहीं कहा था कि लोग हर महीने शादी करते हैं। क्या सभ्यता है, 'एक क्षत-विक्षत सभ्यता,' किसी लेखक ने ऐसा ही कहा था। इन बेहूदा-बेतुके हालात के बारे में सोचकर मैं उस पर

हँसने से खुद को नहीं रोक सका।

इससे वह और ज्यादा भड़क गई। उसने अपनी साड़ी के पल्लू से चेहरा और आँखें पोंछते हुए कहा, "तू मुझ पर हँस रहा है न! हाँ, तुझे पाल-पोसकर, खिला-पिलाकर, बड़ा करके मैं खुद हँसी का पात्र ही तो बन गई हूँ। तू जिन किताबों की वजह से अपने आप को इतना सयाना और पढ़ा-लिखा समझ रहा है न, उन्हें तेरे पिताजी ने बड़ी मेहनत से इकट्ठा किया था।"

"लेकिन वे उनकी नहीं थीं। कोई कर्ज के एवज में उन्हें उनके पास गिरवी रख गया था।" मैंने कहा, क्योंकि मैं प्रतिक्रिया देने से खुद को रोक नहीं पाया।

और वह बोली, "इतना पढ़ने के बाद भी तू बी.ए. नहीं हो पाया! जबकि आजकल जितनी भी लड़कियाँ आ रही हैं, सबकी सब ग्रेजुएट हैं।" लगातार चिल्लाने और रोने से उसकी आवाज फट गई थी, गला भर्रा रहा था।

मैंने उसको उसी हालात में छोड़ दिया। कुरता मेरी पहुँच में ही था, इसलिए उसे खींचकर पहन लिया और उसके ऊपर का कपड़ा भी। वैसे, आम तौर पर मैं यह ड्रेस पहनने से बचता हूँ, क्योंकि यह बिल्कुल राजनेताओं की तरह लगती है। मैं नीली शर्ट और धोती पहनना ज्यादा पसंद करता हूँ। लेकिन वे कपड़े हुक पर वहाँ टँगे हुए थे, जिस दीवार के सहारे माँ बैठी हुई थी। इसलिए जो मिला, वही पहनकर दनदनाता हुआ बाहर निकल गया। जाते-जाते पीछे से माँ की आवाज मेरे कानों में पड़ी। कह रही थी, "हम जो भी तारीख बता देंगे, उसी को वे आकर हमें लड़की दिखाने ले जाएँगे, ताकि हम उसे पसंद कर सकें।" यानी उसने खुद से ही सोच लिया था कि वह अपना सामान बाँधकर मेरे साथ गाँव जाने के लिए बस में चढ़ रही है। वहाँ कुछ लोग बड़ी इज्जत के साथ हमारी अगवानी करनेवाले हैं। इसके बाद वहाँ घर पर हमारे सामने लड़की की परेड कराई जानेवाली है। और फिर मेरी रजामंदी का इंतजार होना है। 'क्या बेवकूफी है।' मैंने एक बार फिर अपने आपसे कहा और गली में आगे को बढ़ गया।

मार्केट रोड पहुँचते ही मैंने गौर किया कि डॉ. किशन अभी-अभी अपने स्कूटर से एम.एम.सी. आए हैं। हालाँकि उनके असिस्टेंट रामू ने उसे पहले ही खोल लिया था। वह अपने आपको आधा डॉक्टर मानता था। डॉक्टर ने

पीठ फेरी नहीं कि वह ही मरीजों की जीभ और नाड़ी देखने लगता था; साथ ही, दवाइयाँ भी बाँटता था। डॉक्टर इसका बुरा नहीं मानते थे, क्योंकि रामू ईमानदार था और अपने लेन-देन का पूरा हिसाब उन्हें देता था।

डॉक्टर की नजर जैसी ही मुझ पर पड़ी, उन्होंने आवाज लगा दी, "आ जाओ, अंदर आ जाओ।" सुबह जल्दी आ गए कुछ मरीज बोतल हाथ में लिये अपनी बारी का इंतजार कर रहे थे। डॉ. किशन उन लोगों में से थे, जिन्हें अपने मरीजों के लिए गोलियों पर ज्यादा भरोसा नहीं था। हर मरीज के लिए वे अलग से दवा का नुस्खा (प्रिस्क्रिप्शन) लिखते थे। उसके आधार पर रामू तरल दवाओं का मिश्रण तैयार कर मरीजों को बोतलों में भरकर देता था। डॉक्टर हमेशा कहा करते थे, "दवा का नुस्खा हर बार खास और अलग होना चाहिए—हर मरीज की बीमारी और जरूरत के मुताबिक, ताकि वह उस पर असर करे। थोक में बनाई जा रही गोलियाँ भला ऐसा असर कैसे कर सकती हैं!" वे कागज के परचे पर कई सारी लाइनें लिखा करते थे। भर जाता तो उसे घुमाकर अगल-बगल भी लिख डालते थे। वे तो चुनौती भी दिया करते कि कोई साबित कर दे कि उन्होंने जो नुस्खा लिखा है, वह सबसे लंबा नहीं है।

"देश में कहीं भी कोई इससे लंबा नुस्खा लिखकर बता दे, उसे मैं दवाएँ मुफ्त में दे दूँगा!" और उनके मरीज, जो कि ज्यादातर आस-पास के गाँवों के होते थे, धीरे से मुसकराकर या हाँ में हाँ मिलाकर उनकी बातों पर अपनी सहमति जता देते थे। उन्होंने जब मुझे अंदर आने का न्योता दिया तो मैंने अपनी गति जरूर धीमी की, पर रुका नहीं। चलते-चलते ही कहा, "गुड मॉर्निंग डॉक्टर, मैं बिल्कुल ठीक हूँ।"

उन्होंने मुझे बीच में ही टोक दिया। बोले, "जानता हूँ कि तुम बिल्कुल स्वस्थ जीव हो और मेडिकल के पेशे की तुम्हारे लिए कोई ज्यादा अहमियत नहीं है। फिर भी मैं तुमसे बात करना चाहता हूँ। अंदर आओ, उस कुरसी पर बैठ जाओ। यह कुरसी उन दोस्तों के लिए है, जो स्वस्थ और तंदुरुस्त हैं; बीमार लोग वहाँ बैठते हैं।" उन्होंने दीवार के सहारे रखी सागौन की लकड़ी की बेंचों और लोहे की कुछ कुरसियों की तरफ हाथ से इशारा किया था। अपनी बात खत्म कर वे कुछ देर के लिए परदे के पीछे गए और फिर सफेद एप्रिन पहनकर बाहर निकल आए। दीवार पर टँगे चिह्न को बदला। अब उस पर लिखा था—'डॉक्टर अंदर हैं। कृपया बैठ जाइए।' उनकी टेबल पर कुछ

आवश्यक दवाओं के फोल्डर वगैरह का जखीरा रखा हुआ था। उन्होंने उन पर एक निगाह डाली और सभी को किनारे सरका दिया।

''ये जो दवा बनानेवाली बड़ी-बड़ी बहुराष्ट्रीय कंपनियाँ हैं न, इन्हें हमारे देश की बीमार आबादी से कोई लेना-देना नहीं। चढ़ी हुई आस्तीनोंवाली शानदार शर्ट और टाई पहनकर आनेवाले इन कंपनियों के स्मार्ट एजेंटों को मैं उनकी बात कहने के लिए कभी पाँच मिनट से ज्यादा वक्त नहीं देता। और एक मिनट देता हूँ कि वे अपने सैंपल-लिटरेचर समेटें और चलते बनें। जबकि शहर में ऐसे भी कई एम.डी. हैं, जो इन्हीं के हाथों से खाते हैं। सिर्फ सैंपल की दवाओं से ही उनकी प्रैक्टिस शानदार तरीके से चल जाती है!'' जो लोग बाहर बेंचों पर बैठे हुए थे, उनसे बोतलें इकट्ठी करने के लिए रामू बाहर चला गया था।

''तुम मुझे चेक क्यों नहीं दे देते?'' डॉक्टर ने पूछा।

मुझे लगा कि वह मजाक कर रहे हैं, इसलिए मैं भी बोल पड़ा, ''हाँ-हाँ, क्यों नहीं।'' मैं अपने अंदाज के हिसाब से उनके मजाकिया लहजे में सुर मिल रहा था। लिहाजा मैंने आगे जोड़ा, ''कितने का चेक चाहिए? दस हजार का?''

''नहीं-नहीं, इतना नहीं।'' उन्होंने कहा, ''इससे कम का।'' उन्होंने अपनी दराज से एक छोटी सी नोटबुक निकाल ली और उसके पन्ने पलटने लगे। इसी बीच एक बूढ़ा आदमी अंदर आया। वह बुरी तरह खाँस रहा था। डॉक्टर ने एक उचटती सी निगाह उस पर डाली और हाथ से बेंच की तरफ इशारा करके बैठ जाने को कहा।

लेकिन उस आदमी ने डॉक्टर का निर्देश नहीं माना। वहीं हॉल के बीचोबीच खड़ा रहा और बोला, ''पूरी रात…''

डॉक्टर बोले, ''ठीक है, ठीक है। मैं अभी तुम्हें देखने आता हूँ, और तुम्हारे लिए रात भर अच्छी तरह सोने का इंतजाम कर दूँगा।''

वह आदमी वहीं बेंच पर जा बैठा। और वाक्य, जो उसने बोलना शुरू किया था, वह खाँसी के झोंके के पीछे रह गया।

डॉक्टर अब मुझसे मुखातिब थे, बोले, ''पिछले हफ्ते तक के 225 रुपए और इस हफ्ते का कुछ नहीं।'' मुझे अब एहसास हुआ कि वे मजाक नहीं कर रहे थे। उनकी इस माँग से मैं एकदम भौंचक था। उन्होंने अपनी नोटबुक मेरे आगे करते हुए कहा, ''दस रुपए हर विजिट के हिसाब से अब

तक बीस हो चुके हैं। दूसरी विजिट का मैंने कोई पैसा नहीं जोड़ा है। बाकी जो रकम है, वह दवाइयों की है।"

खाँसीवाले मरीज ने फिर खाँसना-खखारना शुरू कर दिया। वह डॉक्टर से अपनी बात कहना चाह रहा था, लेकिन उन्होंने इशारे से फिर चुप करा दिया।

इतने में एक महिला रोते हुए बच्चे को लेकर अंदर आ गई। कहने लगी, "सर, ये दूध की हर बूँद खींच लेता है।"

डॉक्टर उस पर भड़क गए। बोले, "तुम्हें दिखाई नहीं देता, इस वक्त मैं व्यस्त हूँ? क्या मैं चार सिर का ब्रह्मा हूँ? एक-एक करके आओ। तुम्हें इंतजार करना होगा।"

"वह खींच लेता है..."

"इंतजार करो, मुझे इस वक्त कुछ मत बताओ।" इस अंतराल के बाद उन्होंने मुझसे कहा, "मैं आमतौर पर दूसरी विजिट की फीस नहीं लेता। मेरा मतलब उस दूसरी विजिट से है, जिसे मैं घर जाते वक्त भी कर लेता हूँ। मैं सिर्फ उन्हीं विजिट की फीस लेता हूँ, जो बहुत अर्जेंट होती हैं। तुम्हारे मामले में मैंने दूसरी विजिट की संख्या लिखी ही नहीं है।"

मैं हैरान-परेशान सा उनसे बोला, "अभी आपने खुद ही मुझे स्वस्थ जीव कहा है, फिर यह सब किस बारे में बात कर रहे हैं?"

"क्या तुम्हें नहीं पता? तुम्हारी माँ ने क्या तुम्हें कभी इस बारे में नहीं बताया?"

"नहीं, कभी नहीं। मैंने तो सोचा तक नहीं। हाँ, वह किसी लड़की से मेरी शादी की बात जरूर कर रही थी। इसी बारे में चिंतित थी।" मैंने कहा और आगे जोड़ा, "डॉक्टर, क्या आप ऐसी किसी दवा के बारे में सोच सकते हैं, जिससे मेरी शादी के बारे में माँ की व्यग्रता कुछ कम हो जाए?"

"हाँ-हाँ, मैं उसी पर आ रहा हूँ। यही एक चीज है, जो उसके दिमाग पर बोझ बनी हुई। वह बड़ी शिद्दत से महसूस करती है कि उसके बाद उसका कोई वारिस होना चाहिए।"

ऐसा लगता था जैसे डॉक्टर पहेलियाँ बुझा-बुझाकर बात कर रहे हैं। आज दिन की शुरुआत ही बड़े अजीबो-गरीब ढंग से हुई थी।

"क्या उसने कभी अपने हालात के बारे में तुमसे चर्चा नहीं की?"

इससे पहले कि मैं उन्हें जवाब देता या यह समझ पाता कि वह क्या

कह रहे हैं, खाँसीवाले मरीज ने कानफोड़ू तरीके से खाँसना शुरू कर दिया। इससे डॉक्टर का ध्यान उसकी तरफ चला गया। और जैसे डॉक्टर उसे देखने के लिए उठे तो छोटे से बच्चे को लिये बैठी माँ भी बोल पड़ी, ''यह एक बूँद भी नहीं छोड़ता···''

डॉक्टर ने मुझसे कहा, ''अभी जाना मत, मैं पहले इन दोनों मरीजों को देख लूँ, फिर बात करता हूँ।'' वे एक-एक कर पहले खाँसीवाले मरीज और फिर रोते हुए बच्चे को परदे के पीछे ले गए। वहाँ उन दोनों की जाँच की और फिर टेबल पर वापस आकर उनके लिए अपने अंदाज में बड़े-बड़े परचे लिख डाले। इसके बाद छोटी सी खिड़की के जरिए उन्होंने वे परचे रामू को पकड़ा दिए। उन्होंने अभी दोबारा मुझसे बातचीत शुरू की ही थी कि मरीजों ने उन्हें फिर टोक दिया। वे जानना चाहते थे कि दवा खाने के पहले ली जानी है या बाद में। और खाने में क्या लेना है, क्या नहीं। उन्होंने उनको कुछ साधारण से जवाब दिए और फिर मुझसे बातें करने लगे, ''रोज के यही एक से सवाल बार-बार, हर बार मुझसे किए जाते हैं कि वे छाछ या रसम खा सकते हैं या नहीं, चावल या रोटी और कॉफी या फिर दवा पहले लें या बाद में···क्या फर्क पड़ता है? लेकिन वे जवाब माँगते हैं और मुझे देना पड़ते हैं, क्योंकि मेडिकल के पेशे ने ऐसे कुछ रीति-रिवाज बना रखे हैं! हा! हा!''

इसी वक्त दो और लोग उनकी टेबल तक आ गए। वे बाहर बेंचों पर काफी देर से अपनी बारी का इंतजार कर रहे थे। उन्होंने उन्हें इशारा कि अपनी बेंचों पर वापस चले जाएँ और इसके बाद उठते हुए मुझसे बोले, ''मेरे साथ आओ, यहाँ हमें शांति से बात करने को नहीं मिलेगी।''

मैं उठकर उनके पीछे-पीछे जाँच कक्ष तक चला गया। छोटा सा केबिन था, जिसमें एक ऊँची सी टेबल रखी हुई थी। दीवार पर कई सारी तसवीरों के कैलेंडर लटके हुए थे। उन्होंने मुझे जाँच टेबल पर चढ़ जाने को कहा और बोले, ''यही इकलौती जगह है, जहाँ हम बिना किसी बाधा के बातचीत कर सकते हैं।'' मेरी दुविधा और चिंता कुछ ज्यादा बढ़ गई, क्योंकि उनका आखिरी वाक्य मेरी माँ के बारे में था, ''तुम्हारी माँ छुट्टी लेने के मूड में है।''

यह सुनकर मैं सन्न रह गया, क्योंकि मैंने कभी नहीं सोचा था कि मेरी माँ भी इस मूड में आ सकती है। किसी के कदम इतने मजबूती से धरती पर जमे हुए नहीं दिखते थे, जितने उसके। दिन पर पूरे घर में कभी न रुकनेवाले

उसके काम-धंधे चलते रहते थे। और हॉल में उसकी कड़क आवाज गूँजती रहती थी। लेकिन डॉक्टर कह चुके थे, ''छुट्टी लेने के मूड में है।'' वह अपनी दुनिया को कैसे छोड़ सकती थी। यह विचार तो दिमाग में आना भी मुश्किल था। मैंने जब उनसे उनकी बात और स्पष्ट करने को कहा तो मेरा गला सूख रहा था और दिल की धड़कनें बढ़ गई थीं। मैंने बुझी सी आवाज में कहा था, ''किस किस्म की छुट्टी लेने के मूड में हैं? रिटायर होने के या फिर बनारस निकलने के?''

''नहीं, उससे भी आगे।'' डॉक्टर ने कहा। वे सिगरेट जलाने के बाद स्वर्ग की तरफ संकेत कर रहे थे। छोटे से केबिन में धुँधलका छा गया, घुटन महसूस होने लगी। सिगरेट का धुआँ मेरे फेफड़ों में घुस गया था। मैंने किसी तरह उसे खाँसकर बाहर निकाला। धुआँ आँखों में भर गया था और आँसू निकल आए थे।

उन्हें देखकर डॉक्टर ने सहानुभूति भरे लहजे में कहा, ''रोओ मत। ऐसी स्थितियों को शांति से सँभालना सीखो। तुम्हें व्यावहारिक रूप से अब अगले कदम के बारे में सोचना चाहिए।'' वह मुझे सिगरेट का धुआँ उड़ाते हुए अनासक्ति के दर्शन की शिक्षा दे रहे थे। उनका ध्यान हॉल से आ रही खाँसने, कराहने और दर्द से रिरियाने की आवाजों की तरफ नहीं जा रहा था।

मैंने डॉक्टर को इस तरह उलझा रखा था, यह सोचकर मुझे काफी बुरा लग रहा था। लेकिन मुझे उनके झटकेदार आधे-अधूरे वाक्यों के जरिए ही यह जानना था कि आखिर वह मेरी माँ के बारे में क्या कहना चाहते हैं।

अचानक उन्होंने मुझसे पूछा, ''उसने तुमसे कोई बात क्यों नहीं की?''

मुझे उन्हें बताना पड़ा कि मैं घर देर से आता हूँ और सुबह जल्दी चला जाता हूँ। रोज हमारी मुलाकात बहुत ही कम समय के लिए होती थी।

उन्होंने निंदा करनेवाले अंदाज में अपनी जीभ से आवाज निकाली और अपनी टिप्पणी की, ''तुम अपना फर्ज नहीं निभा रहे हो। पूरा दिन तुम खुद को कहाँ छिपाकर रखते हो?''

उनकी यह बात सुनकर मैं थोड़ा चिढ़ गया, ''अरे, बहुत से काम हैं करने को।'' मैंने कहा। उन्हीं कामों के सिलसिले में मुझे लोगों से मिलना पड़ता है। आपको पता होना चाहिए, हर आदमी अपने तरीके से अपनी जिंदगी जीता है।

''कैसे लोग और कैसी जिंदगी?'' डॉक्टर ने बड़े निर्मम तरीके से और कुरेदने की कोशिश की। मैं उन्हें बता नहीं सकता था कि आखिर कैसे मैं अपना पूरा दिन बिताता था। मैं जो भी कहता, वे उस चीज को खारिज कर देते। इसलिए मैंने सोचा कि उनके सवाल को अनसुना कर दिया जाए और वापस उनके विचारों को माँ से जुड़े मसले पर केंद्रित कर दिया जाए। उन्होंने मेरे भीतर नाउम्मीदी से भरी दुविधा और तनाव पैदा कर दिया था। वे सिगरेट का धुआँ उड़ाते और उसकी राख फर्श पर गिराते हुए यहाँ से वहाँ टहल रहे थे। कितना गंदा डॉक्टर था। फर्श पर पड़ी गंदगी, धूल-धक्कड़ और राख ही बीमारियाँ पैदा करने और किसी को बीमार बना देने लिए काफी थीं। मैंने ऐसा लापरवाह डॉक्टर पहले कभी नहीं देखा था।

कुछ और मरीज दूसरे कमरे में आ चुके थे। यह देखकर रामू ने परदा खिसकाया और भीतर झाँककर कहा, ''वे लोग इंतजार कर रहे हैं।''

हालात का तकाजा था, इसलिए डॉक्टर ने जल्दी से सिगरेट नीचे फेंक दी। उसे अपने जूतों तले मसला और बोले, ''बीते चार महीने से मैं तुम्हारे घर आ-जा रहा हूँ। किसी-किसी दिन तो कई बार। वह छोटी बच्ची दौड़ते हुए आती और हाँफते हुए कहती, 'चलिए डॉक्टर साहब, एक बार। अम्मा बहुत बीमार है, एक बार चलिए न।' जब भी ऐसा बुलावा आता तो मैं कभी उसकी अनदेखी नहीं करता। सारे काम छोड़कर मरीज देखने जाता। आखिर मरीजों को राहत देना मेरा पहला काम है। कभी-कभी तो वह लड़की दिन में दूसरी बार भी आ जाती थी।''

''परेशानी क्या थी?'' अधीर होकर मैंने उनसे पूछा।

''यही, यही तो पता लगाना है। मैं लगातार देख रहा हूँ और पूरे मसले पर बारीकी से गौर कर रहा हूँ। किसी शिकायत को हल्के में लेना या यूँ ही छोड़ देना मेरी आदत ही नहीं है।'' वह अपने आपको भ्रम में रखे हुए थे।

कम-से-कम मैं उन्हें जिस तरह से मरीजों का इलाज करते हुए देख रहा था, उससे तो यही लगता था। बहुत देर तक इधर-उधर घूमने के बाद आखिरकार वे मुद्दे पर आ ही गए—''उस पर कभी-कभी बेहोशी छा जाती है—और यह अचानक ही होता है। हालाँकि इलाज का उस पर असर हो रहा है। मुझे लगता है, यह एक किस्म की दिल से जुड़ी बीमारी का मसला है। अगर मैं कहूँ तो उनकी हालत दिनोदिन बिगड़ती जा रही है। हम उन्हें दवाइयों

पर कुछ दिन चला सकते हैं; लेकिन कब तक, यह कोई नहीं बता सकता।''

''क्या उन्हें पता है?'' मैंने कँपकँपाती आवाज में पूछा।

''हाँ, मैंने उनसे कुछ इस तरह बात की है कि वह अच्छी तरह समझ चुकी हैं। तुम्हें पता है, उन्हें जीवन के दर्शन का बहुत अच्छा ज्ञान है। शायद तुमने उनके साथ कोई वक्त गुजारा ही नहीं है।''

मेरी आवाज हलक में ही अटक गई थी। डॉक्टर के आकलन ने मेरी चेतना को झकझोर दिया था। मैंने अपनी माँ पर ध्यान ही नहीं दिया, उसकी जरूरतों या उसकी इच्छाओं या उसकी हालत पर। ऐसे समझ लिया जैसे वह कभी नष्ट न होने वाली मिट्टी की बनी हो।

''इन दिनों उन्हें सिर्फ एक ही चिंता सताए जा रही है, और वह यह है कि उनके बाद तुम अकेले रह जाओगे। उन्होंने मुझसे कहा था कि सिर्फ आप ही उसे शादी के लिए तैयार कर सकते हो।''

तो यह मसला था! मुझे अब समझ में आया। दोपहर में वह पूरे-पूरे समय व्यस्त रहा करती थी। उस छोटी सी बच्ची को पोस्ट ऑफिस भेजकर पोस्टकार्ड मँगवाया करती और उसके बाद गाँव में नाते-रिश्तेदारों को चिट्ठियाँ लिख भेजती, ताकि मेरे लिए लड़की तलाश सके। आखिरकार उसने पुराने संबंधों और वादों को फिर जिंदा करने में कामयाबी हासिल कर ही ली। उसी के तहत वह जनाब अपनी बेटी का रिश्ता लेकर आए थे। दिल की बीमारी की स्थिति में भी घर के तमाम काम करते हुए इतना सब इंतजाम करने में उसने कितना तनाव न लिया होगा। लेकिन एक बार थोड़ी सी देर के लिए भी ढीली नहीं पड़ी। तथ्य तो है कि जब भी मैं घर पर होता था तो वह अति उत्साह का प्रदर्शन ही करते दिखती थी। शायद वह अपनी बीमारी की वजह से उस वक्त ज्यादा कष्ट में रहती थी, जब मैं आधी-आधी रात तक बाहर रहता था और बोर्डलैस में बैठा-बैठा लोगों को सुनता और लेक्चर देता रहता था। मैं खुद को अपराधी महसूस कर रहा था। अपनी आत्मकेंद्रित शख्सियत पर मुझे नफरत होने लगी थी।

इससे पहले कि मैं वहाँ से निकलूँ, डॉक्टर ने अपना पुराना फॉर्मूला पेश कर दिया। बोले, ''यह तो मेरी राय है। तुम्हें ठीक लगे तो कहीं और से दूसरी राय भी ले लो। मैं इसका बिल्कुल भी बुरा नहीं मानूँगा। क्या तुम कल मुझे अपना चेक दे सकते हो?''

जब मैं डॉक्टर के कमरे से बाहर निकला तो इंतजार कर रहे मरीजों को थोड़ी राहत मिली। बाहर गली में पहुँचकर मैं कुछ देर के लिए हिचकिचाया और फिर अपने कदम घर की तरफ मोड़ दिए; जबकि इस वक्त पारंपरिक तौर पर मुझे बोर्डलैस में होना चाहिए था।

जब मैंने अपने कमरे का दरवाजा खोला और माँ से मेरा सामना हुआ, तब एक बार तो वह कुछ पीछे हट गई। उसने मुझे कभी इस वक्त घर पर नहीं देखा था। उसे हमेशा की तरह कामकाज करते हुए देखकर मुझे अच्छा लगा। डॉक्टर से मिली रिपोर्ट का इस स्थिति से मेल खाना मुश्किल था। हालाँकि मैंने गौर किया कि कमजोरी के लक्षण उसमें साफ नजर आ रहे थे, जैसे कि आँखों के नीचे काले निशान और गहरे हो गए थे। मैं उसे एकटक देखे जा रहा था। वह उलझन में थी। मैं उससे पूछना चाहता था, 'आज सुबह आपको कैसा लगा? पूरी तरह ठीक? या फिर बेहोश होकर गिरने की आशंका थी?' लेकिन मैंने अपने शब्द निगल लिये। जो चीज उसने मुझसे छिपा रखी है, मैं उसका जिक्र क्यों करूँ? इससे वह परेशान हो सकती थी। इसलिए बेहतर था कि उससे अनजान बने रहने का ही दिखावा करता रहूँ। वह भी शायद मुझसे पूछना चाहती थी, 'तुम इस वक्त घर क्यों आ गए?' लेकिन उसने नहीं पूछा। उसके बारे में सोचकर मैं खुद को उसका अहसानमंद महसूस कर रहा था। हम दोनों कुछ देर तक एक-दूसरे को देखते रहे। दोनों ही अपने-अपने जेहन में उभर रहे सवालों को दबा रहे थे।

तभी वह छोटी बच्ची सी नौकरानी बड़ी-बड़ी आँखें कर बोल पड़ी, "आप इस वक्त तो कभी नहीं आते! क्या आप खाना खाने वाले हैं? अम्मा ने अब तक कुछ भी नहीं बनाया है।"

"ए, तू चुप रह।" माँ ने उसे हुक्म दिया।

"मैं चूल्हा जलाने ही वाली हूँ। यह लड़की जो आज इतनी देर से आई है! क्या तुम्हें कुछ चाहिए?"

अचानक हमारे बीच कितना बदलाव आ गया था। मुझे अपनी आँखों और कानों पर भरोसा नहीं हो रहा था। खासकर सुबह की बातचीत के तेवर याद करने के बाद तो बिल्कुल भी नहीं। मैं अपने कमरे में चला आया। अचरज हो रहा था कि अगर उसने फिर हमला कर दिया तो मैं क्या करूँगा। अब तो मैं यहीं पर था। वह एकदम भली-चंगी लग रही थी; लेकिन मुझे

चिंता सता रही थी, क्योंकि मैं उसे छोड़कर अपने कमरे में आ गया था। एक अनजान सी फिक्र थी कि अगर उसे एक पल के लिए नजरों से ओझल होने दिया तो कभी भी, कुछ भी हो सकता है। मैं अपने कमरे में बैठ गया, दरवाज़ा भी खुला छोड़ दिया और कुछ पढ़ने की कोशिश करने लगा। मेरी आँखें किताब पर थीं, लेकिन दिमाग किन्हीं दूसरे खयालों में खोया हुआ था। मान लो, उसे अचानक दौरा पड़ जाए और उसका देहांत हो जाए तो वह ये जान भी नहीं पाएगी कि मैं उसकी खुशी के लिए उस डरा देनेवाली शादी के लिए भी तैयार था। मुझे उस शादी से नफरत थी, लेकिन अपनी मरती हुई माँ की खुशी के लिए मुझे इसके लिए राजी होना ही था। बेहद तकलीफदेह था कि उसने अपनी इस हालत में भी मेरे लिए लड़की ढूँढ़ने की इतनी मशक्कत की। भले ही खुद को अच्छा न लगे, लेकिन दूसरों की खुशी के लिए कई बार इनसान को ऐसे कुछ काम भी करने पड़ते हैं। पिता दशरथ की खुशी के लिए भगवान् राम चौदह साल के लिए वनवास नहीं चले गए थे? जो तकलीफें राम ने सहीं, उनकी तुलना में मेरी तो कुछ भी नहीं है। वे चौदह साल तक वनवासियों की तरह जंगलों में रहे। मेरे मामले में तो सिर्फ इतनी सी बात थी कि मुझे ऐसी लड़की से शादी करनी पड़ रही थी, जिसकी मैं बिल्कुल परवाह नहीं करता था। लेकिन यह कुछ भी नहीं था, अगर इससे किसी को राहत मिल रही थी तो। इससे मेरी माँ कम-से-कम चैन से मर तो सकेगी।

वह आज मेरे लिए कुछ खास पकवान बना रही थी, जैसे कि मैं कोई अनोखा मेहमान था। दोपहर का खाना काफी शानदार था। वह मेरे लिए केले का पत्ता ले आई और कहीं से बैठने के लिए चौकी। इसके बाद शीशम की लकड़ी के खंभे के बाजू से आधे ढके हुए खुले आँगन में मेरे लिए बैठने का इंतजाम कर दिया। उसने सफाई दी, ''रसोई में धुएँ की वजह से ऐसा दम घुटता है कि क्या बताऊँ। तेरे पिताजी ने हर काम एकदम पुख्ता किया, लेकिन रसोई की अनदेखी कर दी। उसमें एक चिमनी या खिड़की तक नहीं बनवाई। अगर लकड़ियाँ सूखी न हों तो इतना धुआँ होता है कि आँखों में जलन होने लगती है। मुझे तो लगता है कि कहीं मैं अंधी न हो जाऊँ। कोई और होता तो ऐसे धुएँ में कब का आँखें गँवा चुका होता; पर मुझे इसकी आदत पड़ गई है। फिर भी अगर मुझे आँखों से दिखना बंद हो गया तो क्या

फर्क पड़ेगा। लेकिन मेरे बाद कौन होगा?'' अपने स्वास्थ्य और वारिस की चाहत के संबंध में उसका यह सबसे नजदीकी संकेत था।

मैं उसका संकेत समझ गया, लेकिन यह नहीं जानता था कि इस वक्त मुझे क्या कहना चाहिए था। मैं चकराया हुआ सा बैठा था और कुछ शर्मिंदगी भी हो रही थी।

''हमें इस बारे में कुछ करना ही होगा।'' मैंने कहा।

उसने मेरे लिए पाँच सब्जियों को मिलाकर खास किस्म की सब्जी बनाई थी और उसे मैं रुचि के साथ खा रहा था। उसकी काबिलियत ने मुझे अचरज में डाल दिया था। मैं ऐसा मेहमान था, जिसके आने की उम्मीद नहीं थी, लेकिन कुछ ही घंटों के भीतर उसने इतना स्वादिष्ट भोजन तैयार कर दिया था। इसके लिए उसने निश्चित रूप से उस छोटी बच्ची को पुख्ता दिशा-निर्देश के साथ बाजार से सभी जरूरी चीजें लाने के लिए दौड़ाया होगा। पर सबकुछ इतनी शांति से हो गया कि अपने कमरे में हाथों में किताब लिये बैठे मेहमान (मैं) को इसकी भनक तक नहीं लगी। बातचीत के दौरान उसे कई बार यह पूछने की इच्छा हुई होगी कि मैं आखिर इतनी जल्दी घर कैसे आ गया? मुझे बार-बार लगा कि उससे उसकी बीमारी के लक्षणों के बारे में विस्तार से पूछूँ, लेकिन हम दोनों ही इनके अलावा कुछ और बातें करते रहे। दोपहर का खाना खाने के बाद मैं अपने कमरे में चला गया। लेकिन दरवाजा बंद करके आराम नहीं कर सका। मैं बार-बार अपने कमरे से निकलता और पूरे मकान में टहल आता—कभी ऊपर तो कभी नीचे। कभी मुख्य गेट से लेकर पीछेवाले दरवाजे तक। महीनों बाद मैं इन जगहों का जायजा ले रहा था। दूर से मैं माँ पर भी नजर रखे हुए था कि वह कैसी है। दोपहर का खाना खाने के बाद वह हमेशा की तरह सुपारी और लौंग खा रही थी। यह उसकी सालों पुरानी आदत थी। जैसे दुकान को दिन भर के लिए बंद किए जाने का संकेत लौंग की भीनी-भीनी खुशबू से मिल जाती थी, वैसे ही माँ की मौजूदगी का पता भी लौंग की खुशबू से चल जाता था। यह मैं उस वक्त से देख रहा हूँ, जब बहुत छोटा था और माँ के पीछे-पीछे उसका पल्लू पकड़कर घूमता रहता था। और पिताजी अपने कमरे में नकदी गिनते हुए बैठे रहते थे। मेरी माँ चमकदार सिल्क की साड़ी और कानों में चमकते हुए हीरों की बालियाँ पहने देवी सरीखी दिखती थी।

अभी वह चटाई बिछाकर गलियारे की पट्टी पर सिर टिकाकर लेटी हुई थी। आराम करने के लिए यह उसकी पसंदीदा जगह थी। उसने जब मुझे अपने पास से गुजरते देखा तो पूछ बैठी, "कुछ चाहिए तुझे?"

"न, न, अपने आपको परेशान मत कीजिए। मुझे सिर्फ एक गिलास पानी चाहिए, और कुछ नहीं।" यह कहकर मैं रसोई में चला गया और मिट्टी की सुराही से गिलास में पानी उड़ेल लिया। जबरन ठंडे पानी का एक घूँट हलक के नीचे उतारा और अपने कमरे में चला गया। घर पर यह समय मेरे लिए असामान्य सा था। इसीलिए इस वक्त मैं अजनबी होने के एहसास से खुद छुटकारा नहीं दिला पाया था। बहरहाल, उसे सामान्य देखकर मुझे राहत जरूर मिली थी।

दोपहर को थोड़ी झपकी लेने के बाद मैं जब उसके इलाके में फिर नजर आया तो उसने एक गिलास कॉफी बना दी। मैं बुरी तरह बोर हो रहा था और बाहर जाना चाहता था। वे जगहें, जहाँ इस वक्त मैं सामान्य तौर पर होता था, मुझे याद आ रही थीं। जैसे कि सार्वजनिक लाइब्रेरी, टाउन हॉल, नल्लप्पा का नदी का किनारा और सबसे बढ़कर बोर्डलैस रेस्टोरेंट। अमूमन मैं अपने दिन की शुरुआत बोर्डलैस से ही करता था। फिर यहाँ-वहाँ घूमता और दिन के अंत में भी यहीं नजर आता था।

अब, जबकि मैं पूरी तरह संतुष्ट हो गया कि वह एकदम ठीक है तो मैंने कुएँ में जाकर नहाया, कपड़े पहने और बाहर जाने को तैयार हो गया। निकलने से पहले मैं उसे बताकर जाना चाहता था, इसलिए घर के पीछेवाले हिस्से में चला गया। वहाँ माँ फर्श पर पोंछा लगा रही थी। जाते-जाते मैंने उससे यूँ ही पूछ लिया, "आप यह सब क्यों कर रही हो? नौकरानी कहाँ है?"

"लड़की को दिन भर की छुट्टी चाहिए थी, चली गई। और इस फर्श में बहुत फिसलन हो गई थी। वैसे भी, अगर हाथ-पैर सही-सलामत और मजबूत हैं तो अपना काम खुद करने में हर्ज ही क्या है!" उसने जवाब दिया।

मैंने बड़ी शांति से और लापरवाह लहजे में उससे कहा, "अगर आपको ठीक लगे तो उन जनाब को बातचीत के लिए यहाँ बुला सकती हो, ताकि वे आपको गाँव ले जाने का इंतजाम कर दें। आप उन्हें चिट्ठी लिख सकती हो कि किसी भी वक्त आ जाएँ।" इसके बाद आगे कोई बातचीत किए बिना मैं तेजी से बाहर निकल गया।

पूरे दिन मेरे दिमाग में तरह-तरह की उधेड़बुन चलती रही। मैं इस किस्म का आदमी नहीं था, जो अपनी निजी समस्या किसी से बाँट सके। इसलिए जब मैं बोर्डलैस में वर्मा के सामने बैठा और उसने पूछा, "क्या कुछ गड़बड़ है? आज बड़ी देर से आए?" तो मैंने यूँ ही उसे कोई बहाना बनाकर टरका दिया। दूसरे मुद्दे पर बात करने लगा।

शाम छह बजे का ग्रुप आ गया था। उनमें एक पत्रकार था, जिसे हम सर्वव्यापी संवाददाता कहा करते थे, क्योंकि वह किसी एक अखबार को अपना नहीं बताता था। किसी बैंक का एक अकाउंटेंट था। एक स्कूल मास्टर और कुछ अन्य लोग थे, जिनके पेशों के बारे में किसी को कुछ पता नहीं था। वे सबके सब अपने पसंदीदा कोने में जा बैठे। उनके बीच हमेशा की तरह दिल्ली की राजनीति पर बातचीत चह रही थी। कुछ इंदिरा गांधी के समर्थन में थे तो कुछ खिलाफ। गरमागरम बहस हो रही थी, लेकिन स्वर सधे हुए थे; क्योंकि वर्मा ने उनसे कह दिया था कि भइया, धीरे-धीरे बात करो। दीवारों के भी कान होते हैं। मैं भी आम तौर पर ऐसी बहसों में हिस्सा लिया करता था। हर किसी के विचारों का खंडन करता और बीच-बीच में प्लेटो व टॉयनबी जैसे दार्शनिकों के उदाहरण भी पेश कर दिया करता था। लेकिन आज मैं उन्हें चुपचाप सुन रहा था।

यह देखकर पत्रकार ने कहा, "आज तुम्हारे भीतर की आग क्यों ठंडी पड़ी हुई है?"

मैंने कहा कि "मेरा गला खराब है और सर्दी-जुकाम भी हो रहा है।"

करीब एक घंटा वहाँ बैठने के बाद मैं बाहर निकल गया। इलामैन स्ट्रीट पार करके सरयू के किनारे रेत पर टहलने लगा। फिर घाट पर नीचे उतरकर बैठ गया और चुपचाप बहते पानी की कल-कल और पेड़ के पत्तों की सरसराहट को कान लगाकर सुनने लगा। करीब एक घंटे वहीं बैठा रहा; क्योंकि एक तो वह जगह ही इतनी शानदार थी और दूसरे, चिंताएँ मेरा पीछा नहीं छोड़ रही थीं। नदी किनारे यहाँ-वहाँ और लोग भी बैठे हुए थे। कुछ अपने समूह में तो कोई मेरी तरह अकेले। बच्चे नदी की रेत पर खेल रहे थे। मैंने अपने आपसे कहा, 'ओह, किसी के दिल पर कितना भी बोझ क्यों न हो, सुंदर-आनंददायक चीजें चलती ही रहती हैं। लेकिन मैं कैसे सोच सकता हूँ कि अपने सिर का सारा बोझ, सारी चिंताएँ झटककर इस खुशनुमा माहौल

का, इन लम्हों का भरपूर आनंद उठा लूँ। यहाँ आए हुए ज्यादातर लोग खुश हैं। बातें कर रहे हैं, ठहाके लगा रहे हैं, क्योंकि उन्हें अपनी शादी या माँ की फिक्र नहीं सता रही है। हे भगवान्! काश, मुझे भी इस परेशानी से बाहर निकलने का कोई रास्ता नजर आ जाए!' मैं नदी की मुँडेर पर बैठा हुआ था और बड़ी देर से गहन चिंता में डूबा हुआ था। शादी मुझे सबसे गैर-जरूरी चीज लग रही थी, वह भी सिर्फ माँ की खुशी के लिए। अगर सुबह एम.एम.सी. के डॉक्टर ने मुझे नहीं देखा होता तो मैं शादी और माँ को उसके हाल पर छोड़कर अपने रास्ते चला ही गया था। उन जनाब को भी जाने देता भाड़ में, जो मेरे लिए रिश्ता लेकर आए थे। लेकिन अब न तो मैं शादी के लिए तैयार हो पा रहा था, न माँ की मौत के लिए। दिमाग में दुविधा जैसे सींग लड़ा रही थी। अब मुझे इसका मतलब समझ आ रहा था। मैं चारों तरफ से घिरा हुआ महसूस कर रहा था। उम्मीद का हर दरवाजा बंद दिख रहा था। जिस तरह चूहे की हालत होती है कि या तो वह चुपचाप जाल में फँस जाए या मारा जाए। मैं जितना सोच रहा था, उतना ही उलझता जा रहा था। किसी ने मुझसे यह नहीं कहा था कि मुझे शादी कर लेनी चाहिए, नहीं तो मैं माँ को खो दूँगा। माँ की तबीयत मुझ पर निर्भर थोड़े ही थी। उनकी हालत बिगड़ने की शुरुआत तो काफी पहले से हो गई होगी। मैंने शादी करने का फैसला इसलिए किया था, ताकि वे निश्चिंत होकर शांति से मृत्यु को प्राप्त हो सकें। यह फैसला मैंने खुद अपनी इच्छा से लिया था। इस मायने में मुझे कोई दुविधा नहीं थी। इस विस्तृत विश्लेषण के बाद मैंने कुछ हल्का महसूस किया। इसके बाद मैंने खुद को पूरी तरह उस खुशनुमा माहौल के हवाले कर दिया। नदी की कल-कल और पत्तों की सरसराहट की आवाज अब भी कानों में पड़ रही थी। अँधेरा होने लगा था, इसलिए पक्षी अपने घोंसलों को लौट आए थे और उनमें अपने लिए जगह बनाने को चहचहा रहे थे।

उसी वक्त मेरे पास ही बैठे हुए दो लोग धूल झाड़ते हुए उठ खड़े हुए। वे किसी गंभीर बहस में उलझे हुए थे। मेरे पास से गुजरते हुए एक कह रहा था, ''मैं कभी इकलौती राय पर भरोसा नहीं करता। हमेशा किसी मसले पर फैसला लेने से पहले दूसरी राय जरूर लेता हूँ।'' वे बुजुर्ग लोग थे, शायद पेंशनर्स और घर या ऑफिस के किसी पुरानी मसले की यादें ताजा कर रहे थे। मेरे सामने दूसरी राय का जिक्र जैसे भगवान् की कृपा थी। उसने मेरे लिए

उम्मीद का एक दरवाजा खोल दिया था। मुझे भी सिर्फ एम.एम.सी. के डॉक्टर की राय के भरोसे नहीं बैठे रहना चाहिए था। एक बार डॉक्टर नटवर से भी माँ की जाँच करा लेनी चाहिए थी। जैसा कि वे खुद को बताते थे, हृदय रोग विशेषज्ञ और न्यूरो सर्जन थे। न्यू एक्सटेंशन पर उनका क्लीनिक था। लोग उनके पास ज्यादातर हर जगह से हताश होने के बाद आते थे। उन्होंने देश और दुनिया से कई डिग्रियाँ ले रखी थीं और देश भर से लोग उनके पास आते थे। मैं उनसे सीधे तौर पर पूछने जा रहा था कि मेरी माँ कुछ और साल जीने वाली है या नहीं? और उनके फैसले पर मेरी शादी निर्भर करेगी। अब मैं आस-पास के माहौल से पूरी तरह अनजान सा घर की तरफ लौट पड़ा था। भगवान् से प्रार्थना कर रहा था कि सुबह मैंने माँ के सामने जो सहमति दी है, उस पर उन्होंने कोई काररवाई न कर डाली हो। मुझे यकीन था कि उसको इतनी जल्दी डाक भेजने की सुविधा नहीं मिल पाई होगी।

मैं अगली सुबह जल्दी उठ गया और एम.एम.सी. के डॉक्टर से उनके घर पर जाकर मुलाकात की। अब तक न तो उन्होंने दाढ़ी बनाई थी, न ही नहाया था। बाल अस्त-व्यस्त थे और अभी वे डॉक्टर के बजाय काफी कुछ बाजार में चावल का बोरा ढोने वाले हम्माल की तरह लग रहे थे।

"सोचिए, जिंदगी और मौत से जुड़े मसलों पर लोग इस हम्माल के फैसले पर भरोसा कर लेते हैं!" जब उन्होंने मुझे भीतर आने को कहा और एक कप कॉफी की पेशकश की तो मैं मन-ही-मन यही सोच रहा था। उनके स्वर में सहानुभूति थी, क्योंकि उन्हें लग रहा था कि मेरी माँ के साथ फिर कुछ गड़बड़ हो गई है। वे कह रहे थे, "अरे, चिंता मत करो। मैं अभी आता हूँ। वह एकदम ठीक हो जाएगी। उसे जरूर फिर से दौरा पड़ा होगा।"

मैं अब तक खयालों में खोया हुआ था; लेकिन जैसे उन्होंने अपना निष्कर्ष दिया, यह सिलसिला टूट गया और चैतन्य हो गया, "मुझे तैयार होने में चालीस मिनट से ज्यादा नहीं लगेंगे। सबसे पहले मैं तुम्हारे घर ही चलूँगा। हालाँकि टेंपल स्ट्रीट पर एक मरीज की स्थिति ज्यादा नाजुक है। उसको साँस की तकलीफ है।" डॉक्टर कह रहे थे। दूसरों की बात सुनने की कला उन्होंने सीखी ही नहीं थी।

जैसे ही वे साँस लेने के लिए थोड़ा रुके, मैंने मौका देख उनसे सवाल कर दिया, "लेकिन क्या मैं अपनी माँ के केस के बारे में दूसरी राय भी ले सकता हूँ?"

"हाँ-हाँ, क्यों नहीं? दूसरी राय लेना बिल्कुल ठीक है। आखिरकार मैं भी तो तुम्हारी तरह इनसान ही हूँ"'कोई ब्रह्मा तो हूँ नहीं। कोई भी ब्रह्मा नहीं हो सकता। थोड़ा ठहरो।" उन्होंने मुझे सुबह का अखबार पकड़ाया और चालीस मिनट के लिए गायब हो गए।

वापस आए तो पूरी तरह बदल चुके थे। अब उनकी यह छवि बिल्कुल एम.एम.सी. में बैठनेवाले देवता (वे खुद) जैसी थी, जो लोगों के दिलो-दिमाग में आमतौर पर बनी हुई थी। उन्होंने मुझे डॉ. नटवर के नाम लिखी गई एक चिट्‌ठी पकड़ाते हुए कहा, "वह बहुत अच्छा लड़का है, लेकिन व्यवहार से थोड़ा रूखा है। यह चिट्‌ठी उसको देकर अपनी माँ को दिखाने के लिए उससे वक्त ले लेना। उसके बाद मिलना।"

न्यू एक्सटेंशन पर मुझे डॉ. नटवर के कंसल्टिंग रूम में सुबह के पूरे समय इंतजार करना पड़ा। उनका एक नौकर मेरी चिट्‌ठी ले गया था। इसके बाद मैंने सेंट्रल टेबल पर ढेर की शक्ल में पड़ी हुई पत्रिकाएँ कई-कई बार पलट डालीं। किस्मत पर भरोसा किए हुए बैठा-बैठा इंतजार कर रहा था। सामने अधखुला दरवाजा बाहर खुल-बंद हो रहा था, क्योंकि मरीज और उनके सहयोगी अंदर-बाहर हो रहे थे। करीब दो घंटे बाद नौकर मेरी चिट्‌ठी लेकर वापस आया। उस पर लिखा हुआ था—'मंगलवार सुबह ग्यारह बजे।' मंगलवार आने में पाँच दिन बचे थे। मान लो, इससे पहले ही वे सज्जन मेरे घर आ धमके तो?

मैंने नौकर से पूछा, "क्या मैं डॉक्टर से मिल नहीं सकता, ताकि उनसे कुछ जल्दी मुलाकात की तारीख ले सकूँ?"

उसने सिर हिलाया और चला गया। यह अनदेखा डॉक्टर भगवान् से कम नहीं था, जिसकी इच्छा के बिना उससे कोई नहीं मिल सकता था; देवता भी नहीं।

माँ अभी जिस मूड में थी, उसमें उसे इस बात के लिए राजी करने में ज्यादा दिक्कत नहीं हुई कि वह दूसरे डॉक्टर की राय लेने के लिए उन्हें दिखवा ले। हालाँकि मुझे यह दावा करना पड़ा कि डॉ. किशन ने जो भी जाँचें की थीं, उनके बारे में मुझे कोई जानकारी नहीं थी। मैंने उसे अच्छी तरह समझाया कि उसकी उम्र में लोगों को डॉक्टर को दिखाते रहना चाहिए, ताकि यह पता लगता रहे कि शरीर पूरी तरह स्वस्थ और तंदुरुस्त है या नहीं। ऐसे

में, यह और अच्छी बात थी कि डॉ. नटवर को दिखाने का मौका मिल रहा था। मैंने उसे यह नहीं बताया कि डॉक्टर को दिखाने के एवज में सौ रुपए फीस लग रही थी। गफ्फूर की टैक्सी पंद्रह रुपए में हमें डॉ. नटवर के क्लीनिक ले जाने के लिए उपलब्ध थी। (पुराने गफ्फूर और उनकी शेवर्ले कार अब नहीं रही। लेकिन उनका बेटा सड़क पर पार्क की गई अपनी एंबेसडर कार के साथ सूखे पड़े फव्वारे के पास बैठा था। मुझे सालों पहले की उसकी शक्ल याद थी, लेकिन वह अब भी बिल्कुल वैसा ही था)।

डॉ. नटवर के इलेक्ट्रॉनिक और मेडिकल उपकरण अलग-अलग कमरों में फिट थे। इसीलिए माँ को जब जाँच के लिए व्हीलचेयर पर एक से दूसरे कमरे में ले जाया जा रहा था तो मैं उनकी सिर्फ एक झलक ही देख पाया। वह खुश दिख रही थी कि उसका इतना खयाल रखा जा रहा था और इतने सारी मशीनों से उसकी जाँच की जा रही थी। वह जब भी हॉल से गुजरती तो मुझे बड़ी कृतज्ञ नजरों से देखती जाती थी; जैसे कहना चाहती हो कि उसने कभी उसके प्रति मेरे समर्पण भाव पर शक नहीं किया। भगवान् का वह अंशावतार (नौकर), जो पहले दिन मेरी चिट्ठी ले गया था, प्रकट हुआ और मुझे अपने पीछे आने का इशारा किया। अब सब चीजें मेरी आँखों से ओझल हो चुकी थीं—स्ट्रेचर, मरीज और उनके साथ आए लोग, यहाँ तक कि मेरी माँ भी—सब गायब सी हो गई थीं; जैसे कि वे जादूगरी के करतब के दौरान स्क्रीन पर आई तसवीरें हों। उस संस्थान में कठपुतलियों की तरह लोग यहाँ-वहाँ आ-जा रहे थे। और भौंचक्का सा उसके पीछे-पीछे चला जा रहा था। डॉक्टर के शब्दों पर मेरी आजादी टिकी हुई थी। मैं डॉ. नटवर के सामने ले जाया गया। वे अपनी साख के हिसाब से काफी युवा नजर आ रहे थे। छरहरा बदन, गंभीर चेहरा, छोटे-छोटे लेकिन बंद होंठ, जो सिर्फ सटीक दिशा-निर्देश देने के लिए ही खुलते थे। स्टाफ के साथ भी उनकी बातचीत बहुत कम शब्दों में हो रही थी। कभी-कभी तो उँगली या सिर के इशारे से ही काम हो जाता था।

''मिस्टर संबू, आपकी माँ को कुछ नहीं हुआ है।'' यह कहते हुए उन्होंने एक फोल्डर में रखे कुछ दस्तावेज, तसवीरें और एक कागज का खर्रा मेरी ओर बढ़ा दिया।

''इन सभी चीजों को अपने पास सँभालकर रख लीजिए। आगे काम आएँगे। इस चेकअप में चिंता की कोई बात सामने नहीं आई है। खून, यूरिन,

ब्लड प्रेशर, दिल और फेफड़े की सभी रिपोर्टें सामान्य हैं। जब-तब बेहोश हो जाने की वजह थकावट हो सकती है और काफी देर तक भूखा रहना भी। इसलिए कोई दवा नहीं लिखी गई है। बस, वे समय-समय पर अच्छी तरह खाना खाते रहें। इससे ज्यादा कुछ नहीं करना है।''

उठते हुए मैंने धीरे से शुक्रिया कहा, लेकिन झिझक गया। वे अगले केस के लिए घंटी बजाने को तैयार थे। मैंने बाहर जाने के लिए कदम बढ़ाए ही थे कि अचानक पलटकर पूछा, ''वह कब तक जिएगी?''

घंटी बजाते हुए उनके चेहरे पर एक तिरछी मुसकान तैर गई और बोले, ''इस सवाल का जवाब कौन दे सकता है?'' इतने में दूसरा मरीज उनके सामने ले आया गया। उन्होंने सहज भाव से मुझसे कहा, ''मुझे अचरज नहीं होगा, अगर वे आपसे और मुझसे भी ज्यादा सालों तक जी जाएँ।''

घर लौटते हुए मैं सोच रहा था, 'अगर वह मुझसे और डॉक्टर से ज्यादा जीने वाली है तो क्यों न मैं उससे साफ कह दूँ। बोल दूँ कि अपने दूर के भाई और उसकी बेटी का खयाल दिलो-दिमाग से निकाल देने का वक्त आ गया है।' लेकिन मैंने देखा कि वह घर वापस जाते हुए बेहद खुश थी। और उसकी खुशी में खलल डालने की मेरी हिम्मत नहीं हुई। उसने शादी की तैयारियों की बातें शुरू कर दी थीं।

''बहुत दिनों से एक ही चिंता मुझे सताए जा रही थी कि मुझमें शायद अब इतनी ताकत नहीं है कि मैं इतना सारा कुछ कर पाऊँगी। अब कर सकती हूँ; ओह, कितना कुछ करना है अभी!''

मैंने नजरें घुमा लीं। अगल-बगल से गुजरते नजारे देखने लगा। मैदान में जानवर चर रहे थे। बैलगाड़ी के कारवाँ गुजर रहे थे—और भी ऐसा ही न जाने क्या-क्या। उसे एक ही धुन लगी हुई थी, एक ही इच्छा थी—मुझे शादीशुदा देखना। वह कह रही थी, ''मुझे अपने भाई और उसकी बीवी को चिट्ठी लिखनी होगी, ताकि वे मेरी मदद को पहले से आ जाएँ। शादी के कार्ड छपवाने और बँटवाने हैं, कपड़े और चाँदी के बरतन…ओह, बहुत सारा काम पड़ा है अभी करने को। मैं तो नहीं जानती, लेकिन मेरा भाई सब जानता है। उसे बहुत तजुरबा है।…'' पूरे रास्ते वह यही सब बातें करती रही। जबकि मैं अनमना सा बैठा रहा। पर्याप्त समय था बमबारी करने का। गाड़ी की रफ्तार और उसकी वजह से लगनेवाले हवा के झोंके जैसे उसे और प्रेरित कर

रहे थे। अब जबकि पुख्ता हो गया था कि वह एकदम भली-चंगी है तो नए उत्साह के साथ शादी की तैयारियों में पूरी तरह डूब जाने के मनसूबे बाँध रही थी। मैं समझ नहीं पा रहा था कि मेरी आजादी को खत्म करके उसे क्या खुशी मिल रही थी। घर-गृहस्थी में बाँधकर वह मुझे शक्तिहीन कर देना चाहती थी। ऐसा इनसान बना देना चाहती थी, जो बीवी के कहने पर दौड़ा-दौड़ा सब्जी ले आए और समय-समय पर बच्चों की नैपकिन बदलता रहे। यह सोचकर मैं अंदर तक काँप गया।

जैसे ही हम टैक्सी से उतरे, वह छोटी सी बच्ची हाथ में पोस्टकार्ड लिये दौड़ती हुई आ गई। बोली, ''यह चिट्ठी डाकिया देकर गया है।''

''अरे वाह, चिट्ठी आ गई!'' माँ खुशी से चीख पड़ी। घर की सीढ़ियों पर खड़े-खड़े ही उसे पढ़ डाला और ऐलान किया, ''वह आ रहे हैं। आज ही एक बजे की बस से। मैंने तो सोचा भी नहीं था कि वह इतनी जल्दी आ जाएँगे।''

''कौन, वे बालगुच्छ वाले जनाब?'' मैंने पूछा

मैंने जिस चलताऊ अंदाज में उन्हें संबोधित किया था, इससे उसे अचरज हुआ। ''गलत बात है, तुझे इस तरह किसी का अनादर नहीं करना चाहिए। क्या हुआ, अगर कोई खास तरह से अपने बालों को सँवारता है तो!'' अपने गुस्से को काबू में रखते हुए उसने नसीहत दी और तेजी से सीढ़ियाँ चढ़ते हुए घर के अंदर चली गई। इधर मैं टैक्सीवाले को उसका भाड़ा चुकाने लगा। उसने जैसे ही कार के वापस जाने की आवाज सुनी तो तुरंत बाहर आ गई और मुझ पर चीख पड़ी, ''तूने गाड़ी वापस क्यों भेज दी? मैंने तो सोचा था कि तू कार से बस स्टैंड जाकर उन्हें घर ले आएगा, कितना अच्छा लगता। चल, कोई बात नहीं, जल्दी से बस स्टाप चला जा। उनको इंतजार नहीं कराना चाहिए। बेहतर होगा, अगर वहाँ तू जल्दी पहुँच जाए और उनकी बस का इंतजार कर ले···वह बहुत बड़े आदमी हैं। तुझे अंदाजा भी नहीं होगा कि वह कितने धनी-मानी और असरदार हैं। ऐसा कुछ नहीं है, जिसे वह अपने काबू में नहीं कर सकते। अगर तू उन्हें लेने गया तो वह तेरे इस्तेमाल के लिए इतनी बड़ी कार भी ले सकते हैं कि तूने सोचा भी न होगा। उनके खेतों में सबकुछ उगाया जाता है। चावल से लेकर सरसों तक, सभी तरह के अनाज और सब्जियाँ। मिट्टी के तेल के अलावा उन लोगों को कुछ भी दुकान से

नहीं खरीदना पड़ता।...अच्छा सुन, जाने से पहले जरा पीछेवाले बगीचे से केले के कुछ बड़े-बड़े पत्ते तोड़ ला।''

उसके हुक्म के मुताबिक ही मैं केले के पत्ते तोड़ लाया। दावत के लिए उसने किराने का सामान लाने को कहा था, वह भी पास की दुकान से लाकर दे दिया। उसने अपने आपको रसोई में व्यस्त कर लिया था। नौकरानी को लगातार जल्दी-जल्दी काम करने के निर्देश दिए जा रही थी। नई ऊर्जा से भरी हुई, बहुत खुश और सक्रिय नजर आ रही थी। उसे देखकर मुझे अपने आपसे नफरत हुई वह सोचकर, जो मैं कहनेवाला था। मैं रसोई के दरवाजे पर खड़ा सोच रहा था कि किस तरह उससे अपनी बात कहूँ कि उसे ज्यादा बुरा न लगे। वह चूल्हे के सामने थी, लेकिन मुझे खड़े देखा तो पलटी और बोली, ''अब जा न, जल्दी जा, देर मत कर। अगर बस वक्त से पहले आ गई और उन्हें इंतजार करना पड़ गया तो बहुत खराब लगेगा।''

''क्या वे खुद नहीं आ सकते; जैसे उस रात को आए थे? उस वक्त तो उन्हें लेने कोई नहीं गया था।''

''तब की बात और थी, आज की और है। आज उनकी हैसियत कुछ और है।''

''नहीं, मैं आपसे सहमत नहीं हूँ। वह आपके दूर के देहाती भाई से ज्यादा कुछ नहीं हैं। जहाँ तक मेरी बात है, तो मेरे लिए उनकी इतनी ही हैसियत है।''

जो बरतन उसके हाथ में थे, वे उसने पटक दिए। सामने आकर खड़ी हो गई। उसने गौर कर लिया था कि मेरे सुर बदल गए हैं। लिहाजा, गुस्से में बोली, ''तुझे हुआ क्या है?''

''वे जनाब यहाँ आएँ, उनका स्वागत है। रुकें, दावत का आनंद लें और रवाना हो जाएँ। मैं न तो उनसे बस स्टैंड में मिलने वाला हूँ, न ही यहाँ।''

''वह अपनी बेटी से मिलवाने के लिए तुझे बुलाने आ रहे हैं।''

''इसकी मुझे कोई परवाह नहीं। मैं अपने काम से जा रहा हूँ। आप उन्हें अच्छी तरह से खिलाइए-पिलाइए और जब आपको ठीक लगे, उन्हें उनके गाँव वापस भेज दीजिए। मैं चला।''

इतना कहकर मैं कपड़े बदलने के लिए अपने कमरे में चला गया और दूसरे दरवाजे से बोर्डलैस जाने के लिए निकल पड़ा। मेरी बात से माँ के चेहरे

पर जो दर्द उभर आया था, वह मुझे डरा रहा था। मुझे यह सोचकर अपने आपसे नफरत हो रही थी कि मैं किस किस्म का इनसान हूँ। अभी बाहर का चबूतरा पार कर मैं गली में पहुँचने ही वाला था कि माँ बिजली की तेजी से सामनेवाला दरवाजा खोलकर बाहर आ गई। मेरा रास्ता रोककर खड़ी हो गई। उसकी आँखों में आँसू छलक आए थे। रुँधे गले से वह बोली, ''तुझे उस लड़की से शादी नहीं करनी है न, मत कर। तू उसकी तरफ देखना भी नहीं। लेकिन मैं तुझसे एक विनती करती हूँ—तू बस स्टैंड जाकर उन्हें घर ले आ। आखिरकार वे मेरे बुलाने पर आ रहे हैं। वे हमारे पारिवारिक मित्र हैं। उन्हें तू लेने नहीं जाएगा तो यह उनका अपमान होगा और इसकी चर्चा वे हमारे गाँव में सैकड़ों साल तक करते रहेंगे। मुझे तो कुछ ही सालों में मर जाना है, तो उन्हें यह कहने का मौका क्यों दूँ कि दीन-दुखी एक विधवा अपने घर में किसी को बुलाकर उनका स्वागत तक नहीं कर पाई। देख, हमारे परिवार की साख पर बट्टा मत लगा।''

''अरे, उस शाम को तो वह अपने आप आ गए थे न।''

''आज हमने उन्हें बुलाया है।'' एकदम दबी और नरम आवाज में यह सब कहना उसके लिए बेहद तकलीफदेह था। डर था कि कहीं पड़ोसी न सुन लें। वह हताश दिख रही थी और लगातार रोए जा रही थी। बार-बार साड़ी के पल्लू से आँखें और चेहरा पोंछ रही थी। मुझे अचानक उन हालात में उसे हो रही तकलीफ का एहसास हुआ। इसका जिम्मेदार मैं ही था, इसलिए मुझे अपने आपसे नफरत होने लगी। आखिरकार वह निमंत्रण भी तो मेरी वजह से ही भेजा गया था। मैं बहुत तेजी से सोच रहा था कि अब क्या करूँ। उसने फिर मुझसे मिन्नत की, ''उनसे एक बार मिल तो ले। उन्हें घर ले आ। साथ बैठकर खाना खा ले, बात कर ले। उसके बाद भी अगर जँचे तो चले जाना। मैं देखूँगी कि वह बातचीत में अपनी लड़की का जिक्र भी न कर पाएँ। तुझे शादी को लेकर फिक्र करने की कोई जरूरत नहीं। कर, जो तेरी मरजी में आए। संन्यासी हो जा चाहे, पापी। मैं बिल्कुल कुछ नहीं बोलूँगी, कोई दखल नहीं दूँगी। बस, यह आखिरी बार है। इसके बाद जब तक साँस चलेगी, कभी तुझे कुछ नहीं कहूँगी। कोई मशविरा देने की कोशिश तक नहीं करूँगी। यह वादा है मेरा। हालाँकि मैं यह भी मानती हूँ, इस घर में अपने नाती-पोतों को खेलते देखना मेरा ख्वाब है।'' अपनी बात पूरी करने से पहले ही वह भरभरा गई।

उसकी हताशा और उसके दिल में दबे ख्वाब ने मुझे अंदर तक हिलाकर रख दिया। मैं उसे धीरे से घर के अंदर ले गया और बोला, ''इससे पहले कि कोई आपको इस हालत में देख ले, आप अंदर जाइए। मैं बस स्टैंड जाकर उन्हें यहाँ ले आऊँगा। मैं उन्हें उस रोज अच्छी तरह देख नहीं पाया था। लेकिन मुझे यकीन है कि मैं उन्हें उनके बालगुच्छे से पहचान लूँगा।''

□

भगवान् और मोची

उसके आस-पास की कोई भी चीज उसकी नहीं थी। मंदिर की बाहरी दीवार और गली के बीचोबीच एक पट्टी पर वह बैठता था। यह एक ऐसी जगह थी, जो किसी के अधिकार में नहीं थी। नीम के पेड़ की टहनियाँ दीवार के बाहर लटककर उसके लिए छाया करती थीं। उनसे दिन भर छोटे-छोटे और कुछ सफेदी लिये हुए पीले फूल झड़ते रहते थे।

''सिर्फ स्वर्ग में भगवान् ही फूलों की ऐसी बारिश की खुशनसीबी का आनंद उठा सकते हैं।'' एक हिप्पी ने मंदिर की सीढ़ियों से उसे देखकर सोचा। बीती शाम से वह यहीं टिका हुआ था। हिप्पी कौन था, कहाँ से आया था, इस बारे में ज्यादा बताने की जरूरत नहीं है, क्योंकि हिप्पियों की तो मूल अवधारणा ही यही है कि अपनी पहचान छिपाकर रखो। किस जगह से ताल्लुक रखते हो, यह भी न पता लगने पाए। वह कहीं का भी हो सकता था, बर्कले या फिर बाहरी मंगोलिया का। यह वैसा ही मामला था कि अगर आपने बेतरतीबी से बाल बढ़ा लिये तो समझिए, आपको एक कामयाब मुखौटा मिल गया। अगर दिन भर खुले आसमान के नीचे, धूप में झुलसते रह लिये, तब तो सबसे ऊँचा दरजा या विशेष वर्ग की मुहर हासिल हो गई। और तमाम सीमाओं को तोड़कर चल रहे आंदोलन का हिस्सा बन गए। इस पर भी, अगर आप घुटनों तक सूती धोती व बनियान पहनकर आसानी से कहीं भी धूल-धक्कड़ का सामना करते हुए जा बैठे और उन कपड़ों ने अपने आप गेरुआ सा रंग छोड़ दिया तो तय मानिए कि संन्यासी का बेशकीमती दरजा मिल गया। जब आपने इस तरह से सर्वव्यापी होने की डिग्री हासिल कर ली तो आपसे कोई नहीं पूछने वाला कि आप कौन और क्या हैं? इस स्थिति में ये सवाल ही अप्रासंगिक हो जाते हैं।

ऐसे में, आपको उसी तरह स्वीकार करना होगा, जैसे कि आप हैं—यानी साँस लेती हुई, चलती-फिरती एक जिंदगी की तरह, बस। सड़क के एक किनारे बैठे उस मोची के पास जब वह हिप्पी आया तो उसने भी उसे ठीक इसी तरह स्वीकार किया था। हिप्पी को चप्पल की बद्धियाँ ठीक करवानी थीं।

उसने उसे देखकर सोचा, ''गरदन के पीछे बालों का यह गुच्छा देखकर तो लगता है, जैसे साक्षात् भगवान् शिव आ खड़े हुए हों; गले में बस साँप ही नहीं लिपटा है।'' ऐसे व्यक्ति को, जिसकी छवि इतनी पवित्र नजर आ रही थी, उसने पूरी श्रद्धा से प्रणाम किया, ताकि उसे लेकर सामनेवाले के दिमाग में कोई गलत छवि न बन जाए। उसने सोचा, 'यह आदमी भगवान् शिव के निवास-स्थान हिमालय से उतरकर सीधे पैदल चला आ रहा है। सख्त चमड़े की उसकी चप्पलें, जिन पर कई मोटे-मोटे पैबंद लगे हुए थे, वे तो कम-से-कम यही संकेत देती थीं।' मोची ने उन चप्पलों को सामनेवाले के पैर से उतार लिया और अच्छे से उनकी जाँच-परख की। उसने सामने एक कागज का टुकड़ा बिछा दिया। वह भी उसने पीछे दीवार पर लगे पोस्टर को फाड़कर हासिल किया था। उसे बिछाते हुए उसने हिप्पी से कहा, ''आप इस पर पैर रख लीजिए। सड़क पर बहुत कीचड़ है।''

इस तरह के पोस्टरों की उस मोची के पास भरमार थी। उसके पीछेवाली वह दीवार काफी अहम थी; क्योंकि वह रामनगर और कालीदास की ओर जानेवाली सड़कों की क्रॉसिंग पर थी, जहाँ से पूर्व की ओर हाईवे था। यहाँ पर ट्रैफिक कभी थमता नहीं था, और इसीलिए इस दीवार पर पोस्टर-स्टिकर चिपकाने की भी होड़ लगी रहती थी। वे लोग रात को आया करते थे। दीवार पर ग्लू की मोटी परत पोतते और उस पर पोस्टर चिपका देते थे। ये कई किस्म के पोस्टर होते थे। कभी कोई नई फिल्म आई तो उसके, चुनाव के वक्त पार्क में कोई भाषण होने वाला हो तो वे, उनमें संबंधित लोगों की तसवीरें भी होती थीं। रात के ही दूसरे पहर में कई बार दूसरे पक्ष के लोग भी आ जाते थे। वे पहले चिपकाए गए पोस्टरों के ऊपर अपने वाले चिपका जाते थे। इन पोस्टरों में संदेश किसी का, कुछ भी हो, इन्हें अकसर एक गधा खराब कर जाता था। वह आस-पास ही रहता था और कभी भी वहाँ आता था। उन पोस्टरों को दाँतों से फाड़कर चबा जाता था। शायद उसकी जीभ को ग्लू का स्वाद लग गया था। मोची अपने काम के लिए वहाँ सुबह-सुबह आ जाता था। आते ही वह भी सबसे पहले दीवार से कुछेक पोस्टर फाड़कर निकालता

था। उनको वह कई तरीके से काम में लेता था। मसलन, जब वह घास-फूस की छत वाली नुक्कड़ की खान-पान की दुकान से कुछ खाने के लिए लेकर आता तो पोस्टर के किसी कागज में ही लपेट लेता था। अपने पास आनेवाले ग्राहकों के लिए वह उन पोस्टरों को रेड कारपेट की तरह बिछा देता था। उन पर खड़े होकर वे जूते-चप्पल ठीक होने का इंतजार किया करते थे। दिन में जब गरमी बहुत बढ़ जाती तो वह उन्हीं पोस्टरों में से कुछेक को जमीन पर बिछाकर सो जाता था। हिप्पी उसे देखते हुए मन-ही-मन उसकी तारीफ कर रहा था। उसने उससे कहा कुछ नहीं, लेकिन उसके लिए वहाँ था सबकुछ। हिप्पी कामना कर रहा था कि काश, वह भी उस मोची की ही तरह एकदम शांतचित्त और अपने में ही मगन रह पाता।

इसके एक दिन पहले वह कंगाल की तरह मंदिर की सीढ़ियों पर बैठा हुआ था और हर आने-जानेवाले से हाथ फैलाकर भीख माँग रहा था। उसके साथ कुछ और भी थे। उनमें से कुछ उसकी ही तरह सक्षम शरीरवाले थे, कुछ अपंग-लाचार-अंधे और कुछ थोड़े चतुर-चालाक। लेकिन उन सब में एक बात आम थी कि वे सभी भूखे थे। पर उनकी फाकामस्ती देखकर भी उस हिप्पी को उनसे ईर्ष्या हुई थी। शाम के समय मंदिर के दरवाजे से बहुत से दर्शनार्थी आते-जाते थे और उनमें से कई रास्ते में बैठे भिखारियों के कटोरे में सिक्के भी डालते जाते थे। किसके कटोरे में कौन सा सिक्का गिरेगा, यह किस्मत का मामला था। उन भिखारियों में यह आम सहमति थी कि हरेक को उसकी किस्मत के भरोसे छोड़ दिया जाए। हाँ, अंधे भिखारी की जरूर मदद कर देते थे। खासकर उस वक्त, जब कोई सिक्का उसके सामने गिर जाता तो कोई-न-कोई उसे उठाकर उसके कटोरे में डाल देता था। हिप्पी अपने आस-पास के माहौल में पूरी तरह घुल-मिल जाने की कला में माहिर था। इसीलिए उस पर उनमें से किसी का ध्यान नहीं गया। उस शाम मंदिर का पुजारी अच्छे मूड में था। उसने भगवान् को भोग लगाने के बाद सभी भिखारियों को गुड़ की चासनीवाला मीठा भात बाँटा था। उसे खाते ही पेट भर गया था। इसके बाद हिप्पी ने गली के नल से पानी पिया और मंदिर के दरवाजे पर ही सो गया।

सुबह उसने देखा कि मोची टाट-पट्टी और अपना दूसरा सामान कंधे पर रखे हुए आया और नीम की टहनियों के नीचे बैठ गया। धूप में नहाया हुआ हरा-भरा नीम का पेड़ मंदिर की पुरानी दीवार पर सिर झुकाए खड़ा था।

उसकी बनावट से हिप्पी बेहद प्रभावित था। उस जगह फैली शांति से वह आनंदमग्न था। वहाँ किसी को किसी चीज की फिक्र नहीं थी—धूल-धक्कड़, शोर-शराबा, अस्त-व्यस्त ट्रैफिक की चिल्ल-पों—कुछ भी नहीं। पैदल यात्री और साइकिल सवार यहाँ-वहाँ टकराकर, दाएँ-बाएँ घूमकर, जैसे-तैसे छोटे-बड़े वाहनों के बीच से अपने लिए रास्ता बना रहे थे। स्कूटर-मोटरगाड़ियाँ धूल उड़ाते हुए बेकाबू रफ्तार से दौड़ रही थीं। कभी-कभी ब्रेक लगने से उनके पहिए चीख पड़ते थे। आगे रास्ता बनाने के लिए उनके हॉर्न इस तरह बज रहे थे, जैसे कोई भीमकाय दैत्य पीछे से उन्हें खदेड़ रहा हो। कभी-कभार कोई राहगीर रुककर पानी मुँह में भरकर यूँ ही खुले में कुल्ला कर देता तो कभी दीवार पर पेशाब कर जाता। लेकिन इस पर भी न तो किसी का ध्यान जाता और न ही कोई विरोध करता। हिप्पी ने इस माहौल को पूरी तरह स्वीकार कर लिया था।

मोची सिर झुकाकर चुपचाप अपने सुए से चमड़े को या तो छीलने में लगा रहता था या फिर उसे उसमें भोंककर मोम लगे हुए धागे से सिलाई करता रहता था। खुले जोड़ पर सिलाई के वक्त टाँके चमकती हुई छोटी-छोटी पीली लड़ियों की तरह दिखते थे। मोची के पास एक छोटे से कटोरे में पानी था। उसमें वह खराब चमड़े को भिगोकर मुलायम किया करता था। इसके बाद उसे लोहे के लोढ़े से बुरी तरह पीटता था, ताकि वह और लचीला हो जाए। जब आराम करता तो पीछे दीवार से पीठ टिकाकर बैठ जाता। लेकिन निगाह लगातार सामने से गुजरनेवाले राहगीरों के कदमों पर रहती। उनके जूते-चप्पलों पर नजर गड़ाए रहता कि उनके बकल-बद्धियाँ या बाकी सब हिस्से सही हालत में हैं या नहीं। उसकी अँगुलियाँ अगर औजारों पर नहीं चल रही होतीं तो उनमें खुजली होने लगती थी। इसलिए वह खाली वक्त में लगातार अपने औजारों को पैना करता रहता था। उसके हाथों को ऐसे व्यस्त देखकर हिप्पी इस नतीजे पर पहुँचा कि मोची सिर्फ कमाई करने के लिए ही यह काम नहीं करता, बल्कि उसे तेज धारदारवाले अपने औजारों से चमड़े पर हमला करने में आनंद आता है। यहाँ तक कि खाना भी उसके लिए बाद का काम था। कभी-कभी नुक्कड़वाली खान-पान की दुकान में काम करनेवाले लड़के को इशारे से बुला लेता और उससे अपने लिए चाय और बन मँगवा लेता था। इसके अलावा और कुछ खाने की उसे कोई फिक्र नहीं थी। कभी जब उसके पास काफी देर तक कोई काम नहीं होता था तो वह दीवार से पीठ

टिकाकर बैठ जाता और ऊपर देखते हुए अपनी नजरों से पेड़ की ऊँचाई नापता रहता था। उस वक्त उसका ध्यान और दिमाग एकदम बंद हो चुका होता था। संतुष्टि के भाव से वह उस स्थिति को भी स्वीकार कर लेता था। उसके चेहरे पर न तो कोई अफसोस नजर आता, न ही बेकरारी। वह कभी आवाज लगाकर किसी से काम नहीं माँगता था। और जब काम उसके पास आता तो उसे छोड़ता भी नहीं था। उसकी तरफ जब जूते-चप्पल बेपरवाही से धकेल दिए जाते, तब भी वह बुरा नहीं मानता था, न ही मोल-भाव करता था; बल्कि उनकी अच्छी तरह जाँच करता, खराब बद्धी या टूटी हील को ठीक करता और फिर अपने मेहनताने का इंतजार करने लगता था। लोग अकसर पैसा देने के लिए बटुआ खोलने में वक्त लगाते थे; तब तक उसे धीरज रखना पड़ता था। अगर कोई ग्राहक ज्यादा ही कंजूस होता और उसके हाथ में कम पैसे रख देता तो वह खुली हथेली में रखे सिक्के पर सिर्फ एक निगाह डालता था। कहता तब भी कुछ नहीं था। यह देख कभी कोई एकाध सिक्का और उसकी हथेली पर रख देता तो कुछेक ऐसे भी होते, जो पलटकर बिना कुछ कहे, वहाँ से निकल जाते थे।

मोची जब उसकी चप्पलें सिल रहा था तो हिप्पी उसी पोस्टर के टुकड़े पर बैठ गया, जो उसे दिया गया था। यह देखकर उसे अचरज हुआ कि उसके नीचे एक बड़े फिल्मी सितारे का सिर था। वैसे, उसे बैठने के लिए किसी कागज की जरूरत नहीं थी; लेकिन यहाँ यही उचित था, नहीं तो मोची को शायद बुरा लग जाता। हिप्पी तो खालिस जमीन का आदी था। वक्त के साथ उसने अपने आपको इस काबिल बना लिया था कि वह काँटेदार पटिए पर बैठ जाए तब भी चेहरे पर आनंद का भाव झलकता रहे। बहुत संभव है कि गुरु की तलाश की पराकाष्ठा में पहुँचकर उसके भीतर यह क्षमता विकसित हो गई हो। इधर-उधर घूमते हुए उसने बनारस में योगियों को नुकीले पटिए पर बैठे ध्यान में मग्न देखा था। गया में उसने एक ऐसे व्यक्ति को देखा, जिसने अपने बुरे कर्मों का प्रायश्चित्त करने के लिए गालों के आर-पार लंबा नुकीला सूआ डाल रखा था। बीच में सिर्फ जीभ बाधा बन रही थी; लेकिन इससे वह बेफिक्र था, क्योंकि उसने मौन व्रत ले रखा था। इलाहाबाद के कुंभ मेले में उसने लाखों श्रद्धालुओं को गंगा-यमुना के संगम में आस्था की डुबकी लगाते देखा था। उनके बीच ही एक साधु असली बाघ के साथ दिखा। वह दावा कर रहा था कि यह बाघ पिछले जन्म में खोया हुआ उसका भाई है।

वहीं कई लोग ऐसे भी दिखे खतरनाक कोबरा साँप को ऐसे पकड़े हुए, मानो वह रस्सी हो। कहीं कोई मुँह से आग निकाल रहा था तो कोई तलवार निगल रहा था। कोई काँच खाते हुए दिख रहा था तो कोई काँटे। उसने कई योगियों को श्मशानघाट में निश्चल अवस्था में तपस्या करते देखा। उन्हें न भूख की चिंता, न प्यास की फिक्र; आस-पास चिताओं पर जल रहे शवों से भी बेपरवाह। नेपाल में एक आदमी ने हवा में हाथ लहराकर चाँदी की एक चीज प्रकट कर दी और उसे हिप्पी को दे दिया। वह चार हाथवाली देवी की छोटी सी मूर्ति थी, जो आज भी उसके झोले में रखी हुई थी। पहली बार ऐसी हर चीज देखकर उसे अचरज हुआ। वह भी ये करतब सीखना चाहता था और उसने देखा कि उनमें से कई तो सिर्फ थोड़ी सी अफीम के बदले ही उसे अपनी कला सिखाने को राजी हैं। लेकिन एक मोड़ पर उसने ही अपने आपसे सवाल किया, 'यह सब सीखकर आखिर मैं क्या हासिल कर रहा हूँ? यह तो मेरे लिए डांस के मून वॉक स्टेप से ज्यादा कुछ नहीं है, बल्कि उससे भी कम खर्चीला।' इस सवाल का उसे ऐसा कोई जवाब नहीं मिला, जिससे वह संतुष्ट हो सके। उसने गाँवों में, सड़कों के किनारे, खेतों में, आदमी और औरतों को तन्मयता से अपने-अपने काम करते देखा था। उन लोगों के चेहरों पर थकान और गंभीरता थी, लेकिन परेशान या उत्तेजित कोई नहीं था। उन्हें देखकर उसे लगा कि ऐसे लोगों के जीवन-दर्शन को देखना-समझना ज्यादा बेहतर होगा। लिहाजा, उसने ट्रेनों में यात्रा की, सड़कों पर कई-कई किलोमीटर पैदल चला, बसों व बैलगाड़ियों में धक्के खाए। लेकिन क्यों? उसके पास भी इसका साफ-साफ जवाब नहीं था।

उसकी मोची से बात करने की इच्छा थी। इसलिए उसने बीड़ी निकाल ली। पत्ते में लिपटी तंबाकू का इस तरह सेवन बहुतों को पसंद था। (सिगरेट तो खास थी, जो आम लोगों से दूरी पैदा करती थी; जबकि एक पैसे में आनेवाली बीड़ी नजदीकियाँ बढ़ाती थी।) मोची बीड़ी लेने से हिचकिचा रहा था। यह देखकर हिप्पी बोला, "ले लो, तुम्हें पसंद आएगी, अच्छी है, तोता ब्रांड है।"

इसके बाद हिप्पी ने अपने झोले से माचिस ढूँढ़ी और दोनों ने बीड़ी जला ली। कुछ देर तक दोनों शांति से बीड़ी पीते रहे। आस-पास की हवा में धुएँ के छल्ले और बीड़ी की पत्ती की गंध फैल गई थी। नुक्कड़ के इधर-उधर से साइकिलें और ऑटो-रिक्शा आ-जा रहे थे। तभी एक आइसक्रीम

वाला अपनी ठेलागाड़ी लेकर आ गया और लोगों का ध्यान अपनी ओर खींचने के लिए भोंपू बजाने लगा। उसके ग्राहकों में खासकर बच्चे ही थे, जिनकी भीड़ अभी स्कूल के गेट से निकलने वाली थी। मोची से बातचीत का सिलसिला शुरू करते हुए हिप्पी ने कहा, ''तुम्हारे ऊपर तो फूल बरस रहे हैं।'' वह उन छोटे-छोटे सफेद-पीले फूलों की तरफ इशारा कर रहा था, जो पेड़ से गिरकर मोची के इर्द-गिर्द बिखरे पड़े थे। मोची का ध्यान उस तरफ गया तो देखा कि कुछ उसके कोट और पगड़ी पर भी गिरे हुए थे। उसने झटके के साथ कोट और पगड़ी से सभी फूल झाड़ डाले। ज्यादातर फूल कुम्हलाए हुए थे। फिर भी वे मोची की महिमा तो बढ़ा ही रहे थे। हिप्पी ने फिर अपनी बात दोहराई, ''तुम पर तो बड़ी कृपा हुई है कि तुम्हारे पर पूरे दिन फूल झड़ते रहते हैं।''

मोची ने बड़े सख्त लहजे में जवाब दिया, ''क्या मैं इन फूलों को खा सकता हूँ? क्या मैं इन्हें घर ले जाकर अपनी घरवाली को दे सकता हूँ कि खाने के लिए वह इन्हें ही पका ले? अगर किसी भरे पेटवाले के ऊपर फूल गिरते तो अलग बात होती। ऊपर स्वर्ग में बैठे भगवान् सिर्फ उन्हीं लोगों पर फूल बरसा सकते हैं, मुझ पर नहीं।''

''क्या तुम भगवान् पर भरोसा करते हो?'' हिप्पी ने पूछा।

यह ऐसा सवाल था, जिससे मोची को कुछ अचरज हुआ। ऐसे स्वभाववाले किसी आदमी के दिमाग में यह सवाल आया ही कैसे? शायद यह रहस्यमय ग्राहक उसकी परीक्षा ले रहा है। बेहतर है, जवाब देते वक्त सावधानी बरती जाएं। यह सोचते हुए मोची ने परेशान लहजे में मंदिर की तरफ हाथ से इशारा करते हुए कहा, ''कभी-कभी वह हमारी तरफ देखते भी नहीं। देखें भी कैसे? उन्हें पूरी दुनिया का खयाल जो रखना पड़ता है।'' उसने कुछ देर मन-ही-मन भगवान् की तसवीर का चिंतन किया, जिसका ध्यान लगातार भटकता रहता है; क्योंकि हर दिशा से अनगिनत फरियादी उसके सामने फरियाद करते रहते हैं, मन्नतें माँगते रहते हैं। मन में यह भाव आते ही मोची ने आगे जोड़ा, ''हमारे सबसे बड़े अफसर, कलेक्टर, की मिसाल ही ले लो, क्या उन्हें हर कोई देख सकता है या वे हर किसी की फरियाद सुनकर सबको जवाब दे सकते हैं। अगर एक इनसान (बड़े अफसर) तक पहुँचना इतना मुश्किल है तो भगवान् तक पहुँच पाना और कितना कठिन होगा? उनके पास चिंता करने के लिए कितना कुछ है!'' उसने अपनी बाँहें उठाकर

कुछ इस अंदाज में घुमाईं, जैसे स्वर्ग से क्षितिज तक सब नाप लिया हो। मोची की बातों से हिप्पी को भगवान् के कामों और उनके मकसद की विशालता का एहसास हुआ। मोची आगे बता रहा था, "और तो और, वह तो कभी सो भी नहीं सकते। इस मंदिर के पुजारी एक बार प्रवचन देते समय बता रहे थे कि सोना तो दूर, भगवान् अपनी पलकें तक नहीं झपकाते। कर भी कैसे सकते हैं? उनके पलक झपकते ही पता नहीं कितना कुछ बुरा हो जाएगा। ग्रह-नक्षत्र अपना रास्ता बदलकर एक-दूसरे से टकरा जाएँ, आकाश से आग के गोले बरसने लगें, सबके सब दैत्य-दानव निकल पड़ें और इनसानों को खा जाएँ। अरे, पूरे ब्रह्मांड में उथल-पुथल मच सकती है!"

भगवान् के सिर्फ पलक झपकने से हो जानेवाली इस विनाश-लीला के बारे में सोचकर ही हिप्पी अंदर तक काँप गया।

मोची अब भी बताए जा रहा था, "मैं भी भगवान् से रोज कुछ-न-कुछ माँगता हूँ, बल्कि हर घंटे माँगता रहता हूँ। लेकिन जब वे थोड़े फुरसत होंगे, तभी मेरी प्रार्थना सुनेंगे न। तब तक मुझे यह सब तो बरदाश्त करना ही पड़ेगा।"

"क्या, क्या बरदाश्त करना पड़ेगा?" हिप्पी ने पूछा। वह अपनी जिज्ञासा नहीं रोक पा रहा था।

"यह जिंदगी। मैं उनसे प्रार्थना करता हूँ कि मुझे उठा लें, लेकिन जब वक्त आएगा, तभी आएगा न।"

"क्यों, क्या तुम इस जिंदगी से खुश नहीं हो?" हिप्पी ने सवाल किया।

"मैं आपकी बात समझा नहीं।" मोची ने कहा। इतने में उसे सामने से छात्र गुजरता दिखाई दिया, जिसकी सैंडिल की बद्धी टूट रही थी। वह चिल्लाया, "सुनो, बद्धी टूट रही है। रुको, इधर आओ।" आवाज सुनकर वह कुछ देर के लिए ठिठका, लेकिन फिर आगे बढ़ गया। मोची ने उसकी तरफ उपेक्षा भरा इशारा किया और हिप्पी से बोला, "देखो, आजकल के लड़के कैसे हो गए हैं। इन्हें कोई फिक्र ही नहीं है। फिजूलखर्ची की आदतें लगी हुई हैं। मैं आपको बता रहा हूँ, घर पहुँचने से पहले ही इसकी सैंडिल की बद्धी टूट जाएगी; और यह उसे फेंककर नई खरीद लेगा।" आह भरते हुए हुए उसने आगे कहा, "आजकल इन लोगों की आदतें भी अजीब सी हो गई हैं। सिर्फ पाँच पैसे खर्च करके यह अभी एक साल और सैंडिल पहन सकता था।" उसने अपनी बोरी में भरी हुई चप्पलों और सैंडिलों की तरफ इशारा करते हुए

कहा, "ये सभी मैं इधर-उधर से उठाकर लाया हूँ। इसके जैसे ही नौजवानों की फेंकी हुई हैं। देखना, स्कूल के पास सड़क के किनारे कुछ दिनों में चप्पलों-सैंडिलों का ढेर लग जाएगा। बच्चों में इतना धीरज ही नहीं है कि वे टूटी चप्पलें हाथ में पकड़कर घर ले जाएँ। मेरे पास भी जो हैं, उनमें सब की सब जोड़ी की या एक ही रंग की नहीं हैं; लेकिन मैं उन्हें काटकर नया आकार देता हूँ, उन्हें रँगता हूँ और जोड़ी का बना देता हूँ।" ऐसा लगता था जैसे खराब जूता-चप्पलों को इस तरह ठीक कर देने की अपनी काबिलियत पर वह नाज कर रहा है। "अगर मैं इन्हें कुछ दिनों तक अपने पास रखता हूँ तो भगवान् मेरे पास ग्राहक भी भेज देते हैं। वे लोग कुछ भाव-ताव करके इन्हें ले जाते हैं। कीमत जो मिले काफी होती है।"

"कौन खरीदता है इन्हें?"

"कोई भी। अगर कहीं इमारत खड़ी हो रही है तो वहाँ काम करनेवाले लोग खास तौर पर। उन्हें पूरे दिन सीमेंट में खड़े रहना पड़ता है और पैरों को सुरक्षित रखने की जरूरत होती है। दिन भर में किसी तरह मैं रोज पाँच रुपए कमा लेता हूँ। घर लौटते वक्त इतने पैसे थोड़ा सा मक्का और चावल खरीदने के लिए काफी होते हैं। घर में दो मुँह खाने के इंतजार में जो बैठे होते हैं। पर अब क्या दिन आ रहे हैं! दो वक्त का खाना भी मुश्किल हो रहा है। अब तो पान के पत्ते भी एक पैसे में दो मिलते हैं। पहले बीस मिल जाते थे। मेरी बीवी को खाना मिले, न मिले; लेकिन वह पान जरूर खाती है। इस जिंदगी में भगवान् ने हमें न जाने किस चीज की सजा दी है। मैं पिछले जन्म में जरूर सूदखोर महाजन रहा हूँगा, जो पैसों के लिए लोगों का खून चूसता रहा होगा। जब तक मेरे उन कर्मों की सजा पूरी नहीं हो जाती, भगवान् मुझे यहीं रखेंगे। तब मुझे धीरज रखना होगा।"

"अगले जन्म में तुम क्या बनना चाहते हो?"

मोची को अचानक फिर एहसास हुआ कि वह शायद भगवान् या उनके किसी दूत से ही बात कर रहा है। उसने इस सवाल का जवाब देने से पहले कुछ सोच-विचार किया। फिर बोला, "मैं इस दुनिया में फिर जन्म लेना नहीं चाहता। कौन जाने, वे मुझे नरक में भी भेज सकते हैं; लेकिन मैं नरक में जाना नहीं चाहता।" उसने दूसरी दुनिया के बारे में अपनी सोच विस्तार से बताई, जहाँ एक शक्तिशाली व्यक्ति बही-खाता लेकर बैठा रहता है। वह सभी के अच्छे-बुरे कर्मों का हिसाब-किताब रखता है। उन्हीं के हिसाब से

वह लोगों को स्वर्ग या नरक में भेजता है।''

''तुमने ऐसा क्या किया है?'' हिप्पी ने पूछा।

मोची के दिमाग में शक गहरा गया कि वह भगवान् से ही बात कर रहा है। ''जब आप पी लेते हो तो आपको कुछ याद नहीं रहता कि आपने क्या किया है।'' उसने कहा। ''अब तो मेरे हाथ-पाँव कमजोर हो गए हैं। लेकिन जवानी के दिनों में कोई अपने दुश्मन की झोंपड़ी में आग भी लगा सकता है। वह भी उस वक्त, जब रात में वह और उसके बच्चे वहाँ सो रहे होते हैं। किसी झगड़े की वजह से ऐसी चीजें हो सकती हैं। उस आदमी ने मेरे पैसे छीन लिये थे। मेरी बीवी को बेइज्जत करने की धमकी दी थी। मैंने शक की बिना पर उसकी ही पिटाई कर दी। इससे वह बेचारी एक आँख खो बैठी। उस वक्त हमारे पास काफी पैसे होते थे। उन दिनों एक रुपए में ताड़ी की तीन बोतलें आ जाती थीं। मेरा एक बेटा भी, लेकिन उसकी मौत के बाद मैं एकदम बदल गया। अभी हमारे घर में जो बच्चा है, असल में वह मेरे बेटे का है।''

''मैं अब तुमसे सवाल नहीं पूछना चाहता।'' हिप्पी ने कहा, ''लेकिन मैंने भी कई गाँवों को आग के हवाले किया है। उनके ऊपर उड़ते हुए न जाने ऐसे कितने लोगों को धमाकों से उड़ा दिया, जिन्हें मैं जानता तक नहीं था।''

मोची ने उसकी तरफ अचरज से देखा और पूछा, ''कब, कहाँ, कैसे?''

हिप्पी ने जवाब दिया, ''किसी और शरीर में, किसी और जन्म में। क्या तुम बता सकते हो कि मुझे अब आगे कौन सी गति मिलेगी?''

मोची बोला, ''अगर आप मंदिर के पुजारी के आने का इंतजार कर सकते हों···वह बहुत जानकार आदमी हैं, वह हमें सब बताएँगे।''

हिप्पी ने कहा, ''जिस आदमी की तुमने झोंपड़ी जलाई, उससे तुम कम-से-कम नाराज तो थे। लेकिन मुझे तो पता तक नहीं था कि मैं किस-किसकी झोंपड़ियाँ जला रहा हूँ। मैंने तो उन्हें देखा तक नहीं था।''

''क्यों, क्यों, फिर?'' यह देखकर कि सामनेवाला अब बोलना नहीं चाहता, मोची ने पूछा। फिर कहा, ''अगर यह उन दिनों की बात है तो इसका मतलब ये हुआ कि हम साथ बैठकर खा और पी सकते हैं।''

''फिर कभी।'' हिप्पी ने कहा और वहाँ से जाने के लिए उठ खड़ा हुआ। उसने पैरों में अपनी सैंडिलें डालीं और जाते-जाते बोला, ''मैं फिर आऊँगा।'' हालाँकि उसे खुद पक्के तौर पर पता नहीं था कि वह कहाँ जा

रहा है और अगली बार किस जगह पर ठहरेगा। उसने मोची को पच्चीस पैसे दिए। इतने की ही बात हुई थी। इसके बाद उसने अपने झोले से चाँदी की मूर्ति निकालकर मोची को देते हुए कहा, "यह कुछ तुम्हारे लिए।"

मोची ने जैसे ही उस मूर्ति को अच्छी तरह देखा तो चीख पड़ा, "अरे, यह तो दुर्गा हैं, देवीजी; यह आपकी रक्षा करेंगी। क्या तुमने यह मूर्ति चुराई है?"

हिप्पी ने इस सवाल की तारीफ की; क्योंकि यह इस बात का पुख्ता संकेत था कि वह किस तरह अब आदर और सम्मान के भाव से नहीं देखा जा रहा था। उसने जवाब दिया, "जिस आदमी ने यह मुझे दी है, शायद उसने चुराई हो।"

"इन्हें अपने पास ही रखिए। यह आपकी सुरक्षा करेंगी।" मोची ने वह मूर्ति लौटाते हुए कहा। फिर जब हिप्पी चला गया तो उसने मन-ही-मन कहा, 'भगवान् भी तो चोरी कर लेते हैं, जब उन्हें मौका मिलता है।'

□

भूखा बच्चा

एक म्यूनिसिपल कमेटी ने पुराने फुटबॉल मैदान पर एक्सपो '77-78 के नाम से मेला लगाया हुआ था। यहाँ लाइन में बने हुए छप्परोंवाले शेड, आँखों को चौंधिया देनेवाली फ्लड लाइटों की रोशनी, हर चीज एक स्तर से ऊपर की थी। इस मेले में, जैसा कि उनका दावा था, आप सुई से ऑटोमोबाइल तक कुछ भी खरीद सकते थे। हालाँकि वहाँ ऑटोमोबाइल के नाम पर इकलौती गाड़ी 1930 की फोर्ड ही नजर आ रही थी। वह भी रंग-बिरंगे बल्बों के बीच सजाकर इनाम के तौर पर उसको देने के लिए रखी गई थी, जिसके टिकट का लकी नंबर ड्रॉ में निकलता। मार्केट रोड से लोगों की भीड़ को मेले के सजे-धजे दरवाजे तक छोड़ने के लिए विशेष बसें चलाई गई थीं। खंभों में, हर एक-दो गज की दूरी पर, लाउडस्पीकर टाँग दिए गए थे। ये हवा में व्यावसायिक संदेशों के साथ ही बीच-बीच में फिल्म संगीत की धुनें भी घोल रहे थे। लगातार आ रही भीड़ का कभी न रुकनेवाला कोलाहल भी था। इस तरह आयोजक शोर-शराबा, चकाचौंध व धूल-धक्कड़ की असाधारण दुनिया रचने में सफल हो गए थे।

रमन को यह भीड़-भाड़ और कानों में पड़नेवाला शोर-शराबा बहुत तकलीफदेह लग रहा था। वह सोच रहा था कि काश, इनसान को भगवान् ऐसे कान दे देते, जिनके ढक्कन अपनी मरजी से खोले या बंद किए जा सकते तो कितना अच्छा होता।

'ओह, ये जो विज्ञापन में टाइगर ब्रांड अंडरवियर के बारे में लगातार बढ़-चढ़कर बताया जा रहा है और फिल्मी गाने में किसी बेवकूफ के दिल में

दर्द की बात कही जा रही है, उससे मैं कैसे बच सकता हूँ।' उसने आगे सोचा, 'मैं यहाँ बोरियत से बचने के लिए आया था। लेकिन यह तो एकदम नरक है, एक पागलखाना⋯।'

इलामैन स्ट्रीट से यहाँ तक आने के लिए अब उसे अफसोस हो रहा था, लेकिन अभी यह जगह छोड़ने का मन नहीं बना पाया था। यह धूम-धड़ाका, यह कोलाहल उसे खुद से बाहर लिये जा रहा था। यह भी एक तरह की राहत ही थी, जिसकी उसे इन दिनों सख्त जरूरत थी। वह भी भीड़ के साथ धीरे-धीरे आगे बहा जा रहा था। कभी कहीं रुककर किसी पोस्टर या साइनबोर्ड पर पेशेवर अंदाज में नजर भी डालता जा रहा था। इसी बीच एक स्टॉल के बाहर लगे विज्ञापन के बड़े भारी पोस्टर ने उसका ध्यान खींचा। उसमें एक महिला को कमर के नीचेवाले हिस्से से मछली की तरह दिखाया गया था। वह अनुमान लगा रहा था कि अगर उसे इसी महिला को किसी दूसरे साइनबोर्ड पर डिजाइन करने का मौका मिला तो वह कैसे करेगा। अगर उसे उन लोगों के संरक्षण या मदद की तलाश होती तो वह निश्चित रूप से एक्सपो में बेहतरी के लिए कई जगह सुधार करता और पैसे भी कमा लेता। लेकिन वह तो जानलेवा उदासीनता की जकड़ में था। उसने लंबे समय से किसी भी काम में कोई हलचल नहीं देखी थी। कई महीनों से वह मार्केट गेट पर बनी अपने दुकान पर भी नहीं गया था। उसका न जाना उसके विरोधी जयराज के लिए वरदान साबित हो रहा था।

'उसे कमा लेने दो।' रमन ने मन में सोचा, 'हालाँकि कला को लेकर उसकी समझ तो चिंपांजी जैसी ही है।' आधी मछली बनी उस महिला की तसवीर देखकर उसके भीतर आसक्ति और घृणा का मिला-जुला भाव पैदा हुआ था। एक आदमी भोंपू लेकर एक ऊँची जगह पर चढ़ा हुआ उस शो के बारे में जोर-जोर से बता रहा था, "आइए, इस हसीना को देखने का मौका मत छोड़िए। देखिए, कैसे यह आधी पानी में और आधी बाहर रहती है। मुश्किल से मौका आया है, छोड़ना नहीं। आप इससे सवाल भी पूछ सकते हैं। यह आपके हर सवाल का जवाब देगी।"

'क्या सवाल?' रमन ने अपने आपसे पूछा। क्या उससे ये पूछे कि इतनी देर पानी में रहने के बावजूद वह सर्दी से कैसे बची रहती है? या फिर यह पूछे कि इस काम के लिए उसके शरीर पर किस किस्म के कपड़े सुविधाजनक होते हैं? यह सोचते हुए अभी वह इसी उधेड़बुन में था कि

भीतर जाए या नहीं, तभी उसे एक घोषणा सुनाई दी। उसमें कहा जा रहा था, "पाँच साल का बच्चा, जो अपना नाम गोपू बता रहा है, अपने माता-पिता से बिछड़ गया है। यह जिस किसी का भी हो, वह सेंट्रल ऑफिस में आकर ले जाए।" चौथी बार लाउडस्पीकर पर यह संदेश दिया गया था। उसने मत्स्य महिला के मायाजाल से खुद को बाहर निकाला और तय किया कि उस खोए हुए बच्चे से मिलकर आया जाए।

'देखना चाहिए कि कौन सा बच्चा खो गया है। और वे कैसे माँ-बाप हैं, जो इतने लापरवाह हैं कि अपने बच्चे का खयाल भी नहीं रख सकते। या फिर उन्होंने जान-बूझकर बच्चे को यूँ खो जाने के लिए छोड़ दिया? शायद कोई घटिया या अपराधी किस्म का ही होगा, जो बच्चे से छुटकारा पाना चाहे।' वह सेंट्रल ऑफिस की तरफ चल दिया। रास्ते में मेडिकल प्रदर्शनी के पंडाल के सामने काफी भीड़ लगी हुई थी। वहाँ काँच के बरनियों में इनसानी शरीर के अंग—दिल, गुर्दा, फेफड़े, भ्रूण आदि प्रदर्शित किया गया था। जिंदा व्यक्ति का एक एक्सरे भी रखा गया था। वहाँ लगी भीड़ के बीच से रास्ता बनाने में रमन को काफी मशक्कत करनी पड़ी।

रास्ते में उसने देखा कि एक जगह गुलाब लच्छे निकाले जा रहे हैं। उसने तुरंत एक खरीद लिया। वह बेहद हल्का, लेकिन इतना बड़ा था कि जैसे ही उसने मुँह से एक टुकड़ा काटने की कोशिश की, पूरा चेहरा ढक गया। 'खुलेआम इस तरह इसे कुतरना कितना बेतुका है।' उसने सोचा। उसने उसे खाने के बजाय हाथ में रख लिया, जैसे किसी और के लिए ले जा रहा हो। बीच-बीच में उसके छोटे-छोटे कौर मुँह में भरकर स्वाद लेते हुए आगे बढ़ता रहा था। 'धरती पर सबसे मीठी चीज है यह।' उसने मन में सोचा। एक हाथ में वह गुलाब लच्छे को गुलदस्ते की तरह पकड़े हुए था। मुँह में उसके कुछ रेशे भी चिपके हुए थे, जो बता रहे थे कि वह उसे खाने से खुद को रोक नहीं पाया था। बहरहाल, इसी हालत में वह सेंट्रल ऑफिस पहुँच गया। मेले के दक्षिणी दरवाजे पर वह दफ्तर बनाया गया था। काफी व्यस्त जगह थी वह। कई टाइपिस्ट बैठे हुए अपना काम कर रहे थे। लोग लगातार अंदर-बाहर हो रहे थे। इन्हीं के बीच उसने देखा कि एक बच्चा बेंच पर बैठा हुआ था। बैठे-बैठे जोर-जोर से पैर हिला रहा था। कभी इधर मुड़ता था, कभी उधर झुकता था। इससे बेंच तरह-तरह की आवाजें कर रही थी और उसे मजा आ रहा था। हालाँकि पास ही बैठे बाबू को इस पर ख़ूब

गुस्सा आ रहा था और वह बार-बार उसे डाँट रहा था, "चुप, चुपचाप बैठो, शोर मत करो।" यह डाँट-फटकार सुनते ही गोल-गोल गाल और उभरी हुई नाकवाला वह लड़का हँस देता था। हँसते वक्त उसके छोटे-छोटे सफेद दाँत, जिनमें सामने के दो कम थे, साफ नजर आते। 'पाँच नहीं, सात को होगा।' रमन ने उसकी उम्र का अंदाज करते हुए सोचा। उसके हाथ में आधी खाई हुई कैंडी थी। जैसे ही बच्चे ने उसे देखा, वह झपटा और उसके हाथ से गुलाब लच्छा छीनकर खाने लगा। उससे उसका पूरा मुँह उससे ढक गया था। रमन ने उसके जोश की मन-ही-मन तारीफ की और उसके सिर पर हाथ फेर दिया। यह देखकर वह चिड़चिड़ा बाबू बोला, "क्या आप इसे अपने साथ ले जा रहे हैं?"

"हाँ।" रमन के मुँह से अचानक ही निकल गया।

यह सुनते ही उस क्लर्क ने एक रजिस्टर उसकी तरफ बढ़ा दिया और कहा, "यहाँ दस्तखत कर दीजिए।" रमन ने बिना पढ़े ही उस रजिस्टर पर दस्तखत कर दिए।

"आप लोग अपने बच्चों पर नजर क्यों नहीं रखते? फिर इसे मत गुमा देना। ऐसे लड़के को यहाँ रखने में बहुत परेशानी होती है। कोई अपना सामान्य कामकाज तक नहीं कर सकता। अब मुझे यहाँ अपनी फाइलें और दस्तावेज निपटाने के लिए रात भर रुकना पड़ेगा।" बाबू ने कहा।

"आपने तो अनाउंसमेंट किया था कि यह रो रहा है?"

"अरे, कहना पड़ा; वरना ये रोनेवाला दिखता है! वैसा अनाउंसमेंट नहीं करूँ तो माँ-बाप तब तक न आएँ, जब तक वे यहाँ से घर जाने को तैयार न हो जाएँ। और ऐसे छोटे-छोटे बदमाश बच्चों की देखभाल हमें करनी पड़ जाए। इसीलिए अनाउंसमेंट की वह तरकीब लगाई। इसकी माँ कहाँ है?"

"वहाँ है। वह बाहर इंतजार कर रही है।" रमन ने कहा और अपना हाथ बढ़ा दिया। लड़के ने भी तुरंत उसका हाथ थाम लिया और इसके बाद दोनों वहाँ से बाहर निकलकर भीड़ में खो गए।

बच्चे के साथ चलते हुए रमन के दिमाग में एक शब्द बार-बार आ रहा था—'माँ'। यह शब्द इच्छा जगानेवाला था। उसने कैसे सोचा कि उसकी एक बीवी है, जो सेंट्रल ऑफिस के बाहर इंतजार कर रही थी। और वह चिड़चिड़ा बाबू उसकी यह बात मान भी गया। 'स्वाभाविक तौर पर,' रमन ने सोचा, 'मैं इस लायक तो हूँ कि मेरी भी बीवी हो। कोई बुराई नहीं है···साइनबोर्ड का

उत्कृष्ट और मौलिक पेंटर हूँ। बैंक बैलेंस भी संतोषजनक है। सरयू के किनारे अपनी जमीन है और खुद का वर्कशेड भी।' गोद में आ गए इस बच्चे के अलावा एक और होने वाला था, जो डेजी के पेट में था, उसका अपना। कौन जाने? हो सकता है, अब भी वह हताशा भरी एक अपील भेजने की इच्छा कर रही हो, 'तुमने मुझे गर्भवती कर दिया!' यह अपील उसके एक अधिकार की रक्षा जरूर करती। दरअसल, वह परिवार नियोजन की कट्टर समर्थक के तौर पर खुद की पहचान स्थापित करना चाहती थी। शायद इसीलिए हमेशा गाँव और कस्बे में हर घर के निजी मामलों में जब-तब दखलंदाजी भी करती रहती थी। वहाँ जा-जाकर दंपतियों को बताती कि वे ज्यादा बच्चे पैदा न करें। हर कहीं जबरन अपना हक जमाती रहती थी और वह भी कितना बेवकूफ कि उसके पीछे लग लिया! उसकी गलती नहीं थी, क्या वाकई! उसने उसे ग्रामीण इलाकों की दीवारों पर 'ज्यादा बच्चे नहीं' का फालतू का संदेश लिखवाने के लिए बहला-फुसलाकर राजी कर लिया था। इसके बाद अपने साथ हर उस जगह जाने को मजबूर किया, जो सुनसान थी। इन हालात में कुँवारेपन का उसका संकल्प कैसे सलामत रह सकता था? यह सदी की सबसे हास्यास्पद स्थिति थी कि तमाम सावधानियों और जानकारियों के बावजूद वह गर्भवती हो गई थी और अब उसकी मदद चाह रही थी। इन स्थितियों के बारे में सोचकर उसे भीतर से गुदगुदी महसूस हुई और वह हँस पड़ा। उसकी उँगली पकड़कर चल रहा लड़का भी उसे देखकर मुसकरा दिया।

रमन ने उसका मुसकराता हुआ चेहरा देखा तो पूछ बैठा, "तुम क्यों हँसे?"

"पता नहीं।" लड़के ने जवाब दिया और फिर हँस पड़ा।

भीड़ इतनी ज्यादा थी कि आगे बढ़ना मुश्किल हो रहा था। इस पर वह लड़का जहाँ कहीं भी खाने-पीने के स्टॉल देखता, लड़खड़ाने लगता था। मेले में हर मोड़ पर चाय-नाश्ता और खाने-पीने के स्टॉल लगे हुए थे। हरी मिर्च, ककड़ी, टमाटर के ढेर लगे हुए थे। कहीं हरी मिर्च से वड़े तैयार हो रहे थे, कहीं कड़ाही से पूरे चंद्रमा की तरह गोल-गोल पापड़ निकाले जा रहे थे। किसी-किसी जगह ताजा गरम जलेबी की खुशबू नथनों में समा रही थी। कहने की जरूरत नहीं कि ऐसी ही खाने-पीने की न जाने कितनी स्वादिष्ट चीजें वहाँ से गुजरनेवालों को लुभा रही थीं।

रमन को उस बच्चे पर तरस आ गया, जिसे वह अपनी इच्छा से साथ ले आया था।

"क्या तुम कुछ खाना चाहोगे?" उसने पूछा।

"हाँ।" उस लड़के ने जवाब दिया और एक ठेले में रखे बुढ़िया के बाल (कॉटन कैंडी) की तरफ इशारा कर दिया। रमन को डर था कि लड़के का हाथ छोड़ा तो कहीं वह फिर से न खो जाए, इसलिए उसने जोर से उसका एक हाथ थाम रखा था। खाने-पीने को या किस स्टॉल की तरफ इशारा करने के लिए लड़के का सिर्फ एक हाथ ही खाली था। जल्दी ही लड़के ने अपना पूरा चेहरा बुढ़िया के बाल के पीछे ढक लिया और प्रदर्शनी की बाकी चीजों से उसकी दिलचस्पी हट गई।

जब वह उसे खत्म कर चुका तो रमन ने पूछा, "आइसक्रीम?"

लड़का तुरंत खुशी से राजी हो गया। तब रमन ने चॉकलेट आइसक्रीम के दो कोन खरीद लिये और लड़के के साथ वह भी खाने लगा। कुछ देर के लिए रमन सबकुछ भूल गया था। हाड़तोड़ मेहनत की तकलीफ, सिर पर छाई हुई बोरियत-उदासी, सुबह से रात तक चलनेवाला नीरस दौर—वह सब भूल गया था। उसने लड़के को देखते हुए अपने आप से पूछा, 'इसको खुश देखकर मुझे क्यों खुशी महसूस हो रही है? यह है कौन? शायद पिछले जन्म में मेरा बेटा ही रहा हो।" वह अब सोच रहा था कि उस बच्चे को और किस तरह खुश किया जा सकता है।

"क्या तुम झूला झूलोगे?" उसने एक बड़े झूले की तरफ इशारा करते हुए पूछा। वह झूला तेज आवाज के साथ घूमते हुए लोगों को आसमान की ऊँचाई तक ले जाता था। झूला झूलने के लिए भी लड़का तुरंत तैयार हो गया। रमन ने लड़के को झूले में बिठाया और हिंडोले में खुद भी उसके बगल में उसे पकड़कर बैठ गया। 'इसको खाने से दूर रखने का यही एक अच्छा तरीका है।' रमन ने सोचा। दरअसल, रमन उस लड़के की तबीयत को लेकर चिंतित हो रहा था। अगर उसने कभी पेटदर्द की शिकायत की तो वह कभी उसे इतना ज्यादा खिलाने के लिए खुद को माफ नहीं कर पाएगा। झूला अभी घूमना शुरू नहीं हुआ था। इस बीच उसे पूरे हालात पर विचार करने का पूरा मौका था। लड़के को अब तक अपने माता-पिता की फिक्र नहीं थी। शायद कोई अनाथ था, जो यहाँ इस मेले में आ गया था। लेकिन उसे यह सोचकर अच्छा भी लग रहा था कि अब वह इस बच्चे को अनाथ नहीं रहने देगा। उसे खुद को 'डैडी' या 'अप्पा' कहना सिखाएगा। झूला धीरे-धीरे चलना शुरू हो गया था और वह खुद को काफी ऊँचाई पर जाते महसूस कर रहा था। लड़के

ने जोर से उसकी बाँह पकड़ रखी थी।

रमन ने उसे धीरे से समझाया, ''डरो मत, मैं हूँ न! मजे करो।'' अगर लोगों ने उससे पूछा, 'यह बच्चा कौन है?' तो वह जवाब दे देगा, 'मेरे बेटा···तुम्हें याद है डेजी? उसने इसे कॉन्वेंट में बड़ा किया। लेकिन मैं इसको वहाँ से दूर ले आया। मैं मानता हूँ कि बच्चों के लिए घर के माहौल बड़ा होना चाहिए।'

'इसकी माँ कहाँ है?' वे पूछ सकते हैं।

'नहीं पता, वह किसी के साथ भाग गई।' डेजी ने उसे खारिज करके जो दु:ख दिया है, उसका बदला लेने के लिए लोगों को यही जवाब देगा। इतने दिनों तक वह उसके साथ सोई, लेकिन आखिरी मौके पर ऐन शादी के दिन के पहले वाली शाम उसने इनकार कर दिया।

अचानक उसने अपने बगल में देखा और बच्चे से पूछा, ''तुम्हारी उम्र कितनी है?''

जवाब से अनजान लड़के ने पलकें झपका दीं और सिर हिला दिया। तब रमन ने ऐलान किया, ''सात साल से कम के तो नहीं होगे।'' लेकिन इस निश्चय के साथ ही उसके दिमाग में एक और सवाल उठ गया। डेजी के सात साल का लड़का कैसे हो सकता है? उसे तो कस्बे में आए अभी दो-तीन साल ही हुए हैं। उसने खुद ही जोर से जवाब दिया, ''मुझे इसका जवाब खोजना होगा, बस।'' यह सुनते ही लड़का हक्का-बक्का सा उसे देखने लगा। लेकिन अगले ही पल उसने सवाल दाग दिया, ''झूला और तेज कब चलेगा?'' इस पर रमन को लगा कि जितनी ऊँचाई वह है, उतना ही ठीक है। इससे ज्यादा ऊपर जाने से वह असहज हो सकता है। लेकिन लड़का बेचैन हो रहा था। लिहाजा, उसका ध्यान बँटाने के लिए उसने उसे बातचीत में उलझा दिया और पूछा, ''क्या तुम मेरे साथ चलोगे?''

''मुझे भूख लगी है।'' लड़का बोला। ''मुझे कुछ खाने को चाहिए।''

उसकी भूख से अचरज में पड़े रमन ने कहा, ''अगर तुम मेरे साथ घर चलोगे तो वहाँ तुम्हें खाने को काफी सारी चीजें मिलेंगी।''

बैठे-बैठे उसकी बात ध्यान से सुन रहे लड़के ने इस पर सवाल किया, ''चॉकलेट या आइसक्रीम या बबलगम?''

''हाँ, सबकुछ और ढेर सारी जलेबियाँ भी।''

''मुझे जलेबियाँ बहुत पसंद हैं···सच्ची!'' लड़के ने कहा। यह सोचकर

खुश उस लड़के ने अगला सवाल किया, ''मैं वह सबकुछ अपने हाथ से ले सकता हूँ या हर बार आपसे पूछना पड़ेगा?''

''मैं सब तुम्हारे हवाले कर दूँगा; तुम जितना चाहो उतना खा सकते हो।'' रमन ने कहा।

यह सोचते ही लड़के के मुँह में पानी आ गया—''मेरे पिताजी कहते हैं, अगर मैं ज्यादा खाऊँगा तो बीमार हो जाऊँगा।''

''वह कहाँ हैं?''

लड़के ने सिर हिलाया।

''क्या वह यहीं इस मेले में हैं?''

बच्चा शायद इस मसले को आगे नहीं बढ़ाना चाहता था। उसे डर था कि उसको पिता के हवाले किया जा सकता है। ऐसे में चॉकलेट और बबलगम खाने का मौका उसके हाथ से निकल जाएगा। तभी रमन ने कहा, ''बिल्कुल ठीक बात है, तुम्हें ज्यादा नहीं खाना चाहिए, नहीं तो तुम्हारा पेट निकल आएगा।''

''नहीं, मेरा पेट नहीं निकलेगा।'' लड़के ने यकीन के साथ कहा। ''जब मेरे अंकल आए थे न, तब आपको पता है, मैंने कितना खाया था?'' उसने खाने की मात्रा बताने के लिए अपनी दोनों बाँहें फैला दी थीं।

रमन बच्चे का स्वास्थ्य देखकर खुश था; नहीं तो अगर वह बीमार होता तो उसे मालगुडी मेडिकल सेंटर के डॉ. कृष्णा के पास ले जाना पड़ता। ओह, लड़के बीमार हो जाने की चिंता को तो वह झेल ही नहीं पाएगा, क्योंकि घर में उसकी देखरेख के लिए कोई भी नहीं है। यकीनन, उसके लिए एक अलग कमरा देना होगा। वह कमरा उसने डेजी के लिए साफ किया था। उम्मीद थी कि वह अगले दिन आकर उसी में रहेगी; लेकिन वह अब तक खाली पड़ा है। बह उसे यूँ ही छोड़कर चली गई। लड़का उसे अपना कमरा बना सकता था। उसमें अपने कपड़े, किताबें, खिलौने वगैरह रख सकता था। उसका बिस्तर भी वहीं डाला जा सकता था। उसे उम्मीद थी कि वह अकेले सो जाएगा और रात को रोएगा नहीं। उसे लड़के को रात में अकेले सोने और अपनी किताबों-खिलौनों की खुद देखभाल करने के लिए ट्रेंड करना पड़ेगा। वह उसे कला प्राइमरी स्कूल में भरती करा देगा। बहुत अच्छा नहीं है, लेकिन उसकी प्रधान अध्यापिका को वह जानता था। उसने उनके स्कूल के लिए मुफ्त में साइनबोर्ड बनाकर दिया था। वह दो गुणा छह का एक पटिया था।

उसे खूबसूरत साइनबोर्ड की शक्ल देने के लिए प्लास्टिक पेंट का इस्तेमाल करना पड़ा था। फिर उस पर सिल्वर पाउडर छिड़कना पड़ा था। वह स्कूल सड़क के उस पार मंदिर के पास था। इसलिए बच्चे को यह भी सिखाना पड़ेगा कि वह अपने आप स्कूल चला जाए और लौट आए। बदकिस्मती से, जब वह स्कूल से लौटेगा तो उसे घर खाली मिलेगा।

उसके दिल में एक टीस सी उठी। लेकिन अगर डेजी ने उसकी जिंदगी खराब कर दी थी तो दूसरी तरफ उसकी मौसी अब भी उसके पास थी। बचपन से ही वह उसके साथ थी और शायद अपनी आखिरी साँस तक रहे। उसे लगा था कि उसको डेजी के लिए रास्ता साफ कर देना चाहिए। इसलिए खुद बनारस के लिए निकल गई थी। आह, जब वह घर की देखभाल करती थी तो उसे कभी खाने-पीने की चिंता नहीं करनी पड़ती थी। वह हर घंटे खाना या नाश्ता पेश कर दिया करती थी। हमेशा घर पर रहती थी। वह दिन या रात में कभी-किसी भी वक्त घर पहुँचे, वह हमेशा मुसकराकर दरवाजा खोलती थी। आजकल उसे ज्यादातर भूखा रहना पड़ता था। कॉफी बनाना या कुछ खाने-पीने के लिए बोर्डलैस होटल तक जाना भी भारी पड़ता था। थकाऊ लगता था। होटल में भी तो जो लोग मिलते थे, वे बोर किया करते थे। हमेशा एक जैसी बातों और उनसे ही आत्म-संतुष्टि का शिकार वह नहीं हो सकता था। तो क्या उसकी कोई गलती थी? डेजी की बेवफाई के बाद वह बिल्कुल बदल गया था। जीवन में खटास सी घुल गई थी। हर दिन एक खालीपन उसके चारों तरफ पसरा रहता था। कोई योजना नहीं, कुछ करने को नहीं। हताशा, निराशा और उबाऊपन से भरी हुई थी जिंदगी। रोज सुबह शून्य में आँखें खोलता था और आँख खुलते ही एहसास होता था, 'एक और फालतू दिन।' घर एकदम सुनसान और खाली हो चुका था। किसी भी किस्म के जीवन का उसमें निशान तक नजर नहीं आता था। यहाँ तक कि घर की गौरैया चिड़ियाँ भी उड़कर कहीं और चली गई लगती थीं। पहले चावल और अनाज से भरे हुए भंडार कक्ष में उनके पंखों की फड़फड़ाहट और चहचहाने की आवाजें सुनाई देती रहती थीं। लेकिन आजकल वहाँ भी एकदम खामोशी पसरी हुई थी, सिर्फ खालीपन था। रमन को कभी-कभी लगता था कि वह किसी ऐतिहासिक घटना का गवाह है, जो अपने सामने देख रहा है कि कैसे कोई ढाँचा ढहकर पुरातात्त्विक स्मारक बन जाता है। हालाँकि अब इस बच्चे की वजह से हालात बदल जाएँगे। वह पूरे माहौल में ताजगी और चहल-

पहल भर देगा। घर के ज्यादातर बल्ब फ्यूज हो चुके थे और लंबे समय से बदले नहीं गए थे। अब वह उन्हें बदलकर नए बल्ब लगा देगा। वह नए जोश के साथ खुद को पिता की भूमिका में उड़ेल रहा था। वह बच्चे को एक जिम्मेदार, सुसंस्कृत और सभ्य नागरिक के तौर पर बड़ा करना चाहता था। डेजी के उसकी जिंदगी से जाने के बाद उसने अपने पेशे को अनदेखा करना शुरू कर दिया था। उसे अब फिर से पटरी पर लाना था। सभी ग्राहकों से संबंध तरोताजा करने थे। फिर से साइनबोर्ड लिखना शुरू करना था। आखिर बच्चे की परवरिश के लिए पैसों की जरूरत तो पड़नी ही थी। बाद में वह उसे ऊटी के लवडेल बोर्डिंग स्कूल में डाल देगा।

खयालों से बाहर आते हुए उसने बच्चे से पूछा, ''तुम स्कूल जाओगे? बहुत अच्छी जगह होती है। वहाँ तुम्हें कई दोस्त भी मिलेंगे।''

यह सुनते ही बच्चे का चेहरा उतर गया और वह जोर देकर बोला, ''मैं स्कूल नहीं जाऊँगा। मुझे बिल्कुल पसंद नहीं है।''

''क्यों?''

''क्यों! क्योंकि वे लोग मुझे मारेंगे।''

रमन ने उसे समझाने की कोशिश की, ताकि स्कूल का डर उसके दिमाग से निकल जाए। लेकिन बच्चा अपनी बात पर अड़ा हुआ था। बार-बार एक ही बात कहे जा रहा था, ''नहीं, मुझे स्कूल नहीं जाना, स्कूल नहीं जाना।''

''ठीक है, तुम स्कूल मत जाना। आओ, मेरे साथ आओ और चॉकलेट खाओ।'' रमन ने उसे दिलासा देते हुए कहा। उसने तय कर लिया था कि वह चेट्टियार स्टोर पर रुककर थोड़ी मिठाई ले लेगा। वह समझ रहा था, 'बच्चे पर अभी दबाव डालना ठीक नहीं, थोड़ा वक्त लगेगा।' उसने खुद से कहा, 'कुछ दिन बाद आसानी से मैं उसे स्कूल जाने के लिए राजी कर लूँगा। मुझे याद है कि कैसे मैं खुद भी स्कूल जाने से बचता रहता था।'

बड़े झूले में झूलने के बाद बच्चा टॉय ट्रेन की सवारी करना चाहता था, जो मैदान में ही चक्कर लगा रही थी। रमन ने उसे उस पर भी बिठा दिया। लेकिन जब वह एक चक्कर लगाकर रुक गई तो बच्चे ने अपनी सीट से उतरने से मना कर दिया। वह और कई चक्कर लगाना चाहता था। ऐसे ही वह चार बार घूम लिया, लेकिन अब भी ट्रेन से उतरने को राजी नहीं था। रमन भी उस टॉय ट्रेन की सवारी का मजा ले रहा था। और कुछ देर के लिए

डेजी को पूरी तरह भूल गया था। ट्रेन की सवारी के बाद उन दोनों ने कुछ और खाया-पीया। इसी बीच उसे एहसास हुआ कि उस लड़के की वजह से वह भी लगातार कुछ-न-कुछ खाता जा रहा था। हालाँकि इससे पहले उसने सुबह से कुछ भी नहीं खाया था। अब वह खुश महसूस कर रहा था और सोच रहा था, 'बच्चे के साथ ने तो मुझ पर जादुई असर किया है। एकदम तरोताजा कर दिया।' अभी जब यह हाल था तो आगे जब वह पूरी तरह उसके साथ रहने आएगा तो कितना फर्क नहीं पड़ने वाला था। काम के समय को छोड़कर रमन का पूरा वक्त उस बच्चे के साथ ही तो बीतना था। वह उसके लिए नियमित तौर पर कुछ कहानियों की किताबें लाया करेगा और उन्हें उसे पढ़कर सुनाएगा। रामायण की कहानी भी सुनाया करेगा।

अभी वह सब सोच ही रहा था कि बच्चा एक स्टॉल को देखकर ठिठक गया। वहाँ बड़े-बड़े आलूबोंडा कड़ाही से निकाले जा रहे थे। यह देख रमन ने उसे रोकते हुए कहा, "नहीं, मेरे बच्चे।" उसे डर था कि अगर उस बच्चे के हलक के नीचे कुछ भी और गया तो वह उल्टियाँ करने लग जाएगा। खुद उसके पेट में भी अजीब सी गड़गड़ाहट होने लगी थी। लिहाजा, वह उसे बोंडा खिलाने के बजाय दूसरी जगह चल रहे खेल-तमाशे दिखाने ले गया। एक जगह तोते का खेल चल रहा तो दूसरी जगह कुत्ते का। एक अन्य जगह मौत के कुएँ में मोटरसाइकिल सवार साहसिक करतब दिखा रहा था। बच्चा यह सब देखकर खुशी के मारे जोर-जोर से चीख रहा था।

बच्चे को जैसे ही मौका मिला, वह बदमाशियाँ दिखाने से भी बाज नहीं आया। कहीं उसने फूलों के गुलदस्ते गिरा दिए तो कहीं पोस्टर फाड़ दिए। जहाँ कहीं थोड़ा वक्त मिलता, कलाबाजियाँ दिखाना शुरू कर देता। आस-पास से गुजरते बच्चों पर फव्वारों से पानी उछालने लगता। कभी वह हाथ छुड़ाकर अपने बराबर के किसी बच्चे से उलझ गया तो कभी किसी बच्ची की चोटी खींच दी। कभी कहीं पत्थर उठाकर बीच-बीच में बिजली के बल्बों पर निशाना लगाने लगता। हालाँकि इसमें कोई शक नहीं था कि रमन उसे हर बार बदमाशियाँ करने से रोकता जा रहा था, लेकिन वह चुपके से कुछ-न-कुछ हरकतें कर ही देता था। कभी-कभी जब रमन उस बच्चे को लेकर कहीं लाइन में खड़ा होता तो हमेशा डरा रहता था कि पता नहीं वह लड़का आगे खड़े आदमी के साथ क्या हरकत कर दे। वैसे, उस बच्चे की अलग-अलग तरह की शरारतों का वह मजा भी ले रहा था और मन-ही-मन

उसकी तारीफ भी कर रहा था। हालाँकि ऊपरी तौर पर हर जगह उसको रोक ही रहा था, ताकि कोई उससे परेशान होकर उसकी पिटाई न कर दे। उसने अपने आप से कहा, 'बच्चों का शरारतें करना तो आम बात है। जब इसे स्कूल में डाल दिया जाएगा तो सब आदतें ठीक हो जाएँगी। वैसे, हमारे देश में लोगों को पता ही नहीं कि बच्चों के विकास में बाधा बने बिना उनको किस तरह सँभाला जाए।'

अब वे लोग एक और झूले के पास आ गए थे। वहाँ दूसरे बच्चों को झूले में लटक रहे काठ के घोड़ों पर बैठे देखा तो वह बच्चा भी बोल पड़ा, "मुझे इस पर झूलना है।"

रमन सोच रहा था कि बच्चे को अकेले उस झूले पर बिठाना कितना सुरक्षित होगा, क्योंकि उसकी तो उस पर बैठने की इच्छा नहीं थी। उसने उसे समझाने की कोशिश की, "तुम बड़े झूले में झूल चुके हो न, यह भी तो वैसा ही है।"

"नहीं।" बच्चा बोला और अपने पैर पटकने लगा, "मुझे उस घोड़ेवाले झूले में झूलना है, बस।"

रमन को समझ में नहीं आ रहा था कि इस स्थिति से कैसे निपटे। उसने बच्चे को कुछ खिलाने-पिलाने की पेशकश की। हालाँकि वह जानता था कि यह भी बहुत सुरक्षित नहीं है। लेकिन इस पर भी उसने सिर्फ इतना ही कहा, "हाँ, लेकिन घोड़ेवाले झूलने के बाद।"

"अरे वाह, देखो, वे लोग कोई फिल्म दिखा रहे हैं!" रमन अचानक उत्साह से चीख पड़ा। उस बच्चे ने भी उस तरफ नजर डाली, जिस तरफ रमन इशारा कर रहा था; लेकिन उसे भीड़ में खड़े लोगों की पीठों के अलावा कुछ नहीं दिखा तो उसने सिर हिला दिया। इस पर रमन ने उससे कहा, "मैं तुम्हें इतना ऊपर उठा दूँगा कि बाकी सबसे अच्छी तरह तुम वह फिल्म देख सकोगे।"

बच्चा अब भी अपनी हठ पर अड़ा हुआ था, "...लेकिन मैं उस घोड़ेवाले झूले पर ही झूलना चाहता हूँ।"

लिहाजा, रमन ने बिना कुछ और कहे उस बच्चे को अपने कंधों पर उठा लिया और उस स्क्रीन की तरफ चल दिया, जहाँ फिल्म दिखाई जा रही थी। फिर रास्ते में बच्चे से बोला, "हाँ-हाँ, बाद में झूल लेना घोड़े वाले झूले पर। पहले वह फिल्म तो देख लो। उसमें बहुत से बंदर, बाघ और दूसरे कई

जानवर भी हैं। उन्हें नहीं देखा तो वे सब चले जाएँगे।''

बच्चा बहुत भारी था। उसके धूल में सने पैर रमन के कपड़े खराब कर रहे थे। बच्चा भी विरोध और गुस्से में पैर फटकार रहा था। लेकिन रमन ने तय कर लिया था कि उसे घोड़ेवाले झूले से दूर ले ही जाना है। जैसे-तैसे वह उस बच्चे को कंधों पर उठाए हाँफते हुए उस भीड़ के बीच जा धँसा, जो फिल्म देख रही थी। हालाँकि यहाँ वह खुद भी लोगों के कंधों के बीच से ठीक-ठीक कुछ देख नहीं पा रहा था। स्क्रीन पर धुँधली-धुँधली तसवीरें ही दिख रही थीं। लेकिन वह उम्मीद कर रहा था कि फिल्म में बंदर, भालू, बाघ जरूर दिख जाएँ, ताकि बच्चे का भरोसा उस पर डगमगाए नहीं; क्योंकि यही वादा करके तो वह उसे यहाँ तक जबरन उठाकर लाया था।

''तुम्हें क्या दिख रहा है?'' उसने बच्चे से पूछा।

ऊँचाई से ही उस बच्चे ने जवाब दिया, ''कोई बंदर-वंदर नहीं है। एक आदमी गेंद से खेल रहा है···मुझे भी गेंद दिला दो न।''

''हाँ, जरूर, मैं तुम्हारे लिए एक गेंद खरीद दूँगा।'' रमन ने कहा। ''जब हम यहाँ से चलने लगेंगे, तब गेंद खरीदेंगे।'' उसने कहीं एक दुकान देखी थी, जहाँ प्लास्टिक के सामान के साथ गेंद वगैरह भी थीं। हालाँकि अभी उसे सही जगह याद नहीं आ रही थी कि वह दुकान कहाँ है। वह उसका पता लगाकर एक के बजाय दो गेंदें खरीद लेगा। एक वह रिजर्व में रखेगा, ताकि पहली वाली खो जाए तो वह उसे बच्चे को दे सके।

अचानक उसका पूरा शरीर हिल गया, क्योंकि लड़के ने कंधे पर चढ़े-चढ़े ही किसी को देखकर जोर की आवाज लगाई थी, ''अम्मा! अम्मा!'' वह बुरी तरह कसमसा रहा था। वह रमन के कंधे से फिसल गया, जोर लगाकर अपने आपको छुड़ाया और भीड़ को भेदते हुए जीवन बीमा स्टॉल के पास घास पर बैठे कुछ लोगों से जा मिला। पूरे मेले में यही एक जगह थी, जहाँ शांति से बैठा जा सकता था। रमन भी उस बच्चे के पीछे-पीछे वहाँ तक पहुँच गया। उन लोगों के बीच में एक लंबा-तगड़ा आदमी बैठा था। शायद गाँव का कोई किसान था। दो लड़कियाँ और भूरी सी साड़ी पहने एक अधेड़ महिला थी। सामान के पैकेट उनके आस-पास पड़े हुए थे, जो इसका संकेत था कि वे लोग मेले से खरीदारी कर चुके हैं और अब रात की बस से गाँव जाने के लिए तैयार बैठे थे। बच्चा तीर की तरह उनके बीच समा गया। उसे देखकर वे सब उठ खड़े हुए और उसे घेरकर उस पर सवालों की झड़ी लगा दी।

रमन को उस लंबे-तगड़े आदमी की आवाज साफ सुनाई दे रही थी। वह बच्चे से कह रहा था, "कहाँ चला गया था, नालायक? पता है, तेरी वजह से हमारी एक बस छूट गई।"

उसके बाद उसने देखा कि उस आदमी ने बच्चे के कान मरोड़ दिए और एक जोर का तमाचा जड़ दिया।

"अरे रे!" रमन के मुँह से आह निकल गई। वह वहाँ खड़े रहकर बच्चे को पिटते नहीं देख सका। "अरे, नहीं!" उसके मुँह से निकला। तभी उसने देखा कि वह आदमी बच्चे को एक और तमाचा मारे, इससे पहले ही उसकी माँ ने विरोध जताते हुए बेटे को अपने आँचल में छिपा लिया, उसे दूसरा तमाचा खाने से बचा लिया। रमन को एहसास हो गया था कि बस, यह उसके सपने का अंत है। वह तुरंत वहाँ से निकल गया और सरयू की रेत पर बने अपने घर का रास्ता पकड़ लिया।